见识城邦

更新知识地图　拓展认知边界

The Story of the Andes Survivors

Alive

活着

安第斯山上的幸存者

[英] 皮尔斯·保罗·里德 著
Piers Paul Read
胡萌琦 译

中信出版集团 | 北京

图书在版编目（CIP）数据

活着 : 安第斯山上的幸存者 / (英) 皮尔斯 · 保罗
· 里德著 ; 胡萌琦译 . -- 北京 : 中信出版社, 2021.3
书名原文: Alive
ISBN 978-7-5217-2835-4

Ⅰ. ①活… Ⅱ. ①皮… ②胡… Ⅲ. ①长篇小说–英
国–现代 Ⅳ. ①I561.45

中国版本图书馆CIP数据核字(2021)第033858号

活着——安第斯山上的幸存者

著　　者：[英]皮尔斯·保罗·里德
译　　者：胡萌琦
出版发行：中信出版集团股份有限公司
（北京市朝阳区惠新东街甲4号富盛大厦2座　邮编　100029）
承 印 者：北京诚信伟业印刷有限公司

开　　本：787mm × 1092mm　1/32　　印　　张：11.5　　字　　数：223千字
版　　次：2021年3月第1版　　印　　次：2021年3月第1次印刷
京权图字：01–2020–2551
书　　号：ISBN 978-7-5217-2835-4
定　　价：68.00元

16 个人　72 天

难以战胜的逆境

安第斯山脉生存记

关于山里究竟发生了什么，有太多的谣言，因此我们觉得，应该把这本书写出来，将真相公之于众。我们要把这个齐心协力、共渡苦难的故事献给死去的朋友以及他们的父母，他们在我们最需要的时候，用爱与理解接纳了我们。

佩德罗·阿尔戈塔（Pedro Algorta）、罗伯托·卡涅萨（Roberto Canessa）、阿尔弗雷多·德尔加多（Alfredo Delgado）、丹尼尔·费尔南德斯（Daniel Fernández）、罗伯托·弗朗索瓦（Roberto Francois）、罗伊·哈利（Roy Harley）、何塞·路易斯·因西亚特（José Luis Inciarte）、阿尔瓦罗·曼吉诺（Alvaro Mangino）、哈维尔·麦索尔（Javier Methol）、卡洛斯·派斯（Carlos Páez）、费尔南多·帕拉多（Fernando Parrado）、拉蒙·萨韦利亚（Ramón Sabella）、阿道弗·施特劳赫（Adolfo Strauch）、爱德华多·施特劳赫（Eduardo Strauch）、安东尼奥·维任廷（Antonio Vizintín）、古斯塔沃·泽尔比诺（Gustavo Zerbino）。

蒙得维的亚，1973 年 10 月 30 日

目录

引言

1972年圣诞节刚过，一则关于一群乌拉圭青年花70多天成功走出安第斯山脉的故事登上了世界各地的报纸。那时，我在英格兰北部的家中，离蒙得维的亚十万八千里。当有消息传出，说幸存者吃了遇难者的尸体时，我的第一反应是觉得有点儿恶心。后来，我的美国出版人爱德华·伯林盖姆从纽约打来电话，建议我挖掘一下背后的故事，我当即回绝了。

多亏爱德华·伯林盖姆的坚持，并在不附任何条件的情况下提供了头等舱的往返机票，我才于1月中旬飞往蒙得维的亚，见到了幸存者，开始考虑把他们的磨难写成一个有根有据的故事。我立刻卷入了一场又一场交流会和社交活动。包括哈珀与罗出版公司和《读者文摘》在内的更有实力的美国出版机构都在争夺这个幸存者故事的出版权。我印象最深的是一场由幸存者卡利托斯·派斯·比拉罗的父亲、艺术家卡洛斯·派斯·比拉罗组织的聚会。在他自己设计的纯白色小屋里，我见到了依旧憔悴的幸存者、他们迷人的女友和英俊健壮的朋友们。我们边喝皮斯科酒，边欣赏南大西洋的日落。

幸存者们指定了一个委员会，为他们提供应对各种情况的建议。尽管有些父母反对出版与此次磨难相关的任何书籍，但由于不实报道已经充斥了报纸，委员会做出了这样的决定："关于山里究竟发生了什么，有太多的谣言，因此我们觉得，应该把这本书写出来，将真相公之于众。"

幸存者们首先要求故事不能追求耸人听闻，而要充分展现这场磨难的精神意义。乍看起来，有盖伊·塔利斯这样的行业大拿在场，一个 31 岁、不会说西班牙语、从未写过非虚构作品的英国小说作家绝不可能有机会。不过，有些似乎对我不利的因素事实上反倒成了我的优势：我是英国人，不是美国佬；我的年龄与幸存者更接近；最重要的是，我和他们一样，都信奉罗马天主教。

经过 10 天左右的紧张谈判，我被委员会选定，并与幸存者们签署了协议。已经成功推介了我的出版人爱德华·伯林盖姆又争取到一个让步（这令有些幸存者后来懊悔不已）：我无须"违背自己的良知"，接受任何形式的书稿审查。

1973 年 2 月初，伯林盖姆回到纽约，我则开始进行调查，采访幸存者和他们的家人，以及遇难者的家人。这个过程很艰难，且时常引发伤痛。幸存者们此前与神父、父母或心理治疗师的交谈都是极不情愿的，因为第一种情况意味着他们有罪，第二种情况意味着他们还是孩子，而在第三种情况下，他们则是精神病人！现在，我成了他们的密友、顾问和倾诉的对象。到最后，我与他们的关系变得非常密切，他们有时甚至把我称为“第 17 个幸存者”。

1973 年 10 月，我同爱德华·伯林盖姆一起带着《活着》的打印稿回到蒙得维的亚时，一些幸存者觉得我辜负了他们对我的信任。他们很震惊，因为我在故事里描述了“细节”——关于他们的食物的可怕细节。他们觉得自己被写成了野兽。我怎么对他们是可钦可佩的勇敢青年只字未提？为何我没有将他们的幸存描述成一个奇迹？接着，他们各自单独把我拉到一边，说我对其余 15 个人性格的刻画很准确，但完全没有理解他本人。

我们入住的维多利亚广场酒店套房里的气氛一下子混乱起来，几乎到了疯狂的地步。我们被告知，如果这本书按照现在的样子出版，幸存者们会在蒙得维的亚的街头被人用石头砸死。只有费尔南多·帕拉多还保持着冷静。我向其他人解释了本书的写作宗旨：这个故事太震撼了，最好原原本本地将它呈现出来。作者不应该向读者灌输观念，而应由读者自己做出判断。“细节”也许很可怕，但如果去掉这些细节，人们或许会认为山里实际发生的事情比书里写的更糟。

第二年春天，《活着》在纽约出版，之后不久在世界各地出版。总体而言，这本书获得了正面的评价。幸存者们不仅没有被石头砸死在街头，反而成了国家英雄。这本书在几年间的销量达 500 万册，被译成 15 种语言，1992 年还被拍成了电影。我收到无数封来信，没有一封谴责幸存者们当时的做法。相反，正如一位评论家所言，这个“关于一群人在绝境中坚韧不拔，超越自身、超越常人预期的故事……至少让我感受到了比人类在寻常状态下更大的善意”。

人为朋友舍命，

人的爱心没有比这个大的。

——《约翰福音》，15：13

第一章　落难

1

乌拉圭，南美大陆上最小的国家之一，位于拉普拉塔河东岸，夹在巴西和阿根廷两个大国之间。这里地理环境优越，牧场辽阔，牛群遍野。首都蒙得维的亚的居民多为商人、医生和律师，乡间则住着富裕而勤劳的牧民。

19世纪，乌拉圭人先为了国家独立而与阿根廷和巴西展开激战。接着，白党和红党之间、来自内地的保守派和来自蒙得维的亚的自由派之间又爆发了同样激烈的内战。1904年，白党的最后一次暴动被来自红党的总统何塞·巴特列-奥多涅斯镇压。后者随后建立了一个世俗化的民主政体，并在此后的几十年间让乌拉圭变成了南美最发达、最开明的国家。

这个福利国家的经济依赖于畜牧业和农业，产品出口欧洲。在毛料、牛肉和皮革的国际价格居高不下的年代，乌拉圭的经济保持了繁荣兴旺。但到了20世纪50年代，随着上述商品价格下跌，该国经济陷入衰退。失业和通货膨胀催生了社会的不满情绪。市政机构臃肿，薪酬过低，律师、建筑师和工程师等曾经的精英阶层人群无事可做，收入大幅下滑，很多人被迫从事第二职业。只有那些在内陆地区拥有土地的人依旧富足，其余人都在经济萧条、政治腐败的大环境中勉强维生。

这催生了该国第一次，也是最重要的一次城市革命运动。游击队图帕马洛的目标是推翻统治乌拉圭的白党和红党寡头集团。革命形势一度顺利。他们绑架和勒索官员和外交人员，并渗透进派来镇压他们的警察部队。政府调集军队，无情地抓捕了这些来自中产阶级家庭的城市游击队员。革命被镇压，图帕马洛的成员纷纷入狱。

20 世纪 50 年代初，一群信奉天主教的家长出于对公立学校教师无神论倾向的担心，以及对由耶稣会会士来教授英语之事的不满，邀请爱尔兰基督教兄弟会在蒙得维的亚开办一所学校。这一邀请得到了回应，五名爱尔兰平信徒从爱尔兰出发，取道布宜诺斯艾利斯抵达乌拉圭，在卡拉斯科郊区开办了斯特拉玛丽学院，专收 9~16 岁的男生。1955 年 5 月，在南大西洋之滨、辽阔苍穹之下，这所位于兰布拉大街上的学校正式开学。

虽然这些爱尔兰兄弟会的人的西班牙语说得磕磕巴巴，却非常适合眼下的这件任务。乌拉圭离爱尔兰固然遥远，但也是个以农业经济为主的小国。乌拉圭人吃起牛肉来就像爱尔兰人吃土豆，这里的生活也和爱尔兰一样，不急不缓。乌拉圭的社会结构对于这些兄弟会的人来说也不陌生。卡拉斯科是蒙得维的亚城外最宜人的郊区。那些建在松林间的舒适的现代房屋高大宽敞，住在这里的家庭关系和谐，孩子们从青春期到长大成人，一直与父母相处融洽。孩子们用从父母那里感受到的情感与尊敬对待老师。事实证明，以上这些足以让他们保持良好的行为举止。因此，基督教兄弟会便按照学生家长的要求，放弃了他们历来使用的惩戒藤杖。

乌拉圭人还有个习俗，年轻人从学校毕业之后仍会与父母住在一起，直到成家。基督教兄弟会的人常常自问，在一个同辈人相互讥讽似乎已习以为常的世界里，乌拉圭的公民，或者至少说卡拉斯科的居民，是怎么做到不产生矛盾的？就好似北边干燥辽阔的巴西和西南边泥泞的拉普拉塔河，它们不仅是一道天然屏障，也结成了保护这里的时间之茧。

就连图帕马洛也没有对斯特拉玛丽学院造成丝毫影响。这些具有保守倾向的天主教家庭之所以把孩子送到兄弟会这里，正是看中了兄弟会的传统方法和老派价值观。政治理想主义更有可能在耶稣会里泛滥，因为他们培养的是才智，而基督教兄弟会则旨在塑造孩子们的品行。虽然适度体罚已应家长的要求被废止，但塑造品行并非只有一条途径，还可以靠英式橄榄球。

斯特拉玛丽学院的学生们打橄榄球的方式与欧洲人一样。两支球队，每队 15 人，面对面站在场地上。他们不戴头盔，不穿防护服，也没有任何类似的替代装备。每队的目标就是带着球在对方防守的得分区内达阵，或者把球踢过 H 形门柱之间的横梁。进攻方可以踢球、抱球跑动或回传。防守方球员可以高高跃起，抱住持球队员的脖子、腰部或腿部进行拦截。对抗拦截的方法是躲闪，或单手推开拦截者的面部或身体。

如果比赛暂停，比方说，有人将球向前传，裁判吹哨，就会出现争球的情况。两队的前锋像大螃蟹一样钳在一起。双方各自站在前排的一名勾球队员和两名支柱队员互相头顶头，肩扛肩。他们身后的第二排队员把头埋在前排队员的臀部之间。这样一来，靠后方的锁球队员和两边的侧翼球员，就构成了一个人肉攻城锤。

获得球权一方的传球前卫把球扔向两队的中间，勾球队员随即将球踢回，或者由前锋将对方推开。接着，传球前卫把球抢回并扔给中卫，中卫向前跑，把球回传给中后卫，再由边后卫尝试达阵。

这是一种难度很高的运动。如果掌握了技巧，会精彩纷呈，如果笨拙粗鲁，则相当残酷。玩球时，把人打得鼻青脸肿、四肢骨折并不罕见。每一次争球都意味着胫骨相撞，每一次扑搂都有球员喘不上气。它不仅要求球员有出色的体魄，能高速奔跑一个半小时（包括中场休息的 10 分钟），还需要自我控制力和团队精神。把球送上边线的人未必是最优秀的球员，往往只是整条进攻链中的最后一环。

基督教兄弟会初到乌拉圭时，还没什么人打英式橄榄球。事实上，他们发现在这个国家里，足球不仅是一项全民运动，更承载着所有人的热情。除了牛肉，这项运动是乌拉圭唯一能问鼎全球的东西（他们曾捧得 1930 年和 1950 年的世界杯）。让年轻的乌拉圭人去投身另一种运动，无异于让他们每天吃面包和土豆。

放弃藤杖责罚相当于放弃了教育体系中的一大法宝，这些基督教兄弟会成员绝不会再放弃另一样。他们坚称足球是那些恃才傲物者的运动，而英式橄榄球能培养男孩子坚韧不拔的意志和团队合作精神。家长们虽有异议，但还是勉强同意了。到后来，他们甚至开始赞同基督教兄弟会对这项运动的看法。

男孩子们则对这项运动越来越有兴趣。到了第一批学生毕业时，他们中的很多人既不愿放弃英式橄榄球，也不想离开斯特拉玛丽学院。创办校友会的想法由此萌发。1965 年，斯特拉玛丽学院建校十周年之际，一个叫作“老基督徒俱乐部”的组织成立了，俱乐部的主要活动就是在星期日下午打英式橄榄球。

随着时间的推移，这项运动不仅被大众接受，而且成了一种时尚。每年夏季都会有新成员加入老基督徒俱乐部，俱乐部也有了更多后备力量，成长为更有实力的队伍。英式橄榄球开始在乌拉圭流行起来。靠穿三叶草队标运动衫的 15 名主力队员，老基督徒俱乐部也成了全国最好的球队之一。1968 年和 1970 年，他们两度拿下了乌拉圭全国冠军。与成功相伴而来的是勃勃雄心。他们越过拉普拉塔河口，到阿根廷参加比赛。1971 年，他们又打算去智利参赛。为了实现这个计划且控制开销，俱乐部向乌拉圭军方租了一架飞机，载着他们从蒙得维的亚飞往圣地亚哥，机上空余的座位则卖给了队员的朋友和球迷。此次旅行大获成功。球队与智利国家队和老男孩农场队交锋，一胜一负。借此机会，队员们还在异国他乡度过了一个短暂的假期。对于很多人来说，这是他们的第一次海外旅行，他们第一次见到安第斯山脉的雪山和冰川。的确，这次旅行太成功了。回到蒙得维的亚不久，他们便开始计划第二年故地重游。

2

到了下一个赛季结束时，他们的计划遇到了相当大的阻碍。老基督徒队的主力球员由于过分自信，在争夺乌拉圭冠军杯的比赛中输给了一支弱旅，这使得俱乐部的一些主事人员认为他们没有资格再去智利。他们面临的另一个问题是，如何能填满从空军租来的“仙童号”F-227上的40多个座位。租用这架飞机需要1 600美元，如果能满座，每名乘客只需约40美元就能往返圣地亚哥，这还不到商业票价的三分之一。空余的座位越多，每名乘客需要负担的费用也就越高。除此之外，他们还得筹集在智利5天的开销。

有消息说，这次旅行可能不得不取消，于是那些想去的人开始在亲朋好友和同学中召集同伴。围绕智利之行出现了种种争论。在有经济头脑的学生看来，阿连德总统任内，国内出现了民主马克思主义迹象；或者，换个不那么学术的表述，就是可以过上低消费、高品质的生活。智利的埃斯库多并不坚挺，黑市上的美元汇率很高。此外，作为体育代表队，老基督徒不必按官方汇率兑换。球员们吹嘘着比尼亚德尔马海滩上或波蒂略滑雪场里那些漂亮、无拘无束的智利姑娘，以此来打动朋友们。但大规模撒网，却只收获了一名球员的母亲和妹妹，以及另一名球员的堂兄。好在到了该向空军付款的时候，他们总算凑齐了费用。

1972年10月12日，星期四，早晨6点左右，乘客们陆续抵达卡拉斯科机场，准备开启老基督徒队的第二次智利之旅。候机楼外的草坪修剪得整整齐齐，让这座国际机场看起来更像个高尔夫俱乐部。球员的父母和女友开车为他们送行，车辆就停在候机楼外的棕榈树下。虽然是大清早，小伙子们还睡眼惺忪，但都穿上了时髦的休闲裤和运动服，彼此兴奋地打着招呼。家长们似乎也都熟识。五六十个人围在一起有说有笑，就好像有人在机场休息厅策划了一场聚会。

在这片喧闹声中，两个略显敦实的人安安静静地站着，他们是球队队长马塞洛·佩雷斯和前来送行的老基督徒俱乐部主席丹尼尔·胡安。佩雷斯看上去很高兴。他对这次智利之旅最为热情，当初听说有可能取消计划时也最为失望。然而眼下即将成行，他却注意到什么事情，光脑门下的眉毛皱了起来：吉尔贝托·雷古莱斯还没出现。这个小伙子没有按时与朋友会合，也没有到机场。现在，他家里的电话也没人接听。

马塞洛·佩雷斯知道等不了多久。他们必须一大早出发，因为到了下午，阿根廷平原上的上升暖气流会遭遇山区的冷空气，那时飞越安第斯山脉是很危险的。“仙童号”已经从民用机场旁的军用基地滑上了跑道。

围在一起的小伙子们看起来形形色色，年龄从 18 岁到 26 岁不等，但他们其实有很多共同点。他们中大部分是老基督徒俱乐部成员，大多没有去过蒙得维的亚市中心的耶稣会圣心学院。除了球员和球迷，这里面还有他们的朋友、朋友的兄弟，以及老基督徒俱乐部成员所在的法学院、农学院、经济学院和建筑学院的校友。有三个年轻人是医学院的学生，其中两人在球队效力。他们之中有些家庭在内地拥有毗邻的牧场，更多的人在卡拉斯科比邻而居。所有人都来自富裕阶层，都信仰同样的宗教，即罗马天主教。

在办理乌拉圭军用运输机登机手续的乘客中，也并不都是年轻的老基督徒俱乐部成员。体态丰腴的中年女性马里亚尼夫人要去智利参加女儿与流亡政府官员的婚礼。此外，还有两对中年夫妇，一个20岁左右、高个子、长相端庄的姑娘苏珊娜·帕拉多，与她站在一起的是她的母亲和哥哥费尔南多，她的父亲则是来送行的。

办理完行李托运，帕拉多一家去了能俯瞰跑道的机场餐厅吃早餐。离他们稍远的一张餐桌旁坐着两名经济学院的学生，他们的衣着比其他人要邋遢些，似乎是为了显示自己的社会主义者身份。苏珊娜·帕拉多正相反，她穿着前一天新买的漂亮的羚羊皮大衣。

她的母亲尤金尼娅·帕拉多出生在乌克兰。苏珊娜和她的哥哥费尔南多都个子高挑，留着一头深亚麻色的秀发，蓝眼睛，柔和的俄罗斯圆脸盘。他们都算不上有魅力。费尔南多又高又瘦，近视眼，还有点儿害羞；苏珊娜虽然看起来年轻又甜美，身材也不错，表情却过于严肃。

就在她喝咖啡时，广播通知登机。帕拉多一家、两名社会主义者和餐厅里其余的所有人都走到出发层，通过海关、边检，走上跑道。要带他们去智利的那架闪闪发亮的白色飞机就停在跑道上。他们顺着铝梯走进位于机身前部的舱门，进入密闭的机舱，在通道两侧的双排座里安顿下来。

上午 8 点零 5 分，乌拉圭空军 571 号“仙童号”载着 40 名乘客和 5 名机组人员以及他们的行李，从卡拉斯科机场起飞，驶向智利圣地亚哥。飞行员兼机长是胡利奥·塞萨尔·费拉达斯上校。他在空军服役 20 多年，累计飞行 5117 小时，曾 29 次飞越危机四伏的安第斯山脉。副驾驶丹特·埃克托尔·拉古拉拉上尉比费拉达斯年长，但经验少一些。他曾被迫从一架 T-33 喷气机上跳伞逃生，因此眼下按照乌拉圭空军的规定，他要在费拉达斯的监督下驾驶“仙童号”积累经验。

费拉达斯驾驶的“仙童号”F-227 是一架美国制造的双引擎涡轮螺旋桨飞机，乌拉圭军方两年前刚刚购入，是他亲自从马里兰开回来的。从那以后，它只飞行了 792 小时。按照航空界的标准，它几乎是全新的。如果说飞行员有什么可担心的话，那绝不会是飞机的质量，而是安第斯山脉一带恶名昭彰的危险气流。就在十二三个星期之前，一架四引擎货机载着 6 名机组人员（其中半数是乌拉圭人）消失在群山里。

拉古拉拉制订的飞行计划是从蒙得维的亚经布宜诺斯艾利斯和门多萨到达圣地亚哥，全程约 900 英里[①]。“仙童号”的巡航

---

① 1 英里≈ 1.609 千米。——编者注

速度约为 240 节，因此大约需要 4 小时，最后半小时会飞越安第斯山脉。上午 8 点出发，飞行员希望能在中午前飞过山脉，以避开危险的午后湍流。尽管如此，他们还是有些担心，因为安第斯山脉虽然宽不足 100 英里，平均海拔却有 1.3 万英尺[①]，超过 2 万英尺的高峰有好几座，其中位于门多萨和圣地亚哥之间的阿空加瓜峰高达 22834 英尺，是西半球的最高峰，仅比珠穆朗玛峰低 6 000 英尺。

“仙童号”的最大飞行高度为 22 500 英尺。因此，必须从山势较低处飞越安第斯山脉。在能见度高的情况下，有四条航线可以选择：从门多萨到圣地亚哥的最短航线是穿过洪卡尔山口，其余三个分别是穿过涅韦斯山口、阿尔瓦拉多山口或普朗雄山口。如果能见度较低，飞行员必须依靠仪表飞行，“仙童号”就得取道门多萨以南约 100 英里的普朗雄山口，因为洪卡尔山口有一个 2.6 万英尺的最低云幂，涅韦斯和阿尔瓦拉多线路则没有雷达信号。飞行过程中可能遇到的危险不仅仅是撞上山峰。以安第斯山脉的天气来说，什么事都有可能发生。东来的热气流抬升，在 1.4 万英尺 ~1.6 万英尺高的雪线附近遇到冰冷的大气。与此同时，从太平洋吹来的旋风自西向东咆哮着冲进山谷，与来自山脉另一侧的冷暖气流缠斗。如果飞机被挟

---

① 1 英尺 =0.3048 米。——编者注

裹进这样的紊流中，那就如同水沟里的落叶一样被吹得四处乱飞。正是考虑到这些问题，拉古拉拉与门多萨的地面塔台取得了联系。

乘客中并没有出现明显的焦虑迹象。小伙子们说笑着，看漫画，玩纸牌。马塞洛·佩雷斯和队友讨论英式橄榄球。苏珊娜·帕拉多坐在母亲旁边，后者在给周围的小伙子发糖。费尔南多·帕拉多和他最好的朋友潘奇托·阿瓦尔坐在她们后面。

这两个年轻人向来形影不离。他们都是商人之子，都在父亲的商店里工作，帕拉多家卖螺栓和螺母，阿瓦尔家卖烟草。从表面上看，两个朋友相差有些悬殊。阿瓦尔英俊、潇洒、富有，是乌拉圭最好的英式橄榄球员之一，在老基督徒队里司职边后卫；帕拉多笨拙、腼腆，虽然五官端正，但并不迷人，是在争球时站在第二排的锁球队员。

除了打橄榄球和做生意，两人共同的爱好就是汽车和姑娘。正因如此，他们得了“花花公子”的绰号。乌拉圭的汽车价格不菲，但他们各自拥有一辆，帕拉多的是雷诺 4，阿瓦尔开迷你库珀。他们也都有摩托车，常骑摩托去埃斯特角城，载着姑娘沿海滨兜风。在这件事上，他们之间似乎又有了差异。乌拉圭的姑娘没有哪个不想同阿瓦尔交往，但愿意和帕拉多约会的就不多了。他缺乏阿瓦尔的魅力和那份悠闲的气质，此外，他也永远板着那么一副面孔。而阿瓦尔则给人愉快、轻松的印象，迷人的举止下隐藏着神秘的忧郁，再加上偶尔表现出的深深的倦怠，显得越发诱人。阿瓦尔也会用时间来回报他的女性崇拜者们。由于体格、力量和技巧出众，他可以免受其他队员必需的一些训练，把从橄榄球场上省下的精力都给了漂亮姑娘、汽车和摩托车，给了自己考究的衣着和与帕拉多的友谊。

与阿瓦尔相比，帕拉多有一个令朋友愿意不惜一切代价去交换的优势：他来自一个快乐、团结的家庭。阿瓦尔的父母离婚了。两人之前都结过婚，在上一段婚姻中都有孩子。阿瓦尔的母亲比父亲年轻很多，但他选择与年过七旬的父亲生活。无论如何，父母离异给阿瓦尔造成了很大的伤害，他那拜伦式的忧郁绝不是装模作样。

＊＊＊

飞机飞过阿根廷一望无际的潘帕斯大草原。坐在靠窗座位上的乘客可以俯瞰镶嵌在草原上的一片片绿色玉米地，以及这一块、那一块的种植林或树木环绕的小屋。渐渐地，他们下方的大地由绿色平原变成了更干燥的、连绵起伏的丘陵。青草让位给了灌木，只有在自流井附近才有星星点点的耕地。

突然间，安第斯山脉出现在他们眼前，宛如一堵巨大的、无法穿越的墙，带着锯齿状的白雪覆盖的山峰。这幅雄壮的山景足以令大多数经验丰富的旅行者心生敬畏，更别说这些乌拉圭青年了。他们中大部分人从未见过比蒙得维的亚和埃斯特角城之间那些小丘更高的山。就在他们望着这些令人惊叹的世界级高峰目瞪口呆时，乘务员拉米雷斯突然走出驾驶室，用扩音器宣布，目前的天气条件无法飞越山脉，飞机将在门多萨降落，等待天气好转。

乘客区的小伙子中发出一片失望的叹息声。他们总共只能在智利停留五天，当然不想把其中一天，把任何一分宝贵的美元花在阿根廷。不过，既然无法绕过从南美大陆一端一直绵延到另一端的安第斯山脉，那也没什么办法。于是，他们紧了紧安全带，一动不动地坐在座位上。“仙童号”颠簸着在门多萨机场着陆。

飞机在候机楼前停下。费拉达斯走出驾驶室，球队里一个名叫罗伯托·卡涅萨的边后卫冒冒失失地为顺利降落而向费拉达斯道贺。

“用不着祝贺我，”费拉达斯说，“该接受赞扬的是拉古拉拉。”

“我们什么时候去智利？”另一个年轻人问。

上校耸了耸肩。“不知道。全看天气如何。”

3

小伙子们跟着飞行员和乘务员走出机舱，结队穿过跑道进了海关。安第斯山脉的余脉如无边的峭壁俯瞰着他们。相形之下，其余一切——房屋、油箱和树木，都成了侏儒。年轻人毫不在乎，就算是横亘的高山和兑换阿根廷比索的麻烦也没能减损他们的兴致。他们离开机场，分成几拨，搭乘巴士、出租车或过路的卡车进了城。

已是午餐时间，小伙子们饥肠辘辘。他们要么早饭吃得很早，要么根本没吃，“仙童号”上也不许带食物。年纪较小的那群人直接去了附近的一家餐厅，碰巧老板是乌拉圭侨民，坚持不让他们付钱。

其他人找了家廉价旅店，办理好入住手续，又回到街上闲逛。他们虽然迫不及待地想去智利，但也忍不住要在门多萨好好享受一番。这座 1561 年由西班牙人建立的城市是阿根廷最古老的城市之一，至今仍保留着殖民时代的优雅和迷人气息，街道宽阔，树木成荫。虽是早春时节，但空气温暖而干爽，夹着公园里初放的鲜花芳香。街边有各色店铺、咖啡馆和餐馆，城外大片大片的葡萄园出产了南美最好的葡萄酒。

帕拉多一家、阿瓦尔、马里亚尼夫人和另外两名中年夫妇入住了一家较高级的酒店，但午饭之后便分道扬镳。帕拉多和阿瓦尔去城外参加摩托车赛，晚间则与马塞洛·佩雷斯一起去看芭芭拉·史翠珊主演的《爱的大追踪》。年纪较轻的那帮小伙子结识了一群正在毕业旅行的阿根廷姑娘，并带她们去跳舞。有些人直到凌晨4点才回到旅店。

结果第二天，他们起迟了。但机组人员并没有通知他们去机场，因此大家再次回到门多萨的大街上游荡。其中最年轻的小伙子卡利托斯·派斯·比拉罗有些不舒服，买了点阿司匹林和胃药。其他人用剩余的阿根廷比索买了巧克力和牛轧糖，给打火机充了气。费尔南多·帕拉多给姐姐的小宝贝买了一双红鞋子，他妈妈买了几小瓶朗姆酒和利口酒，准备送给在智利的朋友们。她把东西交给了帕拉多，后者则把这些瓶子裹在自己的橄榄球衣里，塞进了航空袋。

医学生罗伯托·卡涅萨和古斯塔沃·泽尔比诺找了家咖啡馆，点了桃子汁、牛角面包和欧蕾咖啡，坐在沿街的树荫下吃早餐。

过了一会儿，他们正喝着咖啡，看见队长马塞洛·佩雷斯和两名飞行员朝这边走过来。

“嘿！”他们冲费拉达斯上校喊，“我们能出发了吗？”

“还不行。”费拉达斯说。

“你们是胆小鬼还是怎么着？”因性格鲁莽而得了绰号“肌肉佬”的卡涅萨问。

费拉达斯认出了这个尖细的嗓音，他就是头一天飞机着陆后向他“祝贺”的家伙。他顿时有些恼火：“你是想让你父母在报纸上看到45个乌拉圭人在大山里失踪的消息吗？”

“不，”泽尔比诺接过话头，“我想让他们看到，‘45个乌拉圭人不惜一切代价越过了大山’。”

费拉达斯和拉古拉拉大笑着走了。他们的处境有些尴尬，倒不是因为被年轻人奚落，而是由于目前的困境。气象报告说，安第斯山脉上空的天气状况有所好转。洪卡尔山口对于“仙童号”来说仍然不可行，但到下午的时候，普朗雄山口的能见度极有可能满足飞行条件。这意味着，要在通常被视为一天中较危险的时段飞越安第斯山脉，但他们有把握可以爬升到紊流之上。若不如此，唯一的办法就是返回蒙得维的亚（因为按照规定，外国军用飞机在阿根廷境内停留不得超过24小时）。然而这样一来，不仅会让老基督徒的队员们失望，也意味着本就囊中羞涩的乌拉圭空军会损失一大笔钱。因此，他们让马塞洛·佩雷斯通知所有乘客，一点钟在机场集合。

乘客们按时到了机场，但却既找不到乌拉圭的机组人员，也没有阿根廷的地勤帮他们办理值机手续。小伙子们边等边四处闲逛，拍拍照片，称称自己的体重，用“今天是黑色星期五”这样的玩笑吓唬彼此，讥笑帕拉多夫人居然在春天带着毯子去智利。接着，传来一声叫喊。费拉达斯和拉古拉拉走进了候机楼，每人都背着好几大瓶门多萨葡萄酒。小伙子们开始嘲笑起他们。“酒鬼！”“走私者！”粗鲁的卡涅萨尖声讥讽道，“瞧瞧我们摊上了什么样的飞行员！”

费拉达斯和拉古拉拉似乎被这群年轻人弄得有些不安。他们内心里有点抵触，部分是因为他们仍然没有决定到底该怎么选择，担心自己的谨慎会被误解为无能。就在那时，另一架飞机着陆了。那是一架老货机，动静很大，在跑道上滑行时，发动机喷出一股浓烟。飞行员进了候机楼，费拉达斯上前询问。

这名飞行员是从圣地亚哥飞来的。他说，虽然紊流很强，但对“仙童号”来说应该不是问题，毕竟，它配备了最先进的导航装置。这名飞行员甚至建议取道洪卡尔山口，这样就可以把行程缩短到不足150英里。

费拉达斯决定出发。不走洪卡尔山口，而是向南取道较为安全的普朗雄山口。消息宣布，小伙子们发出一阵欢呼。不过，他们还得等阿根廷海关人员检查完护照才能登机。

与此同时，他们看见那架破旧的运输机再次轰鸣，喷着烟起飞了。两名老基督徒的球员转过身对两名来送行的阿根廷姑娘（他们是头天晚上认识的）说：“这下子，我们见识到阿根廷的飞机是什么样了。”

“至少它能飞过安第斯山脉，”一个姑娘不无辛辣地回答，“光是这一点就比你们的强。”

4

当地时间14点18分，“仙童号”从门多萨机场起飞，依旧是由副驾驶拉古拉拉操控。他打算先经过奇莱西托，然后取道普朗雄山口靠阿根廷一侧的小城马拉圭。飞机爬升到1.8万英尺的高度，在风速为20~60节的顺风中飞行。

飞机下方干旱的土地支离破碎，点缀其间的河床和盐湖被推土机划出一道道痕迹。机身右方是科迪勒拉山系，光秃秃的岩壁伸向空中。如果说下方的平原几近贫瘠，那么这些山脉则可谓寸草不生。棕色、灰色和黄色的岩石上见不到一星半点植被，因为高山挡住了从西侧太平洋吹来的雨水。在阿根廷一侧，山褶间的土地几乎与火山尘无异。没有乔木，没有灌木，也没有草。这单调的、刀劈斧凿般的山坡上什么都没有，只有雪。虽然只有1.3万英尺以上的高度才会终年被冰雪覆盖，但眼下这个季节，雪线下移了很多，山谷里积雪最深的地方超过100英尺，令山峰的轮廓线也柔和起来。

“仙童号”上不仅有一台自动定向器（ADF），还配备了更先进的甚高频全向信标（VOR）。因此，常规做法是将电台调至位于马拉圭的无线电信标台，但后者的信号于15点08分出现堵塞。飞机依旧处于1.8万英尺的高度，开始沿着G17航线飞越科迪勒拉山系。普朗雄山口处在门多萨空中管制区和圣地亚哥空中管制区中间，拉古拉拉估计飞机会在15点21分到达此处。然而，进入山区后，飞机下方出现了厚厚的云层。不过他并没有为此担心，因为云层上方的能见度很高。再说，高耸的山峰被白雪覆盖，不管怎样都不可能辨认出普朗雄。只有一件事发生了明显变化：柔和的顺风变成了强劲的逆风。飞机的对地速度从 210 节降至 180 节。

15 点 21 分，拉古拉拉呼叫圣地亚哥空管，说自己已穿过普朗雄山口，预计在 15 点 32 分到达安第斯山脉西侧的智利小镇库里科上空。3 分钟后，“仙童号”再次与圣地亚哥联络，报告飞机“进入库里科空域，驶向迈普”。飞机右转，向北飞行。圣地亚哥的控制塔台收到了拉古拉拉的报告，指示他在飞往普达韦尔机场的过程中把飞机降到 1 万英尺的高度。15 点 30 分，圣地亚哥塔台让“仙童号”检查飞行高度。报告回答“高度层 150”，也就是说，拉古拉拉已经让飞机下降了 3 000 英尺。飞机在这个高度进入云层，在气流的挟裹中上下颠簸。拉古拉拉打开了客舱的信号灯，让乘客们扣紧安全带，停止吸烟。接着，他指示为费拉达斯送来南美马黛苦茶的乘务员拉米雷斯回到客舱，确保那帮捣蛋鬼都已按要求归位。

客舱里的气氛好似过节一般。几个小伙子在过道里来回走动，扒着小窗户，试图透过云层的缝隙看一眼群山。大家都兴奋难捺，有些人掏出了橄榄球，在客舱里扔来扔去。坐在后面的一小群人在玩纸牌，机尾处，乘务员和导航员马丁内斯在玩一种叫作“特鲁克”的惠斯特扑克。从驾驶舱回到机尾的途中，乘务员叮嘱仍然站在过道里的小伙子们坐下来。

“前方天气状况不好，”他说，“飞机会有点颠簸，不过别担心，我们在和圣地亚哥联络，很快就要降落。”

接近机尾处时，他让四个坐在后排的小伙子移到前面去。接着，他挨着领航员坐下，抓住了他的手。

飞机钻进另一片云层，开始剧烈摇晃，不少乘客惊吓住了。紧张不安中，有一两个人开起了玩笑。一个小伙子抓起机舱后部的麦克风说：“女士们、先生们，请背起降落伞，我们准备在山里着陆啦。”

人们并没有被他逗乐，因为就在那一瞬间，飞机遇到气穴，迅速下跌了几百英尺。受了惊的罗伯托·卡涅萨转向与丈夫同坐在过道另一侧的尼古拉夫人，问她是否害怕。

“是的，我怕。”尼古拉夫人说。

坐在他们后面的一群小伙子开始哼起“康加，康加，康加”的调子。卡涅萨为了展现勇气，将手中的橄榄球扔向尼古拉医生，后者则把它扔到了后舱。

一直在看书的尤金尼娅·帕拉多抬起了头。透过窗户，除了一片白茫茫的云雾，什么也看不见。她扭头注意到苏珊娜的脸色，抓住了她的手。她们身后的费尔南多·帕拉多和潘奇托·阿瓦尔仍在专心致志地交谈。帕拉多没有系安全带，甚至在飞机第二次遭遇气穴，像石头一样又下坠了几百英尺时，他也没把安全带扣上。“耶！耶耶！”看不见窗外情景的小伙子中暴发出一阵欢呼声，因为第二次下坠把飞机带出了云层。但在他们下方展现出的景象并不是肥沃的智利中央谷地，而是雪山，嶙峋的山缘距机翼尖端不足10英尺。

“飞得这么近，正常吗？”一个小伙子问另一个。

“我觉得不正常。”同伴回答。

几名乘客开始祈祷，其他人则紧紧地抵住前排座椅，准备承受碰撞的冲击。发动机发出巨大的轰鸣声，“仙童号”颤抖着试图再次爬升。飞机拉高了一点，但随后便传来震耳欲聋的碎裂声，右侧机翼撞上了山峰。机翼当即折断，翻滚着掠过机身，将机尾撕扯下来。乘务员和领航员掉进了冰冷的半空，随之而去的是他们的纸牌，以及另外三名仍和座椅绑在一起的年轻人。紧接着，左翼也断裂了，一片螺旋桨将机身划开一条口子，坠落到地面。

残存的机身里传出阵阵惊恐的尖叫声。失去了机翼和机尾的飞机朝前方锯齿状的山脉俯冲，不过并没有在岩壁上撞成碎片，而是落在了陡坡上，像雪橇一样在厚厚的积雪上滑行。

飞机落地瞬间的时速大约为200节，但并没有解体。又有两名小伙子从机身后方被吸了出去。当机身顺着山体俯冲时，剩余的人依旧在机舱内，但减速带来的作用力将座椅从固定架上连根拔起，甩向前方，压碎了夹在座椅之间的躯体，把客舱和前部行李舱之间的隔离墙砸得粉碎。安第斯山脉冰冷的空气灌进失压的机舱，那些知觉尚存的乘客仍在等待着机身撞上岩石的一刻。一些小伙子意识到，座椅上的金属和塑料会伤人，于是试图解开安全带，站到过道里，但只有古斯塔沃·泽尔比诺做到了。他稳稳地站住，双手抵着机舱顶，大声叫喊："耶稣，耶稣，帮帮我们，救救我们！"

另一个小伙子卡利托斯·派斯·比拉罗从机翼刚撞上山时就开始念诵万福马利亚，当他念出祈祷文的最后一个词时，飞机停住了。有那么片刻，万籁俱寂。接着，慢慢地，从一片狼藉的客舱各处传来了生命的声音——呻吟声、祈祷声和呼救声。

飞机冲下山谷时，卡涅萨紧张地等待着。有那么一刻，他以为自己必死无疑。他没有祈祷，而是在脑子里计算着飞机的速度和撞到岩石时产生的冲击力。接着，他突然间意识到，飞机不动了。

"停了！"他高声叫喊，接着转向坐在身边的人，问他是否安好。那个小伙子目瞪口呆地点了点头，卡涅萨便起身去帮朋友丹尼尔·马斯庞斯摆脱座椅。接着，他俩开始帮助其他人。他们起初以为其他人都受了伤，因为四下里全是呼救声。但很快，人们开始一个接一个地从残骸中钻出来。首先是古斯塔沃·泽尔比诺，接着是队长马塞洛·佩雷斯。佩雷斯的脸上有擦伤，身体一侧感到疼痛，不过作为队长，他立刻开始组织救援仍困在残骸中的人。医学生卡涅萨和泽尔比诺尽其所能地帮助伤者。

几个年轻的小伙子闻到汽油冒烟的气味，担心飞机会爆炸或起火，因此飞机刚停稳，便从机身后的窟窿跳了出去。他们发现自己的双腿完全没入了雪中。第一个离开飞机的鲍比·弗朗索瓦爬上一只箱子，点了支烟。“我们完了。”他对跟着自己跳进雪里的卡利托斯·派斯·比拉罗说。

四下里荒无人烟。他们周围全是雪，远处，三面皆是灰色的山崖。飞机停在斜坡上，头冲着下方的山谷。更远处，山脉在乌云中若隐若现。天冷极了，不少小伙子只穿着衬衫，也有些穿着运动服和夹克，但没有人的衣服能抗得住零度以下的气温，而装着衣服的箱子也不知所踪。

这几个年轻人顺着山坡回望，想寻找失踪的行李，却发现山腰上有个蹒跚的人影。身影渐渐走近，他们认出是同伴卡洛斯·瓦莱塔，便朝他大喊。瓦莱塔似乎看不见，也听不见。每走一步，积雪都没过他的大腿，只有顺坡而下才能稍稍前进。小伙子们发现他没有朝着飞机来，于是更疯狂地大喊，想引起瓦莱塔的注意。派斯·比拉罗和斯托姆甚至试着去与瓦莱塔会合，但发现在雪中寸步难行。他们被困在原地，只能眼睁睁望着瓦莱塔跌跌撞撞地走下山谷。有那么一阵子，瓦莱塔似乎听见了他们的声音，掉头向飞机走来，但接着便滑倒了。他开始翻滚，身体无助地滑向山崖，最终消失在雪里。

在机舱里，少数几个能动弹的小伙子试着把困住伤者的座椅挪开。山上的空气稀薄，小伙子们的每个动作都倍加困难，更何况受了这般惊吓。

即便所有伤者都被救出，他们还是束手无策。医学生迭戈·斯托姆尚未回过神来，卡涅萨和泽尔比诺“医生”所受的训练则着实可怜。泽尔比诺进入医学院不到一年，且有六个月都在忙着应付心理学和社会学必修课程。卡涅萨已经学了两年，但也只完成了医学课程的四分之一。此外，他们还花了不少时间参加球队训练。

卡涅萨跪下来查看一具破碎的女性躯体。他起初没有认出来，那是尤金尼娅·帕拉多，已经死了。她身边躺着苏珊娜·帕拉多，仍活着，但伤势严重，处于半昏迷状态。血从苏珊娜开裂的前额涌出来，糊住了一只眼。卡涅萨把血擦掉，接着把苏珊娜放在一小块没有破碎座椅的地板上。

苏珊娜旁边是阿瓦尔。他的伤也很重，头皮上有一个开放性伤口，处于半清醒状态。当卡涅萨跪下来尽力帮他处理伤口时，阿瓦尔抓住了他的手，“请别离开我，老伙计，别丢下我”。但其他人也在呼救。卡涅萨叫来泽尔比诺照顾阿瓦尔，自己接着查看帕拉多。帕拉多被冲击力扔出了座椅，毫无知觉地躺在飞机前部，满脸是伤，血迹模糊。卡涅萨起初以为他死了，但当他弯下身寻找脉搏时，指尖感到了从心脏传来的微弱跳动。帕拉多还活着，但似乎活不了多久。卡涅萨不知道该如何救他，放弃了。

除了尤金尼娅·帕拉多，只有尼古拉夫妇当场死亡。他们被冲击力一起扔进了行李舱，立刻断了气。

两名医学生暂时将尸体留在原地，回过头来照顾幸存者。他们从椅背上撤下椅套充当绷带，但伤员多，椅套少。有个叫拉斐尔·伊查瓦伦的小伙子，右腿的小腿肚被掀开，骨头完全暴露在外。泽尔比诺抓住拉斐尔·伊查瓦伦血淋淋的肌肉，将它们拉回原位，然后用一件白衬衫裹住他的腿。

另一个名叫恩里克·普拉特罗的小伙子走到泽尔比诺面前，他的肚子上插了一根钢管。泽尔比诺大为惊骇，但他记得医学心理学课上说过，好医生总是能给病人带来信心，于是他直视着普拉特罗的眼睛，尽量用笃定的语调说：“嗯，恩里克，你看上去没问题。”

“是吗？”普拉特罗指着自己肚子上的钢管，“那这个呢？”

“别担心那个。”泽尔比诺说，“你壮得很，来搭把手，帮我把这些椅子弄开。”

普拉特罗似乎信了，转向椅子。就在这时，泽尔比诺抓紧管子，用自己的膝盖抵住普拉特罗的身体，用力一拉。钢管出来了，还连带着拉出来近六英寸长的东西，看起来像是普拉特罗的肠子。

普拉特罗的注意力再次回到自己的肚子上，诧异地盯着流出的内脏。没等他抱怨，泽尔比诺就说：“嘿，你瞧，恩里克，你可能觉得自己这样子很糟，但还有很多人比你糟得多。别像个胆小鬼似的，过来帮忙。用那件衬衫把肚子扎上，我晚点儿再给你看看。”

普拉特罗毫无怨言，按照泽尔比诺的话做了。

与此同时，卡涅萨回到了费尔南多·巴斯克斯，也就是坐在他邻座的那个小伙子身边。卡涅萨本以为巴斯克斯只不过是腿部骨折，但事实上，他的腿被划破机身的螺旋桨切成了两截。血液从割断的动脉喷涌而出，巴斯克斯死了。

还有不少小伙子被座椅的安全带弄伤了腿。有一个人的腿上有三处受伤，胸部还有一处严重创伤，已经陷入昏迷。仍然神志清醒的潘奇托·阿瓦尔、苏珊娜·帕拉多则痛苦不堪，情况最糟的是谁都不认识的中年女人马里亚尼夫人。她的两条断腿被压在一摞座椅下面，小伙子们没法把她弄出来。她尖叫着，哀求着，但他们没力气抬起压住她的椅子。

机上的第五名女性利利亚娜·麦索尔的脸部擦伤，血流满面，但伤势并不严重。她的丈夫哈维尔·麦索尔，也就是潘奇托·阿瓦尔的表兄，没有受伤，但患有病毒性感冒，这会儿又出现了高原反应。虽然他挣扎着想要帮助伤员，但头晕眼花，呕吐不止，几乎无法动弹。其他人的症状不算严重，不过也都惊魂未定。佩德罗·阿尔戈塔完全丧失了记忆。他身体无恙，可以挪动座椅，但根本不知道自己在哪里，也不知道自己在做什么。另一个小伙子的头部受到了撞击，一直不停地试图离开飞机，走下山去。

飞机坠毁的时间大约是下午 3 点 30 分。由于云层很厚，天色已经昏暗下来。4 点左右，开始下雪了。最初是几片雪花，接着变成小雪，尔后越来越密，山峦在雪中若隐若现。尽管如此，马塞洛·佩雷斯仍认为伤员应离开机舱，以便其余人清理杂乱的座椅。这是个临时性的决定，大家都相信，到了这会儿，肯定已有人报告了飞机失踪的情况，救援人员已经出发。

他们意识到，如果能通过电台发送信号，可以使救援工作变得简单些。驾驶舱的入口被一直堆到天花板的座椅堵住了，但驾驶舱里还有声响传出。头脑冷静的蒙乔·萨韦利亚决定绕到机舱外与飞行员接触。

他在雪中几乎寸步难行，于是利用座椅靠垫当垫脚石。机头在坠落过程中已被撞碎，但仍可以轻松地爬上去，透过前行李舱门查看驾驶舱的情况。

费拉达斯和拉古拉拉都被困在座椅里，飞行仪表盘深深地卡进了他们的胸腔。费拉达斯已经死了，但拉古拉拉还活着，神志清醒。他见到萨韦利亚在旁边，便向他求救。萨韦利亚无计可施。他无法移动拉古拉拉的身体，听到拉古拉拉喃喃着要水，就用手帕弄了些雪送进他的嘴里。接着，萨韦利亚试着发信号，但电台坏了。不过，回到同伴们身边时，为了不让大伙儿失望，他谎称已与圣地亚哥取得了联络。

晚些时候，卡涅萨和泽尔比诺循着萨韦利亚的路返回驾驶舱。他们试着把仪表盘从拉古拉拉身上推开，但仪器纹丝不动。他的座椅也被牢牢地卡住了。两个小伙子只能把靠背上的软垫移开，稍稍减少些他胸部承受的压力。

在他们徒劳地奋力想将拉古拉拉解救出来时，拉古拉拉一遍又一遍地重复着："我们过了库里科，我们过了库里科。"眼看一切无济于事，拉古拉拉让两个小伙子把包里的左轮手枪拿出来。可是包不知所踪，况且，即便卡涅萨和泽尔比诺找到了包，也不会把枪给他，因为天主教徒不能纵容自杀行为。他们问拉古拉拉能否指导他们调校标度盘，用电台求救，但发报台坏了。

拉古拉拉继续央求给他手枪，接着又要水喝。卡涅萨爬到驾驶舱外，抓了些雪塞进拉古拉拉口中，但根本无法缓解他的干渴。拉古拉拉的鼻子在流血，卡涅萨知道，他活不了多久。

两名“医生”借助椅垫回到机舱后方，回到黑暗、狭窄、充斥着呻吟与尖叫声的客舱。从残骸中被解救出来的人们躺在舱外的雪地上，少数几个尚且强壮的小伙子拼命拖出能够松动的座椅，将机舱内清理出一些空间。天色渐渐昏暗下来。6 点钟时，天几乎完全黑了，气温降到零度以下。显然，救援队不会在当天赶到。他们把伤员扶回机舱，32 名幸存者开始为过夜做准备。

5

机舱里几乎没有落脚的空间，更别说躺下了。机身后半截的断裂处参差不齐，左侧还剩下 7 个舷窗，右侧只剩下 4 个。从驾驶舱到断裂处只有 20 英尺，且这部分空间大多被杂乱的座椅占据。在天黑之前，他们只能清理出舱门附近的一小块空地，安置苏珊娜、费尔南多·帕拉多和潘奇托·阿瓦尔几个重伤员。他们几乎能放平身子，但没有任何东西可以遮挡刮进来的风雪。马塞洛·佩雷斯在大块头边前锋罗伊·哈利的帮助下，用手边能利用的所有东西，尤其是座椅和行李箱，试图筑起一道抵挡严寒的屏障。然而风势太猛，一次又一次将他们垒起的墙吹倒。

佩雷斯、哈利和几个没有受伤的小伙子在舱门边挨着伤者缩成一团，一边喝着驾驶员从门多萨带来的葡萄酒，一边尽力修补着御寒屏障。其余的幸存者在座椅和尸体的空隙找地方睡觉。包括利利亚娜·麦索尔在内，大家都尽量挤进客舱和驾驶室之间狭窄的行李舱里。这里又局促又不舒服，但却是机舱里最暖和的地方。几大瓶门多萨葡萄酒在他们之间传递着。有些小伙子还穿着短袖，他们大口大口地灌下酒精，好让身子暖和起来。他们还相互摩擦着、捶打着，这似乎是保持体温的唯一方法。终于，卡涅萨想出一个好主意。他在堆箱子和靠垫时发现，座椅上的青绿色尼龙棉椅套只由一条拉链固定，可以很方便地拆卸下来，充当小毯子。这点可怜的东西固然不足以在零度以下的夜里御寒，但聊胜于无。

比寒冷更糟的是“仙童号”这截拥挤的机舱里惶恐的气氛和失控的情绪。每个人都以为自己受的伤最严重，因而大声地彼此抱怨。一个折断了腿的小伙子冲所有靠近他的人怒吼，说他们伤了他的腿，为此咒骂不停。但当他想去门口抓点雪润润嗓子时，却从其他人的身上爬过去，根本不顾及别人的伤势。马塞洛·佩雷斯不但要试图让他安静下来，还得应付罗伊·哈利。每次屏障坍塌，哈利都会暴跳如雷。

黑暗中不时传来伤者的阵阵呻吟、尖叫声和呓语。蜷缩在行李舱的人们仍能听到拉古拉拉的喊声。“我们过了库里科，我们过了库里科。”接着便哼哼着央求水和手枪。

机舱里啼哭得最厉害的是双腿仍压在座椅下的马里亚尼夫人。小伙子们曾试图把她弄出来，但每动一下，她就大声咒骂，好像只要碰一碰，她就会死去。小伙子们放弃了。拉斐尔·伊查瓦伦和蒙乔·萨韦利亚握着她的手，想安慰她。有那么一阵子，这一招似乎起了作用，但随后尖叫声又一次响起。

“看在上帝的分儿上，安静！”机舱后方有人大喊，“你的情况并不比别人糟。”

一听这话，哭喊声反而更响了。

“闭嘴，”卡利托斯·派斯·比拉罗吼道，“否则我就把你的脸揍开花！”

然而，马里亚尼夫人的尖叫声越发响亮，越发不可遏止。过了一会儿，尖叫声总算渐渐平息。孰料，一个依旧晕晕乎乎的小伙子摸索着往舱门边走，一脚踩到了她。

“把他弄走！”尖叫随即响起。“把他弄走，他想杀了我。他想要我的命！”

“凶手”爱德华多·施特劳赫被他的兄弟拽了回去。不过，没过多久，他再次试着爬过座椅和尸体，想要找个更暖和、更舒服的地方睡觉。这一次，他踩到了（除拉古拉拉之外）唯一幸存的机组人员、机械师卡洛斯·罗克。卡洛斯也以为爱德华多·施特劳赫是凶手，拿出一丝不苟的军人做派，要他报上名来。

“把你的证件掏出来！”卡洛斯·罗克大喊，“报上名来。报上名来。”

爱德华多·施特劳赫没有出示护照，而是越过机械师罗克，继续朝门口爬去。卡洛斯·罗克变得歇斯底里了。

“帮帮我！”他尖叫着，“他疯了，他想要杀我。”爱德华多·施特劳赫再一次被兄弟拽了回去。

机舱的另一边，潘乔·德尔加多站起身。“我去商店买点可口可乐。”他冲朋友们说。

“顺便帮我买点矿泉水。”卡利托斯·派斯·比拉罗回应道。

尽管相当不舒服，小伙子们还是不知不觉睡着了。这真是漫长的一夜。痛苦的呻吟持续不断。有人在去舱门口弄雪水喝的途中绊倒，压在了别人的断肢上；也有人醒来不知自己身处何处，想要离开飞机；还有人被自怜的抱怨弄得烦躁不安。几名老基督徒俱乐部的球员也与来自圣心耶稣会学院的小伙子起了争执。

冷风钻进他们临时垒起的屏障和破损的机身，醒着的人们彼此挨得更紧了。最靠门口的小伙子最遭罪，他们的四肢冻僵了，脸上和身上落了一层雪。没有受伤的人至少还能互相帮忙搓搓手脚，保持血液循环。帕拉多姐弟和潘奇托·阿瓦尔的境况最糟。他们无法替自己取暖，而且，虽然都受了重伤，却只有帕拉多昏迷过去，感觉不到肉体的痛苦。阿瓦尔哀求着："哦，帮帮我，请帮帮我。太冷了，太冷了……"但没人帮得上忙。苏珊娜不停地为死去的母亲啼哭："妈妈，妈妈，妈妈，我们离开这儿。我们回家。"接着，她神志不清，开始唱起儿歌。

当晚，医学生迭戈·斯托姆认定，尽管帕拉多陷入昏迷，但他的伤势似乎相对较轻，于是把帕拉多挪到朋友们中间，众人一起帮他保暖。至于其他两人，这么做似乎毫无意义。

这是一个无尽的长夜。有那么一阵子，泽尔比诺以为透过屏障的空隙看见了微弱的曙光。他看看表，才晚上 9 点。再后来，机舱中部的人听到入口处传来外国人的说话声。他们一度以为是救援队，但后来意识到，那是苏珊娜在用英文祈祷。

6

10 月 14 日，星期六，当朝阳升起时，"仙童号"已经被雪掩埋了一半。它所处的位置在智利廷吉里里卡火山和阿根廷索斯内阿多山之间，海拔约 11 500 英尺。虽然飞机在安第斯山脉中央坠毁，但确切地点尚未越过阿根廷的边界。

飞机停在斜坡上，机头朝东，冲下指向山谷。其他各个方向都覆盖着厚厚的积雪，更远处则是高耸的群山。他们所在的这片斜坡不算陡峭，开阔且无遮无挡。这样的海拔高度几乎寸草不生，雪地里间或冒出灰色和粉色的粗粝火山岩，但既没有灌木、灌木丛，也见不到一棵草。坠机点是群山，亦是荒漠。

马塞洛·佩雷斯和罗伊·哈利推开了头一晚费尽周折筑起的壁垒，最先走出机舱。天空中阴云密布，但雪总算停了。表层的积雪已经冻结，他们可以走到几步开外的地方，仔细查看一下糟糕的境况。

机舱内，卡涅萨和泽尔比诺开始再次查看伤者，发现一夜之间又有三人死去。潘奇托·阿瓦尔一动不动地躺在苏珊娜·帕拉多的身上。他的脚被冻得乌黑，从四肢的僵硬程度看，显然已无生气。有那么一阵子，他们以为苏珊娜定然也没命了，因为她没有发出一点儿声响，但当他们移开阿瓦尔的尸体时，发现她不仅还活着，而且仍有意识。她的脚也冻得发紫，不停地向已不在人世的母亲抱怨着："妈妈，妈妈，我的脚痛，好痛啊。求求你了，妈妈，我们不能回家吗？"

卡涅萨束手无策。他擦掉苏珊娜眼角边结了块的血痂，搓揉着她冻伤的双脚，试图让血液重新循环起来。苏珊娜高兴地意识到自己还没瞎，向卡涅萨表示了感谢。但卡涅萨明白，苏珊娜脸上的那道皮外伤与其余部位的伤势相比，根本算不了什么。他甚至能肯定，苏珊娜的内脏器官已经严重受损，但他既没有设备，也不知道该如何处理。事实上，他对所有人的状况都一筹莫展。除了卡利托斯·派斯·比拉罗在门多萨买的那点药品，以及从一只手提包里找到的利眠宁和安定，飞机上什么都没有。残骸里找不到合适的可以充当夹板的东西来固定断肢，因此卡涅萨只能让那些缺胳膊断腿的伤员躺在雪地上消肿，之后又建议他们搓揉扭伤的韧带。他担心用椅套做的绷带缠得太紧，因为在这样的严寒条件下，绷带可能会阻碍血液循环。

卡涅萨来到马里亚尼夫人身边，以为她也死了。他蹲下身去，想再试试移开压住她的座椅，可马里亚尼夫人随即又发出了尖叫声。“别碰我，别碰我！你会杀了我的！”于是他决定先置之不理。晚些时候，等他再折转回来，马里亚尼夫人已经安静下来，一副听天由命的样子。卡涅萨仔细查看，才发现她的眼珠子已经翻过去，没有了呼吸。

卡涅萨虽然比泽尔比诺多学了一年医，但仍无法肯定地判断生死。他叫来泽尔比诺，后者跪在马里亚尼夫人身边，把耳朵贴在她的胸口上寻找心跳声。泽尔比诺什么都没听到。于是，其他小伙子们把座椅推开，用行李箱上的尼龙带把尸体从肩部缠住，拖进雪地。他们告诉卡利托斯·派斯·比拉罗，马里亚尼夫人死了。派斯·比拉罗因自己昨晚的粗鲁言语深感自责，用双手捂住了脸。

古斯塔沃·泽尔比诺又去查看头一天把钢管从恩里克·普

拉特罗的肚子上拔出来时留下的伤口。他解开衬衫，眼前的景象正如他担心的，有块柔软的东西暴露在外面，还在流血，可能是肠子或腹膜。为了止血，泽尔比诺把衣服用古龙水消了毒，包住它，让普拉特罗把它推进肚子里，然后重新包扎了伤口。普拉特罗毫无怨言地照做了。

两名医生并非孤军奋战。利利亚娜·麦索尔虽然脸上带着被撞伤的瘀青，但仍尽力帮助并鼓励着大家。她体格瘦小、肤色较深，直到此次事故之前，照顾丈夫哈维尔·麦索尔和四个孩子就是她生活的全部。哈维尔·麦索尔在结婚前曾出过交通事故，先是被摩托车撞倒，继而被汽车碾过，昏迷数周，在医院里住了好几个月。他的记忆力一直没能完全恢复，右眼也失明了。

那可不是哈维尔唯一一次不走运。21 岁那年，哈维尔的家人将他送往古巴，之后辗转美国，学习制作和销售烟草。在北卡罗来纳州威尔逊市期间，哈维尔被告知感染了结核病。由于病情严重，他无法回国，不得不在北卡罗来纳州的一家疗养院里住了五个月。

回到蒙得维的亚后，他仍得继续卧床四个月，不过至少可以见到女友利利亚娜·麦索尔。他 20 岁就认识她了。1960 年 6 月 16 日，两人结为伴侣。他们在蜜月期间去了巴西，但之后只出了一次国，去阿根廷南部的湖区度假。这一次带利利亚娜·麦索尔去智利，哈维尔·麦索尔原本是打算补上结婚12周年的庆祝。

事故发生后，利利亚娜·麦索尔最先察觉到哈维尔·麦索尔出现了高原反应（而且是幸存者中唯一出现高原反应的）。他不停地呕吐，看上去很虚弱，每个动作都沉重迟缓，思维也开始变慢。利利亚娜·麦索尔必须告诉他该去哪儿，该做什么，用自己的信念支撑着他。

她也为年轻的小伙子们带来了安慰。他们中很多人还不满20岁，平日生活里完全依赖母亲和姐姐的照顾。现在，他们惊恐又绝望地转向了利利亚娜·麦索尔，她是眼下除了苏珊娜之外唯一的女性了。利利亚娜回应着他们的要求，既耐心又体贴，用温柔的话语鼓励他们坚强起来。第一夜，当马塞洛·佩雷斯和他的朋友们执意让利利亚娜睡在较暖和的地方时，她接受了他们的殷勤之举，但第二天便坚持要与其他人一样。虽然泽尔比诺等年轻小伙子仍然想让利利亚娜得到些许优待，但也不得不意识到，在如此狭小的机舱里，区分性别是不现实的。从那以后，利利亚娜成了这个团队中的一分子。

医生和护士的注意力转向了一个名叫安东尼奥·维任廷的主力球员身上。他的头部似乎受了撞击，一直在行李舱休息。直到此时，也就是坠机的第二天，其他人才发现他的外套袖子上有血迹。他们问维任廷胳膊出了什么问题，他坚称一切都好，没有任何疼痛。可利利亚娜·麦索尔仔细一看，他的外套袖子已被血浸透。利利亚娜叫来了两名医生，他们发现根本无法脱下维任廷的外套，只能用小刀把袖子割掉。刚扯下因吸饱了血而变得沉甸甸的袖子，更多的鲜血立刻从破裂的血管喷涌而出。他们赶紧临时做了条止血带，尽可能包扎好伤口。维任廷依旧感觉不到疼痛，但很虚弱。卡涅萨和泽尔比诺不知道他还能不能活下去，让他重新躺回了行李舱。

最后一项工作是去驾驶舱。从一大早，就再没人听见拉古拉拉的声音了。他们奋力穿过行李舱，所见的果如所料，拉古拉拉已经死了。

随着拉古拉拉之死，他们失去了或能指导求救的人。至于罗克，那个唯一幸存的机组人员，几乎毫无用处。自失事以来，罗克一直哼哼唧唧，且无法控制自己的身体机能，直到周围的人抱怨起来，罗克才意识到自己弄脏了裤子。

罗克同样来自乌拉圭空军。马塞洛·佩雷斯问罗克飞机上是否有应急物资或信号弹，他说没有。马塞洛·佩雷斯又问罗克能否让无线电恢复工作，他说需要飞机电池供电，而电池在断开的那截机尾里。

眼下似乎无计可施了。不过，马塞洛·佩雷斯相信他们很快就能获救，因此并没有过度担心。大家一致同意，无论如何，剩余的食物应该定量分配。马塞洛·佩雷斯把所有从机舱里和尚未随机尾一起丢失的行李箱里找到的可食用的东西列了张清单。飞行员在门多萨买了几瓶葡萄酒，不过其中五瓶已经在前一个晚上喝光，只剩下三瓶。此外，还有一瓶威士忌、一瓶樱桃白兰地、一瓶薄荷甜酒和一只小扁瓶装的、喝了一半的威士忌。

至于食物，有八块巧克力、五块牛轧糖、散落在机舱里的焦糖、一些过期的李子干、一包咸味薄脆饼、两罐贻贝、一罐盐焗杏仁，以及桃子酱、苹果酱、黑莓酱各一小瓶。对于 28 个人而言，这点食物实在不多。既然不知道何时能获救，他们决定尽量省着吃。那天中午，马塞洛·佩雷斯分给每人一小块巧克力和一小瓶盖葡萄酒。

下午，他们听见上空传来飞机声，但云层遮蔽，什么也看不见。夜幕降临得比他们预期得更快，好在这一次，准备稍许充足。他们已经把机舱里清理出更多空间，垒起更结实的挡风屏障，而且剩余的人也少了些。

7

10 月 15 日，星期日早晨，走出机舱的人自飞机坠毁以来头一次见到了晴天。天空是深蓝色的，与他们以往见过的截然不同。幸存者们被寂静山谷的壮美惊呆了，一时间忘记了自己的处境。新雪的表层已经结成冰，反射着明亮的阳光。环抱的群山在晨光里亮得眩目。稀薄的空气令距离感消失了，山峰看上去近在咫尺。

清澈的晴空让他们有理由相信当天就能获救，或者至少能让救援人员从空中确定他们的位置。此外，他们遇到的一些问题也有条不紊地得到了解决。眼下，最缺的是水。融雪无法满足他们的焦渴，若是直接吃，几乎会让嘴巴冻僵。他们想到了把积雪攥成冰球来吮吸，或者塞进瓶子里，靠摇晃瓶子加速冰雪融化。不过，后一种方式不仅费时费力，而且所得的水还不够一个人喝。此外，伤员帕拉多和苏珊娜·帕拉多帮不上忙，维任廷则需要水来补充受伤的胳膊流失的血液。

阿道弗·施特劳赫发明了一种制水装置。阿道弗（大家叫他费多）是老基督徒俱乐部的成员，但在蒙得维的亚的另一支球队效力。他在最后一刻才通过爱德华多·施特劳赫（他们的父亲是兄弟，母亲是姐妹，可谓亲上加亲）买了机票。施特劳赫家族于19世纪从德国移民到乌拉圭，经营着庞大的银行和肥皂生意。费多·施特劳赫和爱德华多·施特劳赫的家庭来自家族中的小分支，做的是珠宝行当，直到最近才在蒙得维的亚成了合伙人。他们的母亲来自乌拉圭显赫的乌里奥斯特家族。

两名小伙子都是金发碧眼，长相俊秀，带着明显的德国人特征。事实上，爱德华多·施特劳赫的绰号就是“德国佬”。他们俩关系非常亲密，与其说是堂兄弟，不如说是亲兄弟。不过，爱德华多·施特劳赫已经去过欧洲，且立志成为建筑师。费多·施特劳赫则腼腆得多，对日后尚无明确打算。由于对其他专业并无兴趣，家里又拥有大农场，费多便学了农业。在此之前，他还从未离开过乌拉圭。

费多·施特劳赫和爱德华多·施特劳赫都在坠机时昏迷过去，醒来后震惊不已，甚至不知道自己在哪里。费多·施特劳赫试图立刻离开飞机，爱德华多·施特劳赫则在第一夜里踩到了罗克和马里亚尼夫人。把他们拉回来的是他们父亲的妹妹的儿子、他们的表兄弟丹尼尔·费尔南德斯。

到了星期日，费多·施特劳赫的神志已经恢复得相当不错，完全可以理解眼下变雪为水的难题。这天阳光灿烂，上午过后，光照越发强烈，融化了夜间积雪表层凝结的薄冰。费多·施特劳赫突然想到，或许可以用某种方式利用阳光。他四下张望，想找个能盛放积雪的东西。他的目光落在了一两步开外的一块矩形铝箔上，那是从摔碎的座椅背后脱落出来的。他试着把铝箔的四边弯折起来，形成一个浅浅的容器，把其中一个角折成开口状。然后，他在容器里铺上薄薄一层雪，将容器正对着太阳。没过多久，容器口部滴出了几滴水。接着，涓涓细流不断流进费多·施特劳赫事先准备好的蓄水瓶里。

既然每个座椅都有这么一块矩形铝箔，很快，便有若干个制水器开始工作了。马塞洛·佩雷斯已经将幸存者分成了几组。融化雪水消耗的体力最小，因此这项工作就交给了那些无法承担更繁重劳动的人。马塞洛·佩雷斯自己负责总体协调和食物分配。第一组是医疗队，成员有卡涅萨、泽尔比诺，利利亚娜·麦索尔也部分参与这一组的工作。（这一组的任务有些模糊，因为卡涅萨拒绝将自己限制在特定岗位中。）第二组的成员都是些年纪较小的人，罗伊·哈利、卡利托斯·派斯·比拉罗、迭戈·斯托姆，以及他们的朋友古斯塔沃·尼科利奇（绰号可可）。他们负责清理机舱，晚间铺好软垫，白天把充作毯子使用的椅罩放在太阳下晾晒。

第三组的工作是制水。这项任务唯一的难度在于找到未被污染的雪，因为飞机周围的雪都被死者和伤员的血染成了粉色，还掺杂着机油和尿液。几码[①]开外的地方倒是有很多干净的积雪，不过要么松软得几乎无法迈步，要么表面结了冰，强度足以行走，却硬得挖不动。于是众人决定，只能在两处限制区域内解手，一处是机舱入口，另一处是飞机前轮附近、驾驶舱的下方。

马塞洛·佩雷斯在中午分发定量食物。每个人可以得到一小瓶盖葡萄酒和一口果酱。晚餐则是一小块巧克力。有些人抱怨说星期日的午餐应该稍稍丰盛些，但大多数人觉得最好还是

① 1 码 =0.9144 米。——编者注

省着点。

这一天，进餐的人多了一个。原本生死未卜的帕拉多从昏迷中醒来。人们擦掉了他脸上的血迹后发现，血多半来自头部所受的重创。帕拉多的颅骨完好无损，但很虚弱，还有点神志不清。醒来后，他最先想到的是妈妈和姐姐。

“你妈妈在坠机时当场死亡。”卡涅萨告诉他，“她的尸体在外面的雪地里。不过先别去想那些。你必须帮助苏珊娜，按摩她的脚，给她喂水喂食。”

苏珊娜的状况更糟了。她的脸上依旧伤痕累累，双脚比第一晚更黑。大多数时候，她都醒着，但似乎意识不到自己在哪里，依旧哭着喊妈妈。

帕拉多按摩着苏珊娜冰冻的双脚，但毫无用处。她的脚没有一丝回暖的迹象，稍微用力一些，皮肤便脱落下来。从那时起，帕拉多开始一心一意地照顾她。每当苏珊娜咕哝着口渴时，帕拉多就往她嘴里喂一些掺了薄荷甜酒的雪水，以及马塞洛·佩雷斯分配给她的巧克力。当苏珊娜嘟囔着“妈妈，妈妈，我想上厕所”时，帕拉多便站起身去询问卡涅萨和泽尔比诺。

卡涅萨和泽尔比诺走到她身边。帕拉多告诉她，他们是医生。

“哦，医生，”苏珊娜说，“我想要只便盆。”

“你已经有了啊。”泽尔比诺回答，“尿吧，没关系的。”

午后刚过，小伙子们看见一架飞机从头顶正上方飞过。那是架喷气机，飞得很高，但所有站在雪地里的人都跳跃着，挥手，呼叫，用金属片朝天空打反光。不少人喜极而泣。

下午 3 点左右，一架涡轮螺旋桨飞机自东向西从空中飞过。这一次，飞行高度低了不少。之后不久，另一架飞机由北向南掠过上空。幸存者们再次挥手叫喊，但飞机继续向前，消失在群山的另一侧。

小伙子们对飞机究竟有没有发现他们争执不下。他们向罗克征求意见，罗克认为，飞机飞得这么低，一定能看见他们。

“那它为什么没有绕圈子或者摆动机翼，给我们发信号呢？”费多·施特劳赫问。

“做不到。”罗克说，“山太高了，没法做这些动作。”

小伙子们中有些人不相信罗克的判断，再说，罗克当时的行为依旧不合逻辑，他的乐观只能让大家越发怀疑。有人提出，或许因为“仙童号”的残骸半埋在积雪里，要从高空发现，比他们想象的难得多。于是，他们开始用从女士们的手提包里找到的口红和指甲油在飞机顶上涂写“SOS”，不过刚写完第一个 S，他们就意识到，字母实在太小，纯粹是白费力气。

四点半，所有人都听到了飞机的引擎声，且这一次比先前几次更近。声音从山后传来，似乎是一架小型双翼飞机，飞行轨迹或许会正好掠过他们上空。大伙儿疯狂地挥着手，试图借助小片金属反射阳光引起飞行员的注意。令他们欢欣的是，飞机飞过时摆动了一下机翼，似乎是在示意。

现在，小伙子们再也不必怀疑了，有些人干脆坐在雪地上等待直升机到来。卡涅萨打开一瓶门多萨葡萄酒，与他负责的伤员们一起开怀畅饮，庆祝获救。

很快，天色开始变暗。太阳隐没到山后，寒冷重新袭来。万籁俱寂。显然，他们无法在当晚获救。马塞洛·佩雷斯给幸存者们分发了巧克力。随后，大家无精打采地回到机舱里，有些人想投机取巧占据行李舱的地盘。马塞洛·佩雷斯请求身强体壮的小伙子们和自己一起睡在门口，但有几个人拒绝，辩称如果每晚都睡在靠舱门口的地方，肯定会被冻死。

星期日的那个夜晚，大家久久难眠，讨论着何时能获救。有人觉得直升机第二天就会来，也有人认为这个海拔对于直升机而言太高了，可能得等更长时间才能获救，甚至要一周。这个想法让众人冷静下来，马塞洛·佩雷斯也批评卡涅萨太鲁莽，与伤员们浪费了一整瓶葡萄酒。此外，还有一个人也该受到严厉指责，因为马塞洛·佩雷斯发现有人从他装食品的小化妆包里偷走了两块巧克力和一块牛轧糖。

“看在上帝的分儿上，”马塞洛·佩雷斯煞有介事地谴责那个不知名的窃贼，“你没有意识到你是在拿我们的性命开玩笑吗？”

“那狗娘养的想要杀了我们。”古斯塔沃·尼科利奇说。

四下里又黑又冷。众人陷入沉默，各自想着心事。帕拉多搂着苏珊娜，蜷起身子尽力帮她保暖。他感觉到了她断断续续的呼吸，因哭唤死去的母亲而损伤的肺部不规则地起起伏伏。他望着苏珊娜的大眼睛，里面尽是无法用言语表达的悲伤、痛苦和迷茫。其他人也紧紧裹着椅罩，断断续续地入了梦乡。在这个20英尺长、8英尺宽的狭窄空间里，他们只能头碰头，脚对脚，一个挨一个地挤在一起。由于机身本身倾斜，那些完全躺下的人与水平面有30度的夹角。其余人背靠着机舱壁，屁股搁在拆下来当坐垫的行李架上，只有腿能够伸展开。

坐垫固然提供了某种程度的舒适，但空间着实局促，只要有一个人想挪挪身，所有人就得同时挪动。任何移动都会让伤员极度痛苦，那些想要挠痒痒或者上厕所的倒霉蛋总是招来周围人的一片叫骂。动弹往往是无意识的。一个小伙子在睡梦中伸了伸腿，踢到了对面人的脸。间或有人梦游。“我去弄点可口可乐！”梦游者高声说，然后开始爬过躺在他和门之间的人。

对于这些烦扰，天生容易兴奋、情绪多变，又因葡萄酒插曲而懊恼万分的罗伯托·卡涅萨的怒气最大。这个小伙子四年前接受过心理测试，结果反映他略有暴力倾向，选择橄榄球运动和医学多少与此有关。据说，高强度的身体对抗和外科手术有助于疏导他的攻击倾向。无论何时，只要有哪个小伙子因痛苦而发出尖叫声，卡涅萨总是咆哮着让他闭嘴，尽管他知道不该因此指责对方。也正因如此，卡涅萨那善于创新的脑袋里冒出了一个主意：搭个类似吊床的装置供重伤员夜间使用，把他们和其他同伴分开。

次日早晨，卡涅萨提出这个建议，立刻遭到反对。“你这个傻瓜，你那个破吊床的主意会让我们送命的。”

“至少让我试试。”卡涅萨说。他开始和丹尼尔·马斯庞斯四下寻找合适的材料。“仙童号”的原初设计允许把座椅拆卸掉，将客舱变成货舱，因此行李舱里预备了大量尼龙绳和支撑杆，可以与客舱里的各种固定附件配合使用。卡涅萨和马斯庞斯发现，如果把两根金属杆用带状织物连接，再固定在地板和左侧机舱壁的接合处，另一端系上带子，把带子钩在机舱顶部接头上，就成了一张平行悬在地板上方的吊床。他们无法让支撑杆保持平行，但吊床足够两名伤员互不干扰地躺下。

他们还发现，可以用同样的方法把客舱和行李舱之间的门吊起来，再用座椅搭个上下铺，这样又可以容纳两个人。那一晚，普拉特罗睡在门上。两名断了腿的小伙子睡上下铺，另一名伤员和他的一个朋友睡在吊床里。伤员们舒坦了，其余人也不必再忍受痛苦的呻吟。不过，一个问题解决，新的问题随即出现了。伤员们完全暴露在透过简陋的挡风壁垒吹进机舱的刺骨寒风中，无法再借助同伴的身体维持热量。他们得到了额外的毯子，但效果完全不足以与依偎取暖相比。要么受严寒折磨，要么忍耐挤挤挨挨的痛苦，别无他法。

8

星期一早晨，也就是飞机失事的第四天，尽管得到的医疗照顾极为有限，但就连伤得最重的人也出现了好转的迹象。不少人依旧受到疼痛的折磨，但肿已经消退，开放性伤口也开始愈合。

卡涅萨和泽尔比诺原本以为维任廷可能会因失血过多死亡，但现在，维任廷已能在泽尔比诺的帮助下去雪地里小解了。维任廷的尿液呈深棕色，泽尔比诺对他解释说，他可能是染上了肝炎。

“好极了，锦上添花。”维任廷说着，磕磕绊绊地挪向行李舱的铺位。

帕拉多虽然承受着照顾苏珊娜的压力，但他本人恢复得相当快。苏珊娜的状况并没有令他绝望。恰恰相反，在帕拉多渐渐恢复气力的同时，内心的求生欲望也与日俱增。大多数同伴眼下只想着等待获救，但帕拉多却琢磨着如何靠自己的力量回到文明世界中。帕拉多将这个心思吐露给卡利托斯·派斯·比拉罗，后者也想尽早离开。

“不可能，”派斯·比拉罗说，“你会在雪地里冻死的。”

“穿得够厚就不会。”

“那你会饿死。靠一小块巧克力和一小口葡萄酒可爬不过大山。”

“那我就割飞行员的肉。”帕拉多说，“不管怎么说，是他们让我们落到这个地步的。”

听到这话，派斯·比拉罗并没有震惊，他以为这只是玩笑。不过，他和另外几个小伙子开始越发担心，究竟要等多久才能获救。自飞机坠毁已经四天了，除了前一天那架从他们头顶飞过、摆了摆机翼的双翼飞机，没有任何迹象表明外界是否知道他们仍活着。也许从空中根本看不见他们？或者人们已经放弃了搜寻？这样的念头太可怕，没有人愿意接受。他们逐渐形成了这样的推理：人们已经发现他们了，但此地海拔太高，无法用直升机营救，因此救援队会从陆路进山。马塞洛·佩雷斯这么想，法学生潘乔·德尔加多也这么认为。潘乔·德尔加多靠着一条没受伤的腿蹒跚地绕着飞机散步，兴高采烈地与其他人交谈着，用不容辩驳的语气坚称上帝不会抛弃困境中的他们。

大多数人挺感激潘乔·德尔加多，他安抚了众人内心的恐慌。相比之下，那小群悲观主义者，尤其是卡涅萨、泽尔比诺、帕拉多和施特劳赫兄弟的论调，就不太受欢迎了，因为他们总是对救援队的到来提出质疑。

“难道不是吗，”费多·施特劳赫反问，“如果他们知道我们在这里，为什么不空投点补给？”

“因为他们认为补给会被雪埋住，我们找不到。”马塞洛·佩雷斯说。

没有一个人知道自己究竟身处何处。他们在驾驶舱找到了航线图，挤在黑乎乎的驾驶舱里一小时接一小时地研究，但谁都看不懂。腼腆内向、双腿受伤的阿图罗·诺盖拉自告奋勇地任命自己为读图员，从图上标注的众多城市和村镇中找出了库里科。他们记得副驾驶员曾反复说，他们已经飞过了库里科。从图上可以清晰地看出，库里科在智利境内、安第斯山脉的西侧。如此说来，他们一定是在某处余脉里。测高仪的指针指在7 000英尺的位置。朝西，智利的村庄应该就在不远处。

然而，向西的道路都被高山阻断，他们所处的山谷朝东。若顺着山谷往回走，就意味着深入山脉中部。他们坚信，只要能翻过西侧的高山，就能看见绿野和智利的农庄。

此前，他们只有在上午9点以前可以在飞机周围走动。9点之后，倘若是晴天，积雪表层的冰迅速融化，行走时就会陷进没膝深的雪里。出于这个原因，他们的活动范围尚未超过几码，因为他们担心会像瓦莱塔那样消失在深深的积雪中。不过，足智多谋的费多·施特劳赫想到，如果把从座椅上拆下来的坐垫绑在鞋子上，就成了可以畅行无阻的雪地鞋。用这种方式行走固然困难，但却并非不可能。他和卡涅萨打算立即上山，一则看看山的另一侧是什么情景，二则想看看折断脱落的后半截机身里有没有幸存者——费多还有个表兄弟在那里。

此外，还有一个念头激励着他们。罗克说过，可以在机尾找到为无线电台供电的电池。不仅如此，飞机坠落的轨迹在积雪中依旧清晰可辨，沿途的山坡上说不定还散落着行李箱，可以为他们提供额外的衣服。

卡利托斯·派斯·比拉罗和努马·图尔卡蒂也要求加入。10 月 17 日，星期二，早上 7 点，四个人出发了。天空晴朗，但依旧寒冷，积雪表面冻得很结实。他们穿着橄榄球靴，行走起来相当方便。卡涅萨还戴着几副用袜子做的手套。

他们走了大约一个小时，之后休息一会儿，然后继续前进。空气稀薄，步履维艰。太阳升起时，表层冰面融化了，他们把坐垫绑在鞋底上，但坐垫也很快吸饱了水。此外，为了避免一只脚踩上另一只脚，还不得不弯着腿走路。近五天来，没有一个人吃过饱饭。没多久，卡涅萨便建议回头。提议被否决，继续向前。突然，费多·施特劳赫在冰隙边缘陷进了及腰深的雪洞，大伙儿吓坏了。山坡下的飞机在辽阔的雪原中显得那么小，飞机周围的伙伴们就像雪里的小泥点。他们没找到行李箱，也看不见机尾。

“想从这儿出去可不容易。”卡涅萨说。

“可是如果没有救援，我们就得走出去。”费多·施特劳赫说。

“不可能走得出去。”卡涅萨说，“没有食物，我们太虚弱了。”

“你知道帕拉多怎么说吗？”派斯·比拉罗对费多·施特劳赫说，“他说如果我们得不到营救，他就要靠吃飞行员走出去。”派斯·比拉罗停顿了一下，然后补充道：“他头上挨的那下子撞，肯定让他有点疯疯癫癫了。”

“我不知道。”费多·施特劳赫说，他诚实而严肃的表情显得相当镇定，“这或许是生存下去的唯一办法。”

派斯·比拉罗什么都没说，他们转身折返。

9

探险小队的经历让众人失望。接下去的几天里，利利亚娜·麦索尔继续安慰着失魂落魄的人们，潘乔·德尔加多使尽浑身解数让大家乐观起来。但日子一天天过去，丝毫没有救援队会出现的迹象。他们之中最强壮的人尚且爬不上一小段山坡，那些虚弱、受伤的人又能有什么希望呢？

每天晚上，他们挤在机舱里，躺在冰冷的黑暗中，思念着家乡和亲人，渐渐地沉入睡梦，头挨着头，脚抵着脚。哈维尔·麦索尔和利利亚娜·麦索尔在一起，伊查瓦伦和诺盖拉睡在吊床上，费尔南多·帕拉多和苏珊娜·帕拉多相拥而眠。

第八晚，费尔南多·帕拉多醒来，感觉臂弯里的苏珊娜·帕拉多已变得冰冷，没有热气，没了呼吸。费尔南多·帕拉多立刻嘴对嘴向苏珊娜的肺里吹气，泪水顺着他的面颊滚落下来。其他人也醒了，他们望着试图让姐姐复活的费尔南多·帕拉多，开始祈祷。费尔南多·帕拉多精疲力竭，不得不放弃。卡利托斯·派斯·比拉罗立刻上阵，接着为苏珊娜做人工呼吸。然而一切都无济于事，苏珊娜·帕拉多死了。

第二章　绝望的搜救

1

10月13日，星期五下午，圣地亚哥普达韦尔机场的空管中心刚刚与乌拉圭“仙童号”失去联系，立刻电话联络了总部位于圣地亚哥洛斯塞里约斯机场的空中救援服务中心。救援队的指挥官不在，因此两名前指挥官卡洛斯·加西亚和豪尔赫·马萨被召回指挥搜救行动。他们都是智利的空军军官，不仅接受过指挥训练，而且能驾驶救援队里所有型号的飞机：道格拉斯 C-47、DC-6、双水獭和塞斯纳轻型飞机，以及大型贝尔直升机。

当天下午，一架 DC-6 以失踪飞机最后报告的位置为起点，沿着从库里科到安戈斯图拉和圣地亚哥的空中走道开始搜索。他们将搜索重点放在山区，略过了有人居住的地区，因为倘若坠机发生在那一带，一定会有人报告。搜救队一无所获，便沿着“仙童号”的预定航线继续回溯，搜索库里科到普朗雄山口之间的地区。普朗雄一带风雪交加，DC-6 什么都没有发现，返回了圣地亚哥。

第二天，加西亚和马萨综合“仙童号”离开门多萨的时间、飞过马拉圭的时间、飞行速度，以及在飞越安第斯山脉上空时遇到的逆风，对手头的信息进行了更精确的分析。他们最终得出结论，飞行员报告位置时，飞机飞过了普朗雄，但不可能已过库里科。因此，“仙童号”没有飞往安戈斯图拉和圣地亚哥的普达韦尔机场，而是转头进了安第斯山脉的中部，扎进了廷吉里里卡山、索斯内阿多山和帕洛莫山之间。加西亚和马萨凭借精准的推算在地图上圈出一个20英寸见方的区域，认为事故一定发生在此范围内。他们随即派飞机从圣地亚哥出发，对该区域进行搜索。

摆在搜救队面前的难题很明显。那一带的群山高达15 000英尺。如果“仙童号”在此坠毁，肯定会落入海拔约12 000英尺、覆盖着20英尺到100英尺厚积雪的山谷中。由于“仙童号”的机顶是白色的，若飞行高度高于山峰，则不可能看见“仙童号”；若在山峰之间飞行，则定然会因湍流而机毁人亡。然而，有条不紊地对整个地区进行搜索是他们的职责。

洛斯塞里约斯机场空中救援队的专家们一开始就认为，失事飞机乘客幸存的概率几乎为零。他们知道，每年这个时候，该海拔地区的气温会降至 −30℃至 −40℃。因此，哪怕有乘客在空难中侥幸活下来，也肯定会在头一夜死于严寒。

但按照国际惯例，事故发生地所在国应进行 10 天搜救。即便当时的智利处于政治和经济混乱中，救援队仍需履行该项责任。此外，乘客的家属们也开始陆续抵达圣地亚哥。

2

从飞机失踪的第一则消息传来起，乘客的家人们就在困惑和极度焦虑中煎熬着。广播里最初说，“仙童号”在门多萨停留（家人们对此一无所知），然后于次日出发，随即失踪。官方对此三缄其口，来自非官方渠道的各种自相矛盾的报道满天飞。由于前一晚没有听广播，丹尼尔·费尔南德斯的父亲在星期日（即 14 日）听说飞机被“找到”后才得知失踪的消息。有人听说，小伙子们已经安全抵达圣地亚哥，并入住了预订的酒店。也有传闻说，他们没有降落在圣地亚哥，而是到了智利南部的某个地方。

部分前后矛盾的消息来自同一个人：家住卡拉斯科的无线电迷拉斐尔·庞塞·德莱昂。这个爱好得自他的父亲，后者在自家地下室里组装了一套异常复杂的装置，其中包括一台科林斯 KWM2 大功率发报机。拉斐尔·庞塞·德莱昂本人也是老基督徒俱乐部的会员，与马塞洛·佩雷斯是好友。他此次没有去圣地亚哥，只是因为不想离开已经怀孕 7 个月的妻子。球队临行前，拉斐尔·庞塞·德莱昂应马塞洛·佩雷斯的要求，通过电台联络上智利的一名无线电发烧友，后者帮他接入了智利电话系统，为球队预订了圣地亚哥的酒店。相比打国际长途，这种做法既快捷又便宜，虽说不怎么合法，但也无伤大雅。

13 日晚听说“仙童号”在安第斯山脉里失踪，拉斐尔·庞塞·德莱昂立刻打开电台。他与圣地亚哥的克里永酒店取得了联系，被告知老基督徒的球员已经入住。后来，他又听到一些与之相左的消息，便再次联系酒店，发现入住的球员只有两人，都是搭乘定期航班抵达圣地亚哥的，一个是没赶上“仙童号”的吉尔贝托·雷古莱斯，另一个是鲍比·豪古斯特，他的父亲是荷兰皇家航空公司驻蒙得维的亚的代表。

拉斐尔·庞塞·德莱昂刚刚更正了先前的消息，电话铃便响了。对方说，机上一名小伙子的智利女友已经打电话给她未来的公婆马格里夫妇，并说飞机降落在智利南部的一个小镇，机上所有人都平安。有了克里永酒店不实消息的教训，拉斐尔·庞塞·德莱昂决定这一次先核实。他询问了乌拉圭驻圣地亚哥代办塞萨尔·查隆。但查隆觉得可能性不大，因为官方消息仍说飞机尚未找到。

到了这会儿，发现飞机的传闻已从马格里家传到了半数家长的耳中。拉斐尔·庞塞·德莱昂担心他们空欢喜一场，决定直接询问消息的源头——吉多·马格里的女友玛丽亚·德洛斯·安赫莱斯。他通过电台与对方取得联系，问她消息是否属实。玛丽亚承认那只是个善意的谎言，“我敢肯定一定会找到的，所以我就告诉她已经找到了”。电话这头的马格里夫人异常沮丧。

拉斐尔·庞塞·德莱昂录下了玛丽亚的话，并于当晚把录音带寄给蒙特卡洛电台，供他们在下次新闻简报中使用。等他关上电台时，早已过了半夜，但他的努力没有白费。第二天早上 9 点左右，谣言消散了。飞机依旧不知所踪。

卡利托斯·派斯·比拉罗的父亲、知名画家卡洛斯·派斯·比拉罗第一个赶到洛斯塞里约斯机场的空中救援服务中心。他在卡拉斯科前妻的家里听说了飞机失踪的消息。这纯粹是巧合，他星期五下午将女儿留在了那里。自从离婚后，孩子们就一直跟着他们的母亲马德隆·罗德里格斯。他通过官方渠道四处打听，从乌拉圭驻圣地亚哥代办到同他有私交的乌拉圭空军军官，逐一询问。代办查隆的答复无法令人宽心。尽管那名空军军官称费拉达斯是军中“最棒、最有经验的”飞行员，但卡洛斯·派斯·比拉罗知道，那只不过是因为此人和费拉达斯是那一代飞行员中仅存的两个，其他人都已死于飞行事故。他告诉马德隆·罗德里格斯，自己要亲自去把孩子们找回来，星期六一早便动身前往圣地亚哥。

当天下午，卡洛斯·派斯·比拉罗搭乘一架空军 DC-6 沿着“仙童号”可能途经的线路搜索。等他回到机场时，另一个小伙子的家人也来了。到了第二天，抵达圣地亚哥的乘客家属共有 22 人。

指挥官马萨宣布，家属一律不得跟随飞机参加搜救。于是这批人转而聚到塞萨尔·查隆的办公室。他们在那儿听说，一个名叫卡米洛·菲格罗亚的矿工向智利警方报告，他看见燃烧的“仙童号”坠向库里科东北约 70 英里的蒂武西奥地区。

16 日，星期一，加西亚和马萨指挥手下搜索了那一地区。上午一无所获，但到了下午，一名飞行员从蒂武西奥报告，山间有烟升起。然而后来却发现，烟来自一户山民的木屋。

同一天，由智利军警和救援安第斯山脉失踪者的志愿者组成的搜救队从兰卡瓜出发了。他们的预定搜索区域是普朗雄山口到蒂武西奥之间，但由于暴雪和狂风，在下午放弃了搜索。

其后两天，也就是 10 月 17 日、18 日，厚厚的云层和大雪笼罩着整个搜索区域，搜救飞机因天气状况无法出动。乘客的亲友们有些已经灰心绝望，返回了蒙得维的亚。另一些人留下来，开始计划自己组织搜救。这倒不是因为他们觉得智利人没有尽心尽力，即便乌拉圭空军派来协助智利人的“仙童号”姐妹机也因天气受困。但他们知道，时间在一分一秒流逝，而那些专业人员并不相信孩子们还活着。“不可能。”指挥官马萨对媒体说，“就算有人活着，也会被雪埋了。”

卡洛斯·派斯·比拉罗千方百计想做些什么。他在圣地亚哥的商店里看见一本名为《智利的雪与山》的书，书里提到廷吉里里卡山和帕洛莫山一带属于某个叫华金·甘达里利亚斯的人。他觉得拥有那片土地的人一定对该地区最为了解，于是登门拜访。甘达里利亚斯很客气地接待了他，但解释说，由于阿连德总统推行农业改革，自己的大片土地已被没收了。不过，他还是对那一带了如指掌。经过一席交谈，卡洛斯·派斯·比拉罗终于说服他次日同自己一起动身前往廷吉里里卡火山地区。

他们开了两天的车，然后骑马进入山区西侧。暴风雪已经停了，清爽的天气却令四下更显荒凉。放眼望去，无论生死，一无所见。卡洛斯·派斯·比拉罗站在那里，盯着无边的大山，使劲儿吹起口哨，期待着这声音能凭借魔力传到儿子耳边。口哨声在岩石间回响，被雪吞没了。他们无计可施，悻悻而返。

就在卡洛斯·派斯·比拉罗出发寻找儿子的时候，一些留在乌拉圭的人也在向各类非官方渠道求援，其中包括卡洛斯·派斯·比拉罗前妻马德隆的母亲。

10 月 16 日，马德隆的母亲在哈维尔·麦索尔的兄弟胡安·何塞的陪同下拜访了蒙得维的亚的一名老者。此人是个占卜水源的行家，而且据说他能够找到的隐藏物远不止泉水。他们展开了一张安第斯山脉的地图。老人把一根叉形的棍子举在地图上。棍子抖动着，落在了廷吉里里卡火山东侧、距特尔马斯德尔福拉科温泉约 19 英里的地方。

老太太的女儿马德隆·罗德里格斯通过拉斐尔·庞塞·德莱昂的电台把这个地点告诉了尚在智利的卡洛斯·派斯·比拉罗，但卡洛斯·派斯·比拉罗说，空中救援服务中心已经搜索了整个地区，而且，如果他们是在那里坠毁的，根本没有生还的机会。

这是马德隆·罗德里格斯最不愿意听到的，于是，她将水源占卜师的话从脑子里抹去了。不过，向拥有超自然能力的人求助的想法却启发了她。她找到了乌拉圭的占星家鲍里斯·克里斯托弗，向他打听世界上最神的千里眼。

“克鲁瓦塞，”他脱口而出，“乌得勒支的赫拉德·克鲁瓦塞。”

费多·施特劳赫的母亲罗西娜·施特劳赫则寄望于另一种方式。她听说，从未被梵蒂冈承认的加拉班德圣母大约 10 年前曾在西班牙向一些孩子显圣。为了让教皇信服，圣女肯定愿意再施展一个奇迹，而眼下正是机会。抱着这样的想法，罗西娜和另外两名母亲开始向加拉班德圣母祷告。

但其余的人已经听天由命，只希望能够坚强地承受这个打击，祈祷儿子们的灵魂能升入天堂。在卡洛斯·瓦莱塔——飞机失事后不久便消失在积雪里的那个小伙子——的母亲看来，根本没有希望。星期五下午的时候，她看到了一幅幻象，先是坠落的飞机，接着是儿子受伤的脸庞，然后他沉睡了。那天下午五点半，她感觉到儿子已离开人世。其他家长也心灰意冷，觉得飞机失事后在大山里生存若干天，根本不现实。

尽管如此，拉斐尔·庞塞·德莱昂的地下室里每晚仍挤满了小伙子们的亲人、好友和女朋友，绝望地等待着消息。

10 月 19 日，空中救援服务中心重新展开搜索，一直持续到 10 月 21 日上午。同时，阿根廷也从门多萨派出了几架次飞机。卡洛斯·派斯·比拉罗和其他人继续利用圣费尔南多飞行俱乐部借给他们的塞斯纳轻型飞机进行搜索。可惜，种种努力全然白费，“仙童号”依旧不见踪影。

搜索已经进行了 8 天，其中两天因天气原因取消。空中救援中心的人冒着生命危险，昂贵的燃料几乎耗尽。所有没有失去理智的人都知道，这样的搜救只是徒劳。21 日中午，指挥官加西亚和马萨宣布，“搜救乌拉圭飞机 571 号的行动因失利而取消”。

第三章 上帝希望我们活下去

1

第九天早晨，幸存者们将苏珊娜·帕拉多的尸体拖到了雪地里。他们走出机舱，万籁俱寂，唯闻风声；四顾茫然，只有单调的山岩与积雪。

山色随光线而变。清晨，山峦明亮而遥远。尔后山影渐渐拉长，灰色、红褐色和绿色的山石好似不安的怪兽或恼怒的诸神，皱眉俯视着这群闯入者。

飞机座椅在雪地里排开，如同庄园游廊上的躺椅。最先走出机舱的人在椅子上坐下，眺望着地平线，开始准备饮用水。每个人都能从同伴的脸上看出，他们的身体状况在迅速恶化。在机舱或机身周围忙碌的人们，动作变得沉重而迟缓，稍稍用劲儿便会精疲力竭。不少人仍旧坐在头晚睡觉的地方，无精打采、垂头丧气，甚至不愿走出去呼吸一下新鲜空气，情绪也越来越烦躁。

马塞洛·佩雷斯、丹尼尔·费尔南德斯和年纪较大的成员担心几个年轻人会变得歇斯底里。漫长的等待耗尽了耐心，他们开始为小事而争吵。

马塞洛·佩雷斯尽力以身作则。他乐观且公正，满怀信心地谈论着营救，还试着组织大家唱歌。有人胡乱地哼起“克莱门汀”的调子，但没人有劲头唱出来。所有人都能一眼看出，队长并不像他表面上那么有信心。到了晚上，马塞洛会陷入忧伤，想着母亲此刻受了多少煎熬，想着他在巴西度蜜月的兄弟，以及其他家人。他不让旁人看见自己哭泣，但只要进入梦乡，就会尖叫着惊醒。马塞洛·佩雷斯的朋友爱德华多·施特劳赫想方设法安慰他，但马塞洛觉得，作为队长以及此次智利之行的主要倡议者，自己应该为发生的这一切负责。

“别傻了，”爱德华多·施特劳赫说，“话不能这么说。加斯东和丹尼尔·肖都是听了我的劝来的，他们都死了。我甚至还打电话提醒丹尼尔，但我不觉得要为他的死负责。”

“如果真要有谁来承担这个责任，那就是上帝。”他的堂兄弟费多·施特劳赫接过话头，“上帝为什么要让加斯东死掉？”让费多·施特劳赫愤愤不平的是从机尾坠落的加斯东·科斯特马略家的不幸，他的母亲此前已经失去了丈夫和另一个儿子。“上帝为什么要让我们遭这份罪？我们做错什么了？”

“事情不是那么简单。”费多·施特劳赫的另一个表兄弟丹尼尔·费尔南德斯说。

在这 27 名幸存者中，有两三个人凭借自己的勇气与行动成了其他人的精神支柱。伊查瓦伦因断腿而承受着极大的痛苦，但依旧保持着愉悦、开朗的性格，他会冲踩到自己的人大声嚷嚷、诅咒，但事后总是恭敬地道歉，或是说个笑话。腹部受伤的恩里克·普拉特罗精力充沛、勇敢无畏。古斯塔沃·尼科利奇则带着自己的“一群伙计”清早起身，整理机舱，然后玩字谜游戏，还说服朋友们在晚间和卡利托斯·派斯·比拉罗一起念《玫瑰经》。

利利亚娜·麦索尔，这群人中唯一的女性，给众人带来了无可取代的慰藉。尽管她只有 35 岁，比这些小伙子的母亲们年轻得多，却成了他们寻求母爱的对象。19 岁的古斯塔沃·泽尔比诺称她为教母，她则以宽慰的话语和温柔的乐观回应着他们。她意识到小伙子们的精神面临崩溃的危险，想方设法帮他们排解心情。第九天傍晚，她把大伙儿召集起来，建议每个人聊聊自己过往的趣闻。刚开始，大家几乎无话可说。接着，潘乔·德尔加多开了头，自告奋勇地讲了三个故事，都是关于他未来的岳父。

他说，第一次见到女友时，她只有 15 岁，他比她大三四岁。他根本不知道她的父母是否会接受自己，惴惴不安地揣测着会给他们留下怎样的印象。没过多久，他先是无意中将女友的父亲推进了游泳池，弄伤了他的腿；接着一枪打中女友家一辆全新的宝马2002，把车顶弄出个大窟窿，好似一朵盛开的花；后来，他在女友家位于卡拉斯科的院子里帮她父亲准备聚会的时候，又差点儿把他电死。

对于坐在湿冷的机舱里等待被疲劳送入睡梦的小伙子们来说，潘乔·德尔加多的趣事好似一剂兴奋剂，大家都对他心存感激。然而等轮到其他人时，却没有人开口。光线渐渐变暗，每个人又陷入了自己的思绪中。

2

10月22日，星期日，从睡梦中醒来的幸存者们迎来了山中的第十天。最先走出机舱的是马塞洛·佩雷斯和罗伊·哈利。罗伊·哈利先前在座椅间找到了一台晶体管收音机。他利用自己帮朋友组装高保真音响时学到的粗浅的电子元件知识，居然把它弄响了。山谷中很难搜寻到信号，因此罗伊·哈利用飞机电子线路的金属丝做了一根天线。罗伊拨动旋钮，马塞洛·佩雷斯手持天线来回移动。他们断断续续地收到了来自智利的广播，但没有任何关于救援的消息。收音机里讨论的全是智利警方卷入中产阶级反对阿连德总统的社会主义政府的罢工。

其他人几乎都在机舱里。饥饿开始施展威力，大家变得越来越虚弱，一起身就感到眩晕，难以保持平衡。即便晒着太阳，他们也浑身发冷，皮肤开始变得像老人那样皱巴巴的。

食物即将耗尽。每天一块巧克力、一瓶盖葡萄酒和一小勺果酱或鱼罐头的定量对于这些健康、壮硕的小伙子而言，与其说是赖以为生的养料，不如说是折磨。尽管如此，不管强壮还是虚弱，无论健康抑或受伤，大家仍然分享食物。每个人都清楚，他们坚持不了多久了。他们被强烈的饥饿感折磨着，明显觉察到自己一天天虚弱下去，结果会怎样，不需要任何医学或营养学知识就能想见。

他们开始琢磨其他食物来源。若说安第斯山脉里寸草不生，那似乎不太可能，就算是再不起眼的植物也能提供些许营养。然而，飞机的周围只有雪。距离最近的土壤在他们下方100英尺开外。唯一一片暴露在阳光和空气中的光秃秃的山石上，只有一碰就碎的地衣。他们刮了一些下来，和在雪水里，但那味道又苦涩又恶心，毫无食用价值。除了地衣，这里一无所有。有人想到了坐垫，但坐垫里连稻草都没有。尼龙和泡沫塑料帮不了他们。

这些天来，有几个小伙子意识到，如果想活下去，就必须以那些在空难中丧生的人的尸体为食。尸体散落在飞机周围的积雪里，因为严寒而未有丝毫腐烂。一想到要从曾经的朋友身上割肉，所有人都感到厌恶，然而清醒地意识到眼下的处境之后，他们不得不面对现实。

这几个小伙子小心翼翼地对朋友或他们认为能够理解此事的人提出了这个念头，讨论渐渐蔓延开来。最终，卡涅萨把话挑明了。他激烈地争辩说，他们不可能得到救援，必须靠自己离开这里，但如果没有食物，就什么都做不了，而唯一的食物只有人肉。他操着尖锐的嗓音，运用自己的医学知识来解释身体是如何消耗自身储备的。“你们每动一动，就消耗了身体的一部分。很快，我们就会虚弱得连割肉的力气都没有，只能眼睁睁地看着。”

卡涅萨并没有仅从权宜之计的角度去争辩。他坚持认为，从道义上说，他们有责任用尽一切手段活下去。鉴于卡涅萨对宗教信仰的热诚，他的话在幸存者们听来也就更有分量、更显虔诚。

“这是肉，”他说，“仅此而已。灵魂已经离开了躯体，与上帝同在天国。这里剩下的不是人类，只是尸体，和我们在家吃的死牛肉没什么区别。”

其他人也加入了讨论。“你们没看到吗，我们顺着山坡走上几百英尺就花了多少力气？”费多·施特劳赫说，“想想看，要爬上山顶然后再下到山的另一侧，得要多少力量。这可不是一小口酒加一小块巧克力能撑得住的。”

他的话千真万确。

27 名幸存者在“仙童号”里开会，头一次集体讨论摆在他们眼前的问题——该不该吃尸体求生。卡涅萨、泽尔比诺、费尔南德斯和费多·施特劳赫重复了他们之前说过的理由。如果不这么做，他们就会死。活着是他们的道德义务，这既是为了他们自己，也是为了他们的家庭。上帝希望他们活着，他已经用死去的朋友的尸体给了他们活下去的方法。如果上帝不想让他们活着，他们早就在事故中丧生了。仅仅因神经脆弱而拒绝接受这份生存的礼物，那是大错特错。

“可我们究竟做了什么，上帝现在竟要让我们吃死去的朋友的尸体？”马塞洛·佩雷斯问。

小伙子们陷入了片刻的犹豫。接着，泽尔比诺问队长：“你觉得，他们会怎么想？”

马塞洛·佩雷斯没有回答。

“我知道。”泽尔比诺继续说，“如果我的尸体能够帮助你们活下去，那么我肯定希望你们好好利用它。说真的，如果我死了，你们却不吃我，那我一定会从阴间回来，好好教训你们一顿。”

这番话减轻了很多人的疑虑。无论对吃朋友之肉的想法有多么抵触，每个人都同意泽尔比诺的看法。于是，他们当即达成协议，如果他们之中再有人死去，尸体可以被用作食物。

马塞洛·佩雷斯依旧犹豫不决。他和为数不多的几个持乐观态度的人仍然对获救抱有希望，但其他人已不再有同样的信心。事实上，几个年纪较小的男孩变成了悲观论者，或者用他们自己的话来说是现实主义者。他们开始对马塞洛·佩雷斯和潘乔·德尔加多不满，觉得自己被欺骗了，许诺的营救并没有来。

不过，马塞洛·佩雷斯并非没有支持者。科什·因西亚特和努马·图尔卡蒂，两个健壮、坚强、内心温柔的小伙子表示，虽然他们并不认为这种做法是错误的，但他们自己做不到。利利亚娜·麦索尔也表达了同样的感受。她的态度一如往常般平静，但与其他人一样，她也在努力控制着讨论带来的情绪波动。她有强烈的求生欲望，天天想着自己的孩子，可是一想到要吃人肉，她就不寒而栗。这倒不是因为对错，她分得清什么是罪恶，什么是生理排斥，社会禁忌与上帝的律法无关。“可是，”她说，“只要还有获救的机会，只要还有东西可吃，哪怕只是一小块巧克力，我就没法那么做。”

哈维尔·麦索尔同意妻子的说法，但也表示，他不会阻止别人去做他们觉得必须做的事情。没有人认为上帝希望他们去选择死亡。他们都相信，美德存于生存之中，吃掉死去的朋友绝不会损害他们的灵魂。然而，做决定是一回事，实际行动是另一回事。

讨论持续了大半天。到了下午，他们意识到必须即刻行动，否则将永远无法付诸实践。然而，每个人都坐在原地，一言不发。最终，卡涅萨、马斯庞斯、泽尔比诺和费多·施特劳赫站了起来，走进雪地。没有人跟上去。谁都不想知道谁会去割肉，从哪具尸体上割。

大部分尸体都被积雪覆盖了，但飞机前方几码处，有一具尸体的臀部暴露在外面。没有任何语言交流，卡涅萨跪下身去，用一片碎玻璃划破衣服，割开皮肉。尸体冻得硬邦邦，很难切割，但他没有放弃，直到切下 20 条火柴棍大小的肉。他站起身，回到机舱边，把肉条放在机顶上。

“仙童号”里一片死寂。小伙子们蜷缩着。卡涅萨告诉他们，肉就在外面机顶上，在太阳下晒着，愿意吃的人应该去把它吃了。没有人移动。卡涅萨要亲自证明自己的决心。他向上帝祈祷，请求上帝帮助他完成他认为正确的事情，然后拿起一条肉。他犹豫了。尽管已下定决心，但付诸行动的恐惧还是令他浑身僵硬。卡涅萨的手既举不到嘴边，也放不下来。攫住他的恶心与固执的意志争斗着。意志占了上风。那只手抬了起来，将肉塞进嘴里。他吞了下去。

卡涅萨感到自己获胜了。良知战胜了原始的、不理性的禁忌。他会活下去。

当晚，小伙子们一拨一拨以卡涅萨为榜样，走出机舱。泽尔比诺拿起一条肉，像卡涅萨那样一口吞下去，但肉条卡在了喉咙里。泽尔比诺抓起一把雪塞进嘴里，想把它咽下去。费多·施特劳赫紧随其后，接着是马斯庞斯和维任廷，以及其他人。

与此同时，个头高挑、长着一头卷发、年方 20 却已为鼓舞朋友们做了很多事情的古斯塔沃·尼科利奇，给自己远在蒙得维的亚的女友写了封信。

最亲爱的罗西娜：

我在飞机里（我们眼下的小旅店）给你写这封信。现在是黄昏，很冷，而且刮起了风，通常每晚的这个时候都是这样。今天白天，天气出奇地好，阳光明媚，非常热。这让我想起了和你在海滩共度的那些日子，最大的区别是，那时我们中午会去你家吃饭，而现在，我坐在机舱外面，没有任何食物。

今天真叫人沮丧，很多人开始失去勇气（这是我们困在这里的第十天）。不过幸运的是，阴影还没有影响到我，因为只要想到还能再见到你，我就有了不可思议的力量。另一件让大家很丧气的事是，我们的食物很快就要吃光了，只剩两罐海鲜（小罐）、一瓶白葡萄酒和一小瓶樱桃白兰地，这对于 26 个大男人（嗯，其中有些是想成为男人的男孩）来说还不够塞牙缝。

有一件事你可能会觉得不可思议，在我看来是难以置信。今天，我们开始割尸体上的肉来吃。没别的办法了。我曾在心底里向上帝祈祷，希望这一天永远不会到来，但它还是来了，我们必须拿出勇气和信念去面对。是的，信念。我想明白了，尸体在这儿，是因为上帝把它们放在这儿。既然唯一要紧的是灵魂，我也不必太过自责。如果有那么一天，轮到我用自己的尸体去挽救别人，我会很乐意那么做。

我不知道你、妈妈、爸爸或者孩子们会有什么感觉。你无法想象，每当我想起你们在受折磨，有多么难受。我不停地祈求上帝，请他给你们宽慰，给我们勇气，因为这是摆脱困境的唯一方法。我想，很快，每个人都会迎来幸福的结局。

等你见到我的时候，一定会大吃一惊。我浑身脏兮兮，胡子拉碴，有点瘦了，头上有条大口子，胸前也有一条，不过现在已经愈合了。有处小伤是我今天在机舱里干活时弄的，此外，我的腿上和肩膀上也伤痕累累。不过总的来说，我还好。

3

第二天早晨，最先醒来的人透过飞机舷窗向外张望，天空阴云密布，一束阳光穿透云层照在雪地上。有几个人谨慎地盯着卡涅萨、泽尔比诺、马斯庞斯、维任廷和施特劳赫兄弟，倒不是因为觉得上帝会惩罚他们，而是因为父母曾告诫他们，为健康起见，自然死亡的牛是不能吃的，那么人呢？

吃了肉的几个小伙子安然无恙。事实上，他们吃得都不多，因此和其他人一样，仍旧虚弱无力。马塞洛·佩雷斯照常第一个从坐垫上站起身来。

“来吧，”他招呼罗伊·哈利，“我们必须把收音机调好。”

“太冷了，你能不能找别人？”罗伊·哈利说。

“不行，这是你的工作。快来。”

罗伊·哈利不情愿地从衣帽架上取下鞋子，套在两层袜子外面，从一排打瞌睡的人中挪出来，爬过靠近门口的几个人，跟着马塞洛·佩雷斯出了机舱。另外一两个人也尾随而出。

马塞洛·佩雷斯已经举起天线，只等罗伊·哈利打开收音机。罗伊·哈利调到了智利的一个电台。这个台昨天播报的都是政治宣传内容，可是现在，他把收音机贴近耳朵，却听到了新闻简报的最后几句话。“空中救援中心要求所有在山脉一带的商用和军用飞机搜索‘仙童号’571 的残骸。此前，因未能寻找到该架乌拉圭飞机，救援中心已取消了救援行动。”

新闻转到了其他话题上。罗伊·哈利把收音机从耳边拿开，抬头望着马塞洛·佩雷斯，把听到的事情告诉了他。马塞洛·佩雷斯扔掉天线，双手捂着脸，绝望地哭起来。围在罗伊·哈利周围的人也开始啜泣、祈祷，只有帕拉多平静地仰望着西边的群山。

古斯塔沃·尼科利奇走出机舱，瞅瞅众人的脸，立刻明白了。

“我们该怎么对其他人说？”尼科利奇问。

“绝不能告诉他们，”马塞洛·佩雷斯说，“至少让他们还有希望。”

“不，我们必须告诉他们。他们必须知道最坏的情况。”尼科利奇说。

“我做不到，我做不到。”马塞洛·佩雷斯捂着脸抽泣。

“我来说。”尼科利奇转身走向机舱。

他钻过用行李箱和橄榄球衫搭起的屏障，蹲在幽暗的过道口，看着一张张转向他的忧伤的脸。

“嘿，小伙子们。”他大声说，“有好消息！我们刚刚听了收音机。他们取消了搜救。”

机舱里一片死寂。众人被绝望挟裹着，开始哭泣。

“这算什么该死的好消息！”派斯·比拉罗愤怒地朝尼科利奇吼道。

“因为这就是说，我们要自己离开这里。”

尼科利奇的勇气阻挡了绝望的洪水，但一些原本一心指望救援的人却无法振作起来。悲观主义者们并没有感到震惊，他们对脱险和获救同样不抱希望，这个消息是在他们意料之中的。但消息击垮了马塞洛·佩雷斯。他的眼睛失去了活力，空洞而机械地履行着队长的职责。潘乔·德尔加多也变了，他的雄辩与乐观消散在安第斯山脉稀薄的空气中。他似乎不相信可以靠自己从这里走出去，于是悄悄地沉默了。原先那批持乐观态度的人中，只有利利亚娜·麦索尔依旧满怀希望地安慰大家。“别担心，我们会离开这里的。等雪化了，他们就能找到我们。”接着，她似乎想起食物所剩无几，能吃的只有尸体，于是补充道，“要么，我们就朝西走”。

逃出去，新乐观派抱定了这个目标。困难的是，他们所处的地方，东边是山谷，西边是险峰。这并没有吓退帕拉多。他一得知搜救行动已取消，就宣布要朝西走，如有必要，哪怕孤身一人也要出发。众人费尽周折才拉住他。仅仅10天前，帕拉多还在死亡线上挣扎，如果一定要有人去征服那些大山，也有其他身体条件好得多的人选。“我们必须冷静地考虑一下，齐心协力。”马塞洛·佩雷斯说，“这是我们活下去的唯一方法。”

帕拉多依旧尊重马塞洛·佩雷斯，也没有忘记团队纪律，因此接受了大家的决定。不过，他坚持认为，在大家变得更虚弱之前，应该再派出一支探险队，爬上山顶看看另一侧的情况，或者去寻找机尾。有这种想法的不止帕拉多一个人。

大家一致同意，让身体最健壮的几个人立刻动身。从收音机里听到消息一个多小时后，泽尔比诺、图尔卡蒂和马斯庞斯在朋友们的目送下向大山进发。

卡涅萨和费多·施特劳赫回到头一天的尸体边，从骨头上割下更多肉。先前放在机顶上的肉条已经被吃光了。一则是风干的肉条更容易吞咽，二则是得知无法获救，不少前一天还犹豫不决的人说服了自己。帕拉多吞下了生平的第一口人肉。丹尼尔·费尔南德斯虽然满心不情愿，但也克服了恶心。他们一个接一个强迫自己吞下朋友的肉。对于一部分人而言，这只是令人不快的必要之举；但对于另一些人来说，这却是良心与理智的冲突。

利利亚娜·麦索尔和哈维尔·麦索尔、科什·因西亚特、潘乔·德尔加多无论如何都做不到。马塞洛·佩雷斯下定决心要克服这一关，拿出仅剩的一点权威劝说其他人也这么做，但他的苦口婆心比不上佩德罗·阿尔戈塔的一句短短陈述。阿尔戈塔就是在机场时穿着随意、似乎要以此表明自己蔑视中产阶级价值观的那两个小伙子之一。他在飞机失事时撞伤了头部，完全记不起前一天发生过的事情。阿尔戈塔一言不发地看着卡涅萨和费多·施特劳赫割肉，直到一片肉递到他面前。他拿起来吞下去，然后说："这就好像领圣餐。基督死去的时候，把他的身体给了我们，我们才有了灵性的生命。我们的朋友把他的身体给我们，我们就有了肉体的生命。”

听到这番话，科什·因西亚特和潘乔·德尔加多吞下了自己的那份。马塞洛·佩雷斯也把它当作一种理念，以此来说服其他人以他为榜样活下去。众人一个接一个地吃了，唯有利利亚娜·麦索尔和哈维尔·麦索尔除外。

既然大家都明白必须以此维生，几个强壮些的小伙子便组织起来，用积雪盖住尸体，较为虚弱或受了伤的人则用铝箔借助阳光融化雪水，装进空酒瓶里。其余人整理机舱。卡涅萨切割好足够眼下所需的肉条后便开始巡视伤员。一切看上去还不错，几乎所有的皮肉伤都在渐渐愈合，没有一处发炎。骨折处的肿胀也在消退。阿尔瓦罗·曼吉诺和潘乔·德尔加多已能蹒跚着在机舱外行走，虽然疼痛不可避免。阿图罗·诺盖拉的情况比较糟，只能依靠胳膊爬行。拉斐尔·伊查瓦伦的腿伤加重了，且出现坏死的迹象。

肚子被钢管扎穿的恩里克·普拉特罗告诉卡涅萨，自己感觉挺好，不过有一块东西还露在伤口外面。医生小心地拆开被普拉特罗当作绷带的橄榄球衫，证实了病人的感觉。伤口愈合得不错，但有东西暴露在皮肤外。这个凸出的东西已经部分变干，卡涅萨告诉普拉特罗，如果把这块坏死的东西切掉，或许可以更容易地把其余部分推回去。

“凸出来的是什么玩意儿？”普拉特罗问。

卡涅萨耸了耸肩。“不知道。可能是片腹腔膜。但如果是肠子，而我把它切了，麻烦就大了，你会染上腹膜炎。”

普拉特罗没有片刻犹豫。“该怎么做就怎么做吧。”说着，他仰面躺在舱门上。

卡涅萨准备做手术。他必须在碎玻璃和剃须刀之间选择一件充当手术刀。挟裹着他们的寒风起到了天然灭菌的作用。他用古龙水给伤口消了毒，然后用玻璃片小心地割掉一小片死皮。普拉特罗没有感觉，但凸出的软骨仍然无法回位。下一刀靠活体组织更近，卡涅萨也更加小心，生怕割破肠子，好在这一刀似乎也没有造成什么伤害。医生用手指一戳，肠子滑进了普拉特罗的肚皮，回归原位。

“要不要我帮你缝针？”卡涅萨问病人，“我本该告诉你，其实我根本不知道怎么做手术。”

“别担心。”普拉特罗用胳膊肘撑起身子，看看自己的肚皮，“这就挺好。再把它包上，剩下的就交给我了。”

卡涅萨尽可能把橄榄球衫扎紧，普拉特罗一摆腿站了起来。“我这会儿强壮得可以参加探险队了。你真棒。等我们回蒙得维的亚，我要请你当我的私人医生。”

机舱外，卡利托斯·派斯·比拉罗也像古斯塔沃·尼科利奇那样，给自己的父亲、母亲和姐妹们写信，又写了一封给祖母：

您大约想象不出我是多么想念您，因为我爱您，崇敬您。您这一生遭受了那么多打击，我不知道您能不能挺得过这一次。您教会我很多事，但最重要的一件是对上帝的信念。您知道吗，我现在的信念有多么强烈……我想告诉您，您是世界上最善良的祖母，我活着的每分每秒都会想念您。

4

泽尔比诺、图尔卡蒂和马斯庞斯循着飞机留下的轨迹向山上爬。他们每走 20 到 25 步就不得不停下来休息，等待心跳恢复正常。山体看上去近乎垂直，必须徒手抠住积雪。他们走的时候太匆忙，只穿了运动鞋或软皮鞋、衬衫、毛衣、薄夹克和单裤。三人都是受过训练的球员，身强体壮，但过去 11 天里几乎没有进食。

午后的空气不太冷。爬山的时候，太阳晒在背上，暖烘烘的。难受的是双脚，浸在冰冷的积雪里。下午 3 点左右，他们来到一块岩石前，泽尔比诺看见石头周围的雪在融化。他扑倒在地，吮吸着挂在冰晶上的水滴。他还发现了另一种地衣，尝了尝，一股泥土味。他们继续向上爬，到了晚上 7 点，离山顶还有一半的路程。太阳已经落山，天很快就会黑。三人坐下来商量该怎么办。他们都知道，夜晚冷得多，露宿山间可能会冻死。但如果就这么回去，整个下午的攀登就白费了。爬上山顶或者找到机尾的电池，是27个幸存者活下去的唯一希望。他们决定，找一块可以遮风的岩石，在山间过夜。

他们继续向上走一小段，发现了一个小丘，积雪已被吹走，露出下面的岩石。夜色将至，他们用碎石堆起挡风屏障，躺了下来。寒冷伴着黑暗而来，轻薄的衣服在零下的寒风中比赤身裸体好不了多少。入睡是不可能的。他们冻得说不出话来，不得不拍打自己的脸，互相拳打脚踢，以保持血液循环。他们以为熬不过这一晚，因此当太阳最终从东方升起时，每个人都觉得是个奇迹。太阳爬上半空，给冰冷的身体带来一丝温暖。他们的衣服都湿透了。他们站起来，脱下裤子、衬衫和袜子，把它们拧干。太阳躲进了云层，他们穿上湿衣服，继续向山上进发。

三人不时停下来休息，回头看看“仙童号”的残骸。从这个距离望过去，它只不过是雪地上的一个小点。除非知道确切的位置，否则很难从成千上万块凸起的岩石中分辨出来，画在机顶上的红色S根本看不见。他们现在明白了没能得到救援的原因：飞机从空中看不见他们。但让他们沮丧的还不止这些。他们爬得越高，眼前出现的山峰就越多，根本不像是在安第斯山脉的边缘。西南方向的视线仍被山峰遮蔽，只能看见北方和东方的景象。每当他们以为爬到了山顶，到头来却发现只不过是翻过了一个小山包，大山仍然高耸在眼前。

最终，他们的努力得到了回报。他们登上一个山脊，看见一块破碎的凸出的岩石，周围散落着变了形的机翼金属碎片。稍远处有一小片平地，一张座椅反扣在积雪里。他们费了好大劲儿把座椅翻转过来，看见仍绑在座椅里的朋友的尸体脸上漆黑，或许是被飞机引擎喷出的燃料灼烧过。

泽尔比诺小心翼翼地从尸体上找出钱包和证件，又从脖子上摘下项链和圣章。随后，他走到从机身后半部跌落的另外三名老基督徒俱乐部会员和两名机组人员的尸体旁，做了同样的事情。

三人算了算眼前和山下的人数，一共 44 人，还缺一人。瓦莱塔挣扎的身影浮现在他们的脑海中，他在事发当天下午就消失在山下的积雪里。现在数字对了：山上 6 具尸体，山下 11 具，瓦莱塔，“仙童号”里的 24 名幸存者，再加上他们仨。一个都不少。

虽然没有到达山顶，但他们判断，机尾和其他部分不太可能落到更高处，于是踏上归程。他们再次循着飞机留下的痕迹搜索，在陡坡间的另一片平缓地上找到了一只引擎。从站立的地方放眼远眺，景色壮阔，令人心生畏惧。积雪反射着明亮的阳光，晃得人几乎睁不开眼。他们都有墨镜，但泽尔比诺的鼻梁架断了，眼镜总是往下滑。下山时，他们利用座椅上的靠垫充当滑板，沿着之字形线路，每遇到金属或残骸就停下来，搜寻有用的东西。他们找到了飞机的部分加热系统、厕所和尾翼碎片，但没有找到尾舱。他们顺着飞机留下的痕迹一直滑到山崖边，转到了山峰的另一侧。泽尔比诺已经被积雪反光弄得几乎什么也看不见了，不得不在同伴的引导下摸索前进。“我觉得，最好不要告诉其他人我们看到的景象有多么绝望。”快回到机舱前时，马斯庞斯说。

“对，没必要让他们失望。”图尔卡蒂说，“咦，你的鞋呢？”

马斯庞斯低头看，发现鞋子在途中丢了。他的脚早已冻得麻木，没有感觉到。

见到他们归来，其余 24 名幸存者非常高兴，但对于没有找到机尾又深感失望。经过山腰上的一夜，三人的身体状况让人惊骇，他们的脚全都冻得难以行走，泽尔比诺几乎失明。他们立刻被带回机舱，安顿在坐垫上，狼吞虎咽地吃下了同伴们拿来的大块的肉。卡涅萨为泽尔比诺治疗眼伤，其实也就是用水清洗，然后滴上几滴“可利里奥”药水，那是他在一只手提箱里找到的。药水带来一阵刺痛，但给泽尔比诺带来些许安慰。在接下去的两天里，泽尔比诺用橄榄球衫当绷带蒙住眼睛。等他取下绷带时，仍然只能分辨光和影。他把橄榄球衫当作避光面纱，甚至进食时也不摘下。失明让他变得异常暴躁。

三人的脚也冻伤了，又红又肿。朋友们轻轻地替他们按摩。仅仅一天的征程就几乎要了三个最强壮的人的命，众人的士气再次跌落。

5

之后的某天，太阳躲进了云层，制水设备无用武之地，小伙子们不得不借助老方法，把雪装进瓶子里摇晃。后来，罗伊·哈利和卡利托斯·派斯·比拉罗用在行李舱里找到的几个空可口可乐木箱生起了火。他们把铝皮架在火上，水很快流进瓶子，不一会儿就收集了足够的水。

余烬尚热，似乎可以试着在铝板上烤肉。只稍稍加热，浅棕色的肉便发出不可思议的香气，比牛肉嫩，但味道差不多。

香味很快把其他小伙子也吸引到火堆边，一直对生肉深恶痛绝的科什·因西亚特觉得烤肉相当可口。罗伊·哈利、努马·图尔卡蒂和爱德华多·施特劳赫也发现烤过的肉更容易接受，可以想象成牛肉吃下去。

卡涅萨和施特劳赫兄弟反对烤肉。他们已经赢得了一些威望，众人愿意听听他们的意见。“你们不知道当温度超过 40 度时，蛋白质就开始死亡吗？”卡涅萨一如既往地显出博学和自信，“如果想最大限度地利用肉质，就必须生吃。”

“烹饪的时候，肉会收缩。”费尔南德斯低头看着散落在铝皮上的小肉片，“食物里的很多营养都分解了，化成烟。”

这些观点没能说服哈利和因西亚特。如果他们根本吃不下生肉，又何谈营养呢？然而，燃料极度匮乏，只有三只木箱，大风也常常令他们无法在雪地里生火。

在接下去的几天里，爱德华多·施特劳赫变得极度虚弱，终于在两个兄弟的强迫下克服了对生肉的厌恶。哈利、因西亚特和图尔卡蒂依旧觉得恶心，好在他们求生意志强烈，设法摄入了足够量的肉食。幸存者中只有年纪最大的两个——利利亚娜·麦索尔和哈维尔·麦索尔没有吃肉。日子一天天过去，25个年轻人有了新食物，日渐健壮，这对靠葡萄酒、巧克力和果酱维持的夫妇却越一天不如一天。

小伙子们担忧地看着他们一点点衰弱下去。马塞洛·佩雷斯一次又一次恳求他们克服心理障碍。他用了各种说辞，尤其是佩德罗·阿尔戈塔的话。“就把这当作领受圣体。把这想成是基督的血肉，因为这是上帝赐给我们的食物，他希望我们活下去。”

利利亚娜·麦索尔听着他的话，一次又一次轻轻摇头。“你们做得没错，马塞洛·佩雷斯，但我做不到，就是做不到。”有一阵子，哈维尔·麦索尔也和她一样。他仍然被高原反应折磨着，利利亚娜·麦索尔像照顾孩子那样照顾他。日子过得很慢，有时他们觉得孤单，就会说起蒙得维的亚的家，猜测孩子们在做什么，担心3岁的小玛丽·诺埃尔会不会哭着要妈妈，或者10岁的女儿玛丽亚·劳拉有没有完成作业。

哈维尔·麦索尔试图安慰妻子，说她的父母一定会去家里照顾孩子们。利利亚娜·麦索尔问，等回去后，能不能让父母搬到卡拉斯科来和他们一起住。她提出这个建议时，有点紧张地看着丈夫，因为她知道并不是所有男人都喜欢和岳父母生活在同一个屋檐下。但哈维尔·麦索尔只是微笑着说："当然啦，我们以前怎么没想到呢？"

他们讨论了如何在现有房屋的基础上增加一个附属建筑，这样利利亚娜·麦索尔的父母就可以或多或少地有独门独户的住宅。利利亚娜·麦索尔担心他们负担不起，或者增加的这块建筑会破坏花园，但每个细节哈维尔·麦索尔都考虑到了。这样的谈话动摇了他不吃人肉的决心，当马塞洛·佩雷斯再次把肉递给他时，哈维尔·麦索尔把它塞进了喉咙。

现在只剩利利亚娜·麦索尔了。她虽然身体虚弱，生命在一点点流失，但情绪依然平静。她给孩子们写了封短信，倾诉了妈妈的爱。她坚持守在丈夫身边，帮助他，因为高原反应使得他的行动既笨拙又缓慢，甚至偶尔有些烦躁。死亡近在眼前，却未能将他们的亲密关系减少半分。无论是在蒙得维的亚还是在高山上，他们总是步调一致。就连悲伤也化作了维系亲情的纽带。每当想到或许再也见不到四个孩子时，滑落的泪水里不仅有伤感，也有喜悦，因为他们此刻想念的一切让他们更珍惜曾经拥有的一切。

一天晚上，太阳落山前，当27名幸存者准备走进机舱躲避寒冷时，利利亚娜·麦索尔告诉哈维尔·麦索尔，等回家后，她想再生个宝贝。她觉得如果自己能活下来，一定是因为上帝想要她那么做。

哈维尔·麦索尔欣喜万分。他爱孩子，总是想要更多孩子。然而他泪眼婆娑地望着妻子，意识到这个愿望是多么辛酸。10多天没吃东西，她的身体已经被耗干了，颧骨突出，眼窝深陷，只有笑容一如往常。他对她说："利利亚娜·麦索尔，我们必须面对它。如果我们不能活下去，这一切都无法实现。"

她点点头。"我知道。"

"上帝希望我们活下去。"

"是的，他希望我们活下去。"

"这是唯一的办法。"

"是的，这是唯一的办法。"

极度虚弱的哈维尔·麦索尔和利利亚娜·麦索尔慢慢走回排队准备爬进机舱的小伙子们中间。

"我改变主意了，"利利亚娜·麦索尔对马塞洛·佩雷斯说，"我要吃肉。"

马塞洛·佩雷斯爬上机顶，取回一小份被太阳晒干的人肉。利利亚娜·麦索尔拿起一片，强迫自己咽了下去。

第四章　寻找儿子的疯子

1

智利相关部门在事发仅8天后就放弃了搜救，且其中两天所有救援飞机都因天气条件恶劣而停飞。听到这个消息，依旧相信孩子还活着的家长们极为震惊。他们对智利人轻易放弃感到失望，对自己的政府无所作为感到愤怒。身在智利的卡洛斯·派斯·比拉罗宣布要继续搜索，在卡拉斯科的马德隆·罗德里格斯则联系赫拉德·克鲁瓦塞。

赫拉德·克鲁瓦塞1910年出生在一个荷兰犹太家庭，年轻时几乎目不识丁。1945年，他被一个名叫威廉·滕黑夫的人发现，后者当时正进行一项关于超视觉的系统性研究。1953年，滕黑夫成为乌得勒支大学的首名超心理学教授。在与滕黑夫一起工作的约40名超视觉者中，克鲁瓦塞的能力最强。

克鲁瓦塞最突出的能力是寻找失踪者，因此常接受荷兰和美国警方的咨询。他的方法是拿着一件属于失踪者的物品，或与相关人员交谈，然后描述脑海中浮现出的画面。如果某个案例与他自身的某种经历相似，他的直觉就会越发敏锐。比方说，他找到溺水失踪孩童的概率较大，因为他幼年时也差点淹死。克鲁瓦塞从不为此收取费用，对于请他用超能力寻找财物的委托，效果也差强人意。

滕黑夫教授对他接手的每个案例都做了记录，近 20 年来共有数百宗，结果令人惊叹。

马德隆·罗德里格斯去了蒙得维的亚的荷兰大使馆，通过一名工作人员的翻译，与乌得勒支超心理研究所通了电话。她被告知，赫拉德·克鲁瓦塞刚做完手术，目前还在医院接受康复治疗。她恳求无论如何要联系到对方，并最终与他在恩斯赫德的儿子小赫拉德·克鲁瓦塞取得了联系。据说，这名 34 岁的年轻人遗传了其父的超能力。小克鲁瓦塞让他们寄一幅安第斯山区的地图给他。

马德隆·罗德里格斯立刻发送了一份该地区的航空图，并附有智利和阿根廷之间的航空线路。箭头轨迹标出了“仙童号”的航线，普朗雄山口的位置上画着一个问号。

等她再次通过电话与小克鲁瓦塞联系时，对方告诉她，他感受到了飞机。飞机的一个引擎坏了，失去了高度。正驾驶没有操控飞机，但副驾驶已经带飞机飞过了安第斯山脉，并想到一个他认为可以迫降的山谷。于是他转弯向左（南方）或者向右（北方）飞行，结果在距普朗雄 41 英里处的一个湖边坠毁。

飞机“像只虫子”一样躺在那里，机头撞碎了。此后，他看不见驾驶员，但能看见生命。有幸存者。

马德隆·罗德里格斯听说，一个住在阿根廷科尔多瓦的有超视觉能力的日本人说，飞机往南飞了。马德隆于是认定，飞机过了普朗雄之后转向南，而不是向北飞。她立刻去找拉斐尔·庞塞·德莱昂。

听说搜救工作停止了，拉斐尔·庞塞·德莱昂也很震惊。他已决定，只要还有一名家长没有放弃，就要全力以赴为他们提供通信网络。为此，他与智利的不少无线电发烧友保持着联络。他通过其中一人联系到了卡洛斯·派斯·比拉罗，马德隆·罗德里格斯把她与小赫拉德·克鲁瓦塞的沟通情况告诉了后者。

荷兰超视觉者感觉到飞机的消息迅速在家长们中间传开了。尽管很多人，尤其是那些做父亲的，对此表示怀疑，但他们还是委派了三个人做代表，去见乌拉圭空军总司令。代表团正式要求派遣一架乌拉圭飞机前往智利，在圣地亚哥以南约150英里的小城塔尔卡周边的群山里搜寻“仙童号”。要求被拒绝。

小克鲁瓦塞描述的景象令卡洛斯·派斯·比拉罗信心大振。他向来觉得魔力比科学更神奇。此前，他已搭飞机去过空中救援中心认定的飞机失事地，即廷吉里里卡和帕洛莫山一带，知道自己在如此高海拔的山区无能为力。但既然克鲁瓦塞认为失事地点在安第斯山脉的余脉，那里的山低得多，那么不可能的任务就有了转机。

卡洛斯·派斯·比拉罗立刻动身南下，次日，也就是10月22日，星期天，即搭乘圣费尔南多航空俱乐部的飞机在塔尔卡周边的群山上空搜寻。

随后几天里，卡洛斯·派斯·比拉罗展开了疯狂的行动。他做了一张清单，列出智利所有拥有私人飞机的人，然后逐一向飞行员询问，结果对方无一例外地表示愿意提供帮助。现在，卡洛斯·派斯·比拉罗可以使用的飞机有30架，唯一让他犹豫的是，智利燃油紧缺。飞机带着他搜索一个小时，花掉的燃油足够汽车使用一个月。然而，很多人虽然私下里认为小伙子们已生还无望，但仍分文不取地帮助他。

此外，还有拉斐尔·庞塞·德莱昂从卡拉斯科隔空招募的无线电发烧友们。他们很多人不仅为卡洛斯·派斯·比拉罗提供无线电服务，还拿出了衣服和车。无论卡洛斯·派斯·比拉罗前往何处，都有一辆雪铁龙双马力跟随，车载天线来回摆动，好像蚂蚱的触须。这辆车可以帮卡洛斯·派斯·比拉罗与蒙得维的亚的拉斐尔·庞塞·德莱昂保持联络，通过拉斐尔·庞塞·德莱昂又可以联系到世界上的任何地方。

卡洛斯·派斯·比拉罗没有局限在塔尔卡，而是几次深入安第斯山脉。马德隆·罗德里格斯和迭戈·斯托姆的母亲也到了塔尔卡，这使得卡洛斯·派斯·比拉罗可以腾出手来推进自己的计划。他不满足于单单借助智利富人的私人飞机进行搜寻，而是想把安第斯山脉最偏远的山谷里最贫穷的农民也发动起来。他每到一个村庄就询问当地人有没有看见飞机从天而降，并用一杯酒或一杯咖啡招待那些接受询问的人。结果，他听到了各种离奇的故事，但没有一条有价值的信息。有一阵子，卡洛斯·派斯·比拉罗在四个不同地方的四家酒店里都订了房间，随时准备向这四个方向中的任意一个继续搜寻。他依旧没钱付账，但旅店和饭店老板要么为他免费提供食宿，要么同意他在盘子、纸巾或桌布上画画，以充抵食宿费。

卡洛斯·派斯·比拉罗已经声名远扬。每到一个村庄，总有一小群人围拢过来，总是有人大喊："那个找儿子的疯子来啦！"派斯·比拉罗并不介意，他把自己的使命想象成某种神迹，一支在荷兰先知指引下寻找飞机的军队。村里人把他当成巫师，因为他总是带着宝丽来相机，还为从没见过照片的人拍照留念。

卡洛斯·派斯·比拉罗从空中、陆地两线搜索了普朗雄航线周边 41 英里的区域，但一无所获。他让拉斐尔·庞塞·德莱昂通过无线电再次联络克鲁瓦塞，询问更多细节。一夜又一夜，克鲁瓦塞会在凌晨两点穿着睡衣接电话，召唤安第斯山脉的景象。

克鲁瓦塞的确提供了更多细节，但大多是飞机在飞行中的情况，而不是目前的状况。他断断续续地描述着，一个肥胖的男人——可能是飞行员——食物中毒，他走出驾驶舱，让副驾驶掌控飞机。他穿着夹克，摆弄着眼镜。飞机引擎熄火时，副驾驶开着飞机驶向他以前飞越安第斯山脉时见过的一片沙滩，或许是在海边，或许是在湖边。他发现了一个湖，更准确地说，是相邻的三个湖。他试图迫降，但飞机撞上了山脚，被凸出的岩石遮住了。附近有一座“没有顶”的山，他见到了危险——或许是路标上写着“危险”的字样。飞机里见不到生命迹象，但那或许意味着孩子们已经离开，在附近避难。

卡洛斯·派斯·比拉罗和他的智利朋友们带着新细节再次进山搜寻。这一次，他对克鲁瓦塞之言的信心也感染了其他人。身在圣地亚哥的马德隆·罗德里格斯说服空中救援中心派出若干飞机巡视塔尔卡周边的群山。塔尔卡的军队指挥官也派出一支巡逻队向皮卡索山进发（这座山符合“没有顶”的描述），这些智利士兵在严寒中搜寻了五天。一群西里西亚的牧师也进入山区，在人迹罕至的地方找了三天，“为希望祈祷”。

然而，他们依旧一无所获。由于在山区低空飞行异常危险，空中救援中心再次取消了搜索。只有直升机能降到可以看见被山岩半遮掩的飞机或躲在松树下的乌拉圭男孩的高度。但当时，智利连肥皂和香烟都紧缺，更不可能派出直升机。

但对于马德隆·罗德里格斯而言，这只是个小问题。她决定向总统萨尔瓦多·阿连德本人提出申请，使用他的私人直升机。不过，在她付诸行动前，一个朋友告诉她，有个熟人雇了几架直升机给农作物喷药，架设高压电缆。仅仅10分钟，一切安排妥当，等直升机完成工作，马德隆·罗德里格斯就可以以每小时10美元的友情价租用。

到了10月28日下午，卡洛斯·派斯·比拉罗和拉斐尔·庞塞·德莱昂均认为，在没有直升机的情况下，他们已经按照赫拉德·克鲁瓦塞的描述做到了极致。

2

10月29日，星期日，马塞洛·佩雷斯的父亲的冥诞，他的母亲埃斯特拉邀请搭乘“仙童号”的小伙子们的父母下午来家中聚会。当天来的不仅有家长，还有他们的兄弟姐妹，以及不少老基督徒俱乐部会员的女友。

埃斯特拉家大客厅的桌子上铺满了安第斯山脉地图，塔尔卡附近的圈圈线线标示出了卡洛斯·派斯·比拉罗已经搜索过的区域。有人在餐边柜上摆了一堆蘑菇，据说是生长在安第斯山脉一带的。或许，他们的儿子此刻就以此为食。

房间里的气氛很压抑。一周前初次得知克鲁瓦塞的超视觉信息时的那种乐观情绪已荡然无存。从女人们，尤其是姑娘们坐立不安的举止和冒冒失失的话语可以看出，她们已处在崩溃的边缘。其他人则绝望地一言不发地呆坐着。

埃斯特拉开了个头。“我请大家到这里来，是因为我觉得我们必须做点什么。我们不能干坐在蒙得维的亚等待——”

“卡洛斯·派斯·比拉罗在找啊。”人群里有人说。

“是的，”埃斯特拉说，“一个人，搜索整个山脉。”

“我真的不认为还能做什么。”一个父亲说。

这时，有个姑娘愤愤地插嘴道，“看上去好像那么多小伙子只有卡洛斯·派斯·比拉罗这么一个爸爸。没有其他人和他一起……”她顿了一下，然后甩出一句，“难不成得我们女人去智利？”

人群中暴发出各种声音和意见。等到大家终于安静下来时，律师兼商人豪尔赫·泽尔比诺对医生路易斯·苏拉科说：“路易斯，我打算去智利。你想不想和我一起？”

苏拉科医生是罗伯托·卡涅萨的女友的父亲，擅长读地图。大家听了他对两片可能的搜索区域的描述。大多数人依旧觉得应该按照克鲁瓦塞发来的新消息行事。泽尔比诺和苏拉科虽然都不相信克鲁瓦塞，但他们知道，自己此行与其说是寻找孩子们，不如说是为了让家里的女人们振作起来。因此，他们同意去塔尔卡一带。

会议结束时，拉斐尔·庞塞·德莱昂通过电台与卡洛斯·派斯·比拉罗取得了联系。“泽尔比诺和苏拉科要去智利，去帮你。”他说。

对方的声音似乎对他乐观的语调无动于衷。“他们不该这么大费周章，”卡洛斯·派斯·比拉罗心灰意冷地说，“这毫无意义。”

拉斐尔·庞塞·德莱昂大吃一惊。到头来，卡洛斯·派斯·比拉罗怎么会不希望他们去？

“你旁边没有其他人吗？”画家问。

“没有。”拉斐尔·庞塞·德莱昂答。

“不要告诉旁人，”卡洛斯·派斯·比拉罗的声音迟缓而沉重，“没希望了。我已经完全失去信心了，我的孩子们。我仍在一手拿着十字架，一手拿着占星图找他们，但是我不再相信他们还活着。”

之后是片刻的沉默。“回来吧，卡洛斯·派斯·比拉罗。你回来，大家就明白了。”

“不行，”卡洛斯·派斯·比拉罗说，“马德隆·罗德里格斯相信他们还活着，我不能让她失去信心。”拉斐尔·庞塞·德莱昂听见他在麦克风的那一端抽泣。

次日，拉斐尔·庞塞·德莱昂把这件事告诉了泽尔比诺博士和苏拉科医生，但两人并没有气馁。他们通过电台与卡洛斯·派斯·比拉罗通了话，告诉他，他们已经订了去智利的机票。卡洛斯·派斯·比拉罗没有拒绝。“来吧，”他带着惯常的热情，“我等着你们。”

围在电台旁的人们活跃起来。帮助、建议、资金和地图，一齐涌向泽尔比诺和苏拉科。丹尼尔·肖和罗伊·哈利的父亲设立了一项基金来资助搜救工作，就连确信儿子已经死亡的塞勒尔·帕拉多也捐了款。帕拉多受此事伤害最深，他不仅失去了深深依恋的妻子，还失去了两个孩子，已经完全绝望。他这一生都在努力经营生意，不是为了满足自己，而是为了家庭。如今，他们都走了。唯一还活着的女儿搬来照顾他，但塞勒尔·帕拉多的眼里已没有生气。他看不到生活下去的理由。怀着一颗将死之心，他把费尔南多·帕拉多的铃木摩托卖给了帕拉多过去的朋友。但即便如此，他仍然觉得该给基金捐款。

当晚，广播里宣布，由于安第斯山区出现从未有过的大范围降雪，航空救援中心原本计划在 1 月展开的搜索“仙童号”残骸的行动将推迟到 2 月。泽尔比诺和苏拉科没有因这个消息而退缩，他们已经收拾好行李，第二天出发。

11 月 1 日，泽尔比诺博士和苏拉科医生在加斯东·科斯特马略的朋友吉列尔莫·里索的陪同下飞往圣地亚哥。他们在那里见到了斯托姆的母亲和马德隆·罗德里格斯，她们俩早前离开了塔尔卡，正打算去阿根廷的科尔多瓦把那名日本超视觉者请来圣地亚哥。两个女人把塔尔卡的情况告诉了他们。下午，泽尔比诺、苏拉科和里索开着租来的车继续赶路。智利的政治局势进一步恶化，反对阿连德政府的人在通往圣地亚哥城外的道路上遍撒钩子和铁钉，以期让所有交通瘫痪。结果，这三名乌拉圭人的车胎被扎得千疮百孔，严重耽误了行程。

卡洛斯·派斯·比拉罗在监狱里等着他们。当天早上，他从一个发电站上空飞过，当地警察受紧张政局影响，认定他和同行的那个乌拉圭青年（那群小伙子的朋友）是间谍。他们受到了很客气的对待，卡洛斯·派斯·比拉罗得以与庞塞·德莱昂通话。他试图用暗示的方法告诉庞塞·德莱昂自己目前尴尬的处境，因为他不想让围在庞塞·德莱昂周围的女人们担心。“我现在坐的地方，面前有很多小栅栏。”他说，“这里景色宜人，就像在蓬塔加雷塔”——蒙得维的亚的中心监狱。

然而，下午晚些时候，警方发现卡洛斯·派斯·比拉罗并非外国间谍，而是“寻找儿子的疯子”，随即将两人释放，时间正巧赶在泽尔比诺、苏拉科和里索到达之前。卡洛斯·派斯·比拉罗立刻让他们见识了自己安排组织的成果和效率。当晚，他们经由蒙得维的亚的庞塞·德莱昂连线，与荷兰的克鲁瓦塞通了电话，后者又提供了一条线索：飞机坠毁的湖里有个小岛。

卡洛斯·派斯·比拉罗记得，此前搭乘直升机搜索时曾见到距塔尔卡约60英里处有一个这样的湖泊。次日，他再次飞往该处，搜索了附近的阿苏尔山和皮卡索山这两座无顶山的右侧。他们顺着山势下降，进入两山之间的谷地，但没有任何发现。

第二天，乌拉圭人想继续搜索同一地区，但直升机不得不返回圣地亚哥。“无论如何，”直升机飞行员告诉他们，“如果飞机在那样的地方失事，一定已经被雪埋了。”他们没有灰心。在苏拉科医生的指导下，他们用纸板做了一个该地区的模型，然后打听愿意帮助他们的专业登山队员。

当晚，他们像往常一样与卡拉斯科通了电话，被告知来自克鲁瓦塞的消息在翻译时出了错。飞机应该在无顶山的左侧，而不是先前所说的右侧。

按照这个线索，第二天，即11月3日，他们在两名向导的带领下朝着距塔尔卡37英里的小镇比尔切斯进发，然后在那里兵分两路进山。

这些当父亲的远不如儿子们健壮，在寒冷的天气里背着背包爬山对于他们而言着实不易。两队人马都登上了佩内山，但登顶之后却什么也看不见，只能在厚厚的云层里下撤。他们爬过巨石，膝盖哆嗦着，借助粗棍子的支撑在陡坡上缓缓而行。

途中，他们经过阿尔托湖，仔细查看了周边的岩石，寻找飞机的痕迹，但一无所获。

11月7日，他们回到比尔切斯。8日，直升机空闲下来，从圣地亚哥返回。早晨，它在德斯帕尔玛多山上空搜寻，下午查找了奎布拉得德托罗地区，因为据说有农民在那一带听见了飞机坠毁的声音。乌拉圭人在比尔切斯等待结果，但结果都是否定的。

11月9日，他们回到塔尔卡，10日返回圣地亚哥。他们向空中救援中心报告了自己的行动，但当局重申，在冰雪融化之前，不会展开官方搜寻。“也许是1月底，或者2月初”，目标地点是廷吉里里卡火山一带。

同一日，蒙得维的亚传来消息，克鲁瓦塞画了一张失事地点的地图，并用录音给出了比通过电话描述更详细的说明。包裹将经由荷兰皇家航空公司于次日中午送达。

搭载这个重要包裹的飞机到达前，一群亲友们已经聚在卡拉斯科机场等待。当天下午就有一趟飞往圣地亚哥的航班，他们想把克鲁瓦塞的地图和录音带复制一份，然后把原件通过那趟航班送给在圣地亚哥的卡洛斯·派斯·比拉罗、泽尔比诺和苏拉科。

与他们同往机场的还有荷兰领事和老基督徒俱乐部会员鲍比·豪古斯特的父亲，后者也是荷兰皇家航空公司驻乌拉圭的代表。事实证明，把这两个人带来是明智之举，因为克鲁瓦塞的包裹并不是单独运送的，而是夹在从欧洲来的两袋邮件里。

他们得到当局授权拆开邮包，终于找到了那只包裹。家长们随即分为两组，一组誊画草图，一组复制录音带。

一切完成后，原始录音带和地图跟随北欧航空公司的航班飞往圣地亚哥。卡洛斯·派斯·比拉罗随后接到无线电台转来的电话，得知地图和录音带里的所有信息都指向一个地方：塔尔卡附近安第斯山脉余脉中的阿尔托湖。

身在圣地亚哥的三个男人对此不太相信。在安第斯山脉余脉搜寻数天之后，他们已经能够更好地评估克鲁瓦塞包裹的价值。他所说的大多与他们见到的实际情况相去甚远。

克鲁瓦塞说事故发生在海滩或湖边。附近有一栋牧人小屋，再远一些的地方有个村庄，都是白色的墨西哥风格的房屋，那里1876年曾发生过战争。他看见飞机上的字母和数字——一个N，一个Y，还有数字3002。他还看见1036这个数字，或许指的是飞机在海拔1 036米（3 400英尺）处。

机头被撞碎了，飞机像只没了翅膀的昆虫，软绵绵地落下来。他看见机身与飞机其他部分分开了，但无法识别机身上的标识，或许是因为它在岩石的阴影下，太暗了。他也看不到飞机里有任何生命，没有人向窗外张望。

图很简单，上面标了个三角，给出了具体的距离，但没有可以用来确定方位的基点。总而言之，这是个魔术与技术数据的杂烩，至少让苏拉科无法接受。“这完全不科学。”他说，“照这个，我们什么都找不到。如果要搜索，就应该搜索廷吉里里卡火山附近。根据我们所知道的事实，飞机应该在那一带。”

泽尔比诺赞同苏拉科的看法。他看不出回塔尔卡有什么意义，而且既然眼下没办法搜索廷吉里里卡周围的高山，他便为自己和苏拉科订了次日返回蒙得维的亚的机票。

卡洛斯·派斯·比拉罗进退两难。他肯定不相信克鲁瓦塞，但也不想让马德隆·罗德里格斯和其他仍然相信超视觉者的女人失望。因此，他告诉泽尔比诺和苏拉科，自己要在智利多逗留一两天。在他们返回乌拉圭的同时，他又去了塔尔卡，再次前往阿尔托湖，但依旧是徒劳。

在孩子们去智利之前一段时间，卡洛斯·派斯·比拉罗曾承诺要在11月中旬去巴西。眼下，他预计前往圣保罗的日子临近了。他已经花了一个多月寻找飞机，甚至还安排其他人继续搜寻。他印制了数千张传单，代表所有家长悬赏30万埃斯库多[①]给能够提供“仙童号”信息的人。他还为埃斯特拉·佩雷斯做好了各项准备，后者将接手塔尔卡的工作。临走之前，他为塔尔卡的学生捐了些钱，让他们成立一支名为“老基督徒”的足球队。

11月16日，卡洛斯·派斯·比拉罗返回蒙得维的亚。

---

① 埃斯库多是货币单位，在葡萄牙语中意为“盾”。在加入欧元区之前，埃斯库多是葡萄牙的官方货币。——编者注

第五章　远征队员

1

10 月 29 日，第 17 天，被困在“仙童号”上的人们过得还算不错。他们依旧又冷又湿、又脏又饿，有些人依旧得忍受痛楚，但过去几天以来，混乱中似乎出现了某种程度的秩序。大家分工合作，切肉、做饭、融雪、清理机舱，井井有条，伤员在吊床上也安顿得更舒适一些。更重要的是，他们挑选出了最健壮的人，准备出发征服安第斯山脉，寻找帮助。大家都挺乐观。

他们中午进餐，下午四点半太阳下山，天气就会变得异常寒冷。大伙儿按照铺位顺序分为两组进入机舱，胡安·卡洛斯·梅嫩德斯、潘乔·德尔加多、机械师罗克和努马·图尔卡蒂最后进舱，因为这一晚轮到他们睡在舱门口。

每个人进来时都脱下鞋，放在右手边的衣帽架上。这是大家定下的规矩，以免把垫子和毯子弄湿。麦索尔夫妇进入机舱后去到留给他们的指定位置。

虽然只是下午，有些人还是闭上眼睛试图入睡。维任廷头一晚没睡好，决定此时尽可能让自己暖和舒服些。因为睡在冷风飕飕的吊床上，他被允许穿着鞋。外面风势凶猛，冰冷的空气从机舱的每个孔洞和裂隙钻进来。他设法用垫子和毯子（大伙儿一起用椅套缝制的）把自己从头到脚包裹起来。

卡利托斯·派斯·比拉罗大声念诵着《玫瑰经》，另一些小伙子小声交谈着。古斯塔沃·尼科利奇向罗伊·哈利吐露了愿望，说如果他死了，希望有人能把他写给女友的信带回去。“如果我们都死了，他们也许能找到残骸和信，把它交给她。我很想她，我真后悔，以前对她太不关心了。还有她妈妈。”他沉默了一会儿，然后补充说，“有那么多让人遗憾的事……我希望有机会弥补。”

光线越发暗淡，有几人半醒半睡，呼吸变得均匀，也让其他人松弛下来，昏昏欲睡。卡涅萨仍然很清醒，正试图通过心灵感应与远在蒙得维的亚的母亲交流。他脑海中浮现出清晰的形象，无声但强烈地反复默念着：“妈妈，我还活着，我还活着，我还活着……”最后，他也进入了梦乡。

现在，机舱里一片寂静，但迭戈·斯托姆被背部的疼痛折磨得无法入睡。他的铺位在哈维尔·麦索尔和卡利托斯·派斯·比拉罗中间，但这样难受地躺着越久，他就越觉得到飞机另一头去会比较舒服。他四下看了看，发现罗伊·哈利还醒着，就问他是否能调换位置。罗伊·哈利同意了。他们从各自的铺位里挪出来，爬行着交换了地方。

罗伊·哈利躺在地板上，用衬衫盖住脸，回想着尼科利奇刚才说的话。突然，他感到一阵轻微的震动，随即听见金属掉落地面的声音。他想跳起来，却被雪埋住了。他拿开蒙在脸上的衬衫，发现自己站在齐腰深的雪里，眼前的一切令他震惊。机舱里几乎全是雪。入口处搭起的挡风墙已经完全倒塌，被雪埋住，地板上的毯子、垫子和睡觉的人们都消失了。罗伊·哈利立刻转向右侧，想挖出睡在那里的派斯·比拉罗。他刨出了派斯·比拉罗的脸，然后是身体，但派斯·比拉罗仍然无法动弹。积雪咯吱作响，表面在严寒下迅速开始结成薄冰。

罗伊·哈利先放下了派斯·比拉罗，因为他看见其他人的手从雪里伸出来。他感到绝望，似乎只有自己一个人能够活动。他挖出了卡涅萨，然后又跑到机舱前部去挖费多·施特劳赫。但时间一分一秒地过去，很多人还埋在雪下。上方的吊床里，维任廷已经开始挖掘，但伊查瓦伦无法动弹，诺盖拉虽然没有被雪困住，但似乎被吓傻了。

罗伊·哈利疯狂地爬到入口处，钻到仅存的小洞里，想把雪铲出去，然而他很快意识到这是徒劳，便钻回了机舱。他看见费多·施特劳赫、卡涅萨、派斯·比拉罗和蒙乔·萨韦利亚已经挣脱出来，开始挖掘。

雪崩时，费多·施特劳赫正在和科什·因西亚特聊天。施特劳赫立刻意识到发生了什么，挣扎着想不被埋住，但身体的每个部分却丝毫动弹不得。他冷静下来，无可奈何地想着自己就快死了，就算能逃生，或许也是唯一的幸存者。在这安第斯深山里，与其孤零零地活着，不如死掉。接着，施特劳赫听到了说话声，罗伊·哈利抓住了他的手。等罗伊·哈利接近他的头部时，费多·施特劳赫通过雪洞告诉堂兄弟爱德华多·施特劳赫保持镇定，缓慢呼吸，并看看马塞洛·佩雷斯的情况。随后，施特劳赫感到脚趾一阵剧痛，意识到是因西亚特在咬他。因西亚特也还活着。

费多·施特劳赫挣脱了。爱德华多·施特劳赫也从同一个洞口爬了出来，然后是因西亚特。再接着，丹尼尔·费尔南德斯和鲍比·弗朗索瓦也出现了。他们立刻徒手挖雪，首先挖队长马塞洛·佩雷斯。然而等他们挖出马塞洛的脸时，发现队长已经死了。

费多·施特劳赫努力向深处挖，同时把其他茫然无措的人组织起来。即便因突如其来的疼痛被迫休息时，他仍继续催促各组工作，确保一个人挖出的雪不会扔进另一个人正在挖掘的洞里。

帕拉多躺在机舱中部，左边是利利亚娜·麦索尔，右边是丹尼尔·马斯庞斯。帕拉多什么也没听见，什么也没看见，只是突然感到被沉重冰冷的雪压得喘不过气来，动弹不得。他无法呼吸，但他以前在《读者文摘》里读到过，被埋在雪下是有可能生存的。于是，他试着小口呼吸。他这样做了几分钟，但胸口上的重量越来越难以承受，他开始感到眩晕，知道自己快要死了。他没有想到上帝，也没有想到家人，只是对自己说："好吧，我要死了。"就在他的肺几乎要炸开的时候，脸上的雪被刨开了。

科什·因西亚特看到了雪崩，也听到了风暴声，随后便是一片死寂。他一动不动地躺在那里，身上压着三英尺厚的积雪，费多·施特劳赫的脚趾就在眼前。他咬了一口。只有这样，他才能知道费多·施特劳赫是否还活着，或者告诉费多·施特劳赫自己还活着。脚趾动了动。

雪压在因西亚特身上，重得让他想撒尿。他无法呼吸，也动弹不了。他等了一会儿，感觉脚趾从眼前被拖开了。因西亚特挣扎着，终于从同一条通道钻了出来。

罗伊·哈利帮卡利托斯·派斯·比拉罗清除了腰部以上的积雪，但他还是没法动弹，直到费多·施特劳赫帮他挖掉了腿周围的雪。一被救出，卡利托斯·派斯·比拉罗立刻开始寻找朋友尼科利奇和斯托姆，但他的手冻僵了。他用打火机暖了暖，继续挖掘。然而，等他抓住尼科利奇的手时，那只手却已冷冰冰，毫无生气。

没有时间悲伤。卡利托斯·派斯·比拉罗立刻扒开泽尔比诺脸上的雪，然后救出了帕拉多。他接着转身挖向迭戈·斯托姆，但他刨开的雪又落到帕拉多身上，惹得后者骂骂咧咧。他挖得更小心，但一切无济于事，迭戈已经死了。

对卡涅萨来说，雪崩好似老式相机的镁闪光灯。他也被埋了，不能动弹，呼吸困难，但体会到的更多是好奇，而不是恐惧。他想着，好吧，我已经走到这一步，现在该尝尝死亡是什么滋味了。我将要体验诸如上帝、炼狱、天堂或地狱之类的抽象概念。我一直想知道自己的一生将怎样结束，好吧，现在我读到最后一章了。然而，就在书页要合上的那一瞬，一只手碰到了他。卡涅萨抓住了那只手。罗伊·哈利打出一条通道，空气进入卡涅萨的肺里。

卡涅萨一挣脱出来，就忙着寻找丹尼尔·马斯庞斯。他发现朋友躺在那里，好似在熟睡，但他已经死了。

大雪盖住泽尔比诺，留下一个小小的洞，够他呼吸几分钟。他和卡涅萨、帕拉多一样，既没有向上帝祈祷，也没有忏悔，不过，虽然心中平静，身体却不愿听天由命。雪崩袭来时，泽尔比诺伸出了一条胳膊，奋力从雪中扒开一条缝隙，让空气进入肺部。

他听到上方传来卡利托斯·派斯·比拉罗粗哑的嗓音，“是你吗，古斯塔沃？”

“是！”泽尔比诺叫道。

“古斯塔沃·尼科利奇？”

“不，古斯塔沃·泽尔比诺。”

卡利托斯·派斯·比拉罗走开了。

过了一会儿，另一个声音在叫他：“你还好吗？”

“是的，我没事。去救其他人。”泽尔比诺继续在雪墓里等待着，直到有人把他挖出来。

罗克和梅嫩德斯被垮塌的机舱壁夺去了性命，但另一部分机舱壁却拯救了睡在旁边的两个人。原本嵌在墙上的紧急出口塌了，努马·图尔卡蒂和潘乔·德尔加多被弧形舱门困住，但有足够的空气呼吸。他们这样坚持了六七分钟，并设法呼救。因西亚特和泽尔比诺前来营救。积雪太厚，因西亚特招呼目瞪口呆的阿图罗·诺盖拉帮忙。但诺盖拉没动，也没说话，只是愣愣地坐在吊床上。

佩德罗·阿尔戈塔仍被雪埋着，只剩下肺里的一口气。他觉得自己快要死了，不过想到死后自己的身体可以帮助其他人活下去，他不禁一阵狂喜。他感到自己已经到了天堂门口。接着，脸上的雪被刮掉了。

哈维尔·麦索尔从雪中伸出了手，当小伙子们试图把他拉出来时，他大喊着让他们去挖利利亚娜·麦索尔。哈维尔·麦索尔的脚碰到了妻子，担心她会窒息而死，却无法帮她。“利利亚娜·麦索尔，”他喊道，“努力！坚持住。我来救你！”哈维尔·麦索尔知道，没有空气，她或许还能活一两分钟。然而，周围挖雪的小伙子们的重量使得压在她上方的雪更紧实了。此外，出于本能，他们先帮助的是自己的朋友，然后是能看见的、伸出手来的人。于是，像哈维尔·麦索尔那样能够呼吸的，以及像利利亚娜·麦索尔那样完全看不见的，被留在了最后。

哈维尔·麦索尔继续对妻子大叫，求她一定要坚持住，保持信心，慢慢呼吸。最终，哈维尔·麦索尔被泽尔比诺救了出来，两人又一起挖利利亚娜·麦索尔。然而等他们找到她时，她已经死了。哈维尔·麦索尔瘫倒在雪堆上，悲恸欲绝。唯一让他感到安慰的是，他深信，在人世间给过他这么多爱、这么多慰藉的妻子，现在一定在天堂守护着他。

悲痛的不仅有哈维尔·麦索尔，生还者挤在机舱天花板和冰冷的雪堆之间仅存的几英尺空间里，他们最亲密的朋友就埋在脚下。马塞洛·佩雷斯死了，卡洛斯·罗克和胡安·卡洛斯·梅嫩德斯也被机舱壁压死了，恩里克·普拉特罗腹部的伤口终于不会再痛，还有听到广播后用自己的勇气挽救了大家的古斯塔沃·尼科利奇，卡涅萨最亲密的朋友丹尼尔·马斯庞斯，以及老友迭戈·斯托姆。一共 8 个人在雪崩中丧生。

幸存下来的 19 个人所面临的情况不算太糟，朋友的逝去没有让所有人都陷入悲伤。与其忍受肉体和精神上的双重折磨继续活下去，有些人倒希望自己也被雪闷死。这个愿望几乎实现了。第一次雪崩后大约一个小时，第二次雪崩袭来。不过，由于机舱口已被雪掩埋，几乎没有雪灌入机舱。但这次雪崩封住了此前罗伊·哈利钻出钻进的那条缝隙，“仙童号”被彻底掩埋了。

夜幕降临，没有了垫子、鞋子和毯子，幸存者们又湿又冷。机舱里空间局促，无法坐直或站起身，只能一个挨一个地躺在一起，靠互相捶打身体来保持血液循环，但却不知道是谁的胳膊、谁的腿。为了腾出更多空间，他们把机舱中间的雪推到两头。施特劳赫兄弟、帕拉多和罗伊·哈利又清理出了一个可供四人坐、一人站的空间，大家轮流站立，站着的人负责踩其他人的脚，防止它们冻僵。

长夜无尽。只有派斯·比拉罗睡了一会儿，其他人都醒着，靠揉搓手指、脚趾、面颊和双手取暖。几小时后，另一个危险出现了：机舱里的空气越来越浑浊，有几个小伙子开始因缺氧而头晕。罗伊·哈利走到入口处，想挖个通风口，但他的胳膊够不到外界，而且雪也结了冰，硬得无法徒手挖穿。帕拉多拿了一根原本用来固定吊床的钢棍，戳向机顶。周围的小伙子们紧张地看着，用 5 只打火机为他照明，不知道上方的雪层有 1 英尺还是 12 英尺厚。不过，钢棍穿过机顶后，很快就毫无阻碍地滑进了新鲜空气里。帕拉多抽回钢棍，机舱顶上留下一个洞，透进微弱的月光与星光。

小伙子们透过这个孔隙企盼着清晨。最终，太阳从东方升起，苍白、阴郁的阳光穿过积雪照进来，赶走了机舱里的潮湿与黑暗。一旦能看清眼前的景象，他们就开始商量该如何逃出这座冰雪坟墓。入口处的雪太厚，出不去，但阳光可以从驾驶舱的窗户透进来，那里的积雪似乎薄一些。卡涅萨、萨韦利亚、因西亚特、费多·施特劳赫、哈利和帕拉多轮流工作，徒手挖掘通往驾驶舱的通道。泽尔比诺穿着厚衣服，比其他人更耐寒一些，他从飞行员的尸体边挤到窗口。由于机身倾斜，窗户冲着天空，他试着推开，但上面堆积的雪太重。卡涅萨试了试，但失败了。接着是罗伊·哈利，他终于打破冰雪，推开了玻璃。

罗伊·哈利把头探出飞机。当时是上午8点左右，阴天，比平时昏暗，雪花打着旋漫天飞舞。他戴着羊毛帽，穿着防水夹克，但强劲的风还是把雪吹进了他的眼睛，刺痛了面颊和双手。

他躬身钻回驾驶舱，对其他人说："糟透了！外面有暴风雪。"

"试试把窗户都打开。"有人说。

罗伊·哈利再次探出身。这一次，他爬出了飞机，但机身已经完全被雪覆盖。他无法辨认出窗户在哪里，而且担心稍稍挪动就会从机顶滑下去，消失在积雪里。他从驾驶室的窗户爬回去，回到同伴们中间。

暴风雪持续了一整天，雪花从通风口飘进来，飞过依旧被压在座椅里的飞行员尸体。几个小伙子刮起薄薄的一层雪解渴，其他人则敲碎了冻得更结实的积雪。

那天是10月30日，努马·图尔卡蒂25岁的生日。大伙儿多给了他一支烟，还用雪做了一个生日蛋糕。图尔卡蒂既不是老基督徒的会员，也不是橄榄球队的队员。他毕业于耶稣会学校，喜欢踢足球，但他敦实的身材和平和的举止中蕴含着巨大的力量。很多人本想在图卡尔蒂生日那天为他做些什么，结果恰恰相反，是他鼓励了大家。"我们已经挺过了最艰难的时刻。"他说，"从现在开始，一切都会越来越好。"

那天，他们什么都没做，只是吮着雪，等待暴风雪减弱。他们谈起了雪崩。有些人，比如因西亚特，认为他们中最好的人死去，是因为上帝最爱他们，但其他人不这么认为。帕拉多表达了离开的决心。“等雪一停，我就走。如果我们再等下去，就会被另一场雪崩压死。”

“我不这么认为。”费多·施特劳赫颇有见地地应道，“飞机已经被封住了，下次一雪崩只能落在机顶上。所以我们在这里暂时是安全的。如果我们现在就出发，有可能会在途中遭遇雪崩。”

众人心怀敬意地听着费多·施特劳赫的话，因为雪崩一停，他就恢复了平静，丝毫没有其他人表现出的那种惊慌失措的样子。

“我们没有理由不在这里等到天气转好。”费多·施特劳赫继续说。

“可是得等多久？”维任廷问，他也想立刻出发。

“我记得在圣地亚哥时，有个出租车司机告诉我，雪一般在 11 月 15 日停止，那时就到夏天了。”

“11 月 15 日，就是两周之后。”费多·施特劳赫说，“如果那时我们走出去的机会大一些，就值得等。”

没有人能够反驳。

“到了那时候，应该是满月。”他说，“也就是说，可以趁夜晚雪冻硬的时候行走，在白天比较暖和的时候睡觉。”

他们什么也没吃，晚上挤在一起临睡前，都跟着派斯·比拉罗念诵了《玫瑰经》。第二天，10月31日，是派斯·比拉罗19岁的生日。他最想要的礼物，首先是奶油蛋糕或覆盆子奶昔，其次是好天气。然而第二天早晨，派斯·比拉罗爬上驾驶舱，打开窗户，发现雪势丝毫未减弱。于是他回到机舱，发布了天气预报：“我们会有三个坏天气，接着有三个晴天。”

严寒和湿衣服耗尽了众人的体力。他们已经两天没吃东西了，饥饿难耐。飞机失事遇难者的尸体仍被埋在机舱外的雪地里，因此施特劳赫兄弟扒开了一具在雪崩中被闷死的尸体，当着众人的面割肉。他们之前吃的肉，要么是烤熟的，要么至少是晒干的。而现在，他们别无选择，只能茹毛饮血，现切现吃。他们太饿了，不得不吞食更大的肉块。这对所有人来说都是极大的心理挑战。两天前还活生生坐在一起的朋友，现在却要割他们尸体上的肉来吃，有些人无论如何也咽不下去。罗伯托·卡涅萨和费多·施特劳赫试图说服大家，费多·施特劳赫甚至强迫爱德华多·施特劳赫。“你必须吃掉它，否则就会死。我们需要你活着。”然而无论如何劝说，爱德华多·施特劳赫、因西亚特和图尔卡蒂都无法克服生理上的反感，他们的身体状况因此恶化了。

11月1日，万圣节，也是潘乔·德尔加多的生日。正如派斯·比拉罗预测的那样，雪停了。六个小伙子爬上机顶，晒着太阳取暖。卡涅萨和泽尔比诺把窗户上的雪挖掉，好让更多光线进入机舱，费多·施特劳赫、爱德华多·施特劳赫和丹尼尔·费尔南德斯融雪制水，派斯·比拉罗抽着烟，思念起家人，因为这一天也是他父亲和妹妹的生日。他现在确信，他还会再见到他们。上帝将他从事故和雪崩中拯救出来，就是要让他与家人团聚。在这片寂静的土地上，派斯·比拉罗深信，上帝就在附近。

太阳躲到云层后面，寒冷再次袭来，六个人爬回“仙童号”。他们现在所能做的就是等待。

2

接下来的几天，天气晴好，没有强降雪。19名幸存者中比较强壮的几人得以有机会开挖第二条通往机舱后方的通道。他们用机身断裂的金属片或塑料片充当工具，在坚硬的积雪上砍斫，寻找雪崩时丢失的东西。派斯·比拉罗找到了自己的橄榄球靴。

挖通之后，他们着手将积雪和埋在下面的尸体移出机舱。雪硬得像岩石，工具难堪其任。尸体则保持着遇难前最后的姿态，举着胳膊保护自己的脸部，好像庞贝古城里威苏维火山的遇难者，这也给搬动造成了困难。有些小伙子不愿触碰死者，尤其是好友的尸体，因此他们在尸身的肩部系上一条长长的尼龙带，把它们拖出机舱。

那些埋在内侧靠近前舱门位置的尸体被留在了原地，冻结在冰墙里，既保护着生者免受雪崩和暴风雪的再次袭击，也成了他们的食物储备，因为早先飞机失事时遇难者的尸体已经完全被大雪覆盖了，无处可寻。出于同样的考虑，晚间，当幸存者们进入机舱后，会把尸体的断肢残块留在“门廊”处，以防次日天气恶劣，无法外出。

他们花了八天时间把机舱里收拾得勉强可以居住，但前后两头都有雪墙，虽然人少了，但空间却更局促。不少人略带遗憾地回忆着雪崩前的宁静日子：“我们当时以为境况很糟，可是和现在相比，当时多奢侈、多舒服啊！”雪崩带来的好处只有一个：可以从死者身上扒下额外的衣服。幸存者们觉得，如果试着自救，就能得到上帝的帮助，于是他们不仅努力改善眼前的生活，也开始为最终的逃离做准备。

雪崩发生前，他们已经决定由其中体力最好的人去智利求援。起初有两种意见：一种意见是，多些人去求援，或许机会大一些；另一种意见是，应该将有限的资源集中在三四个人身上。随着时间的推移，尤其是经历了雪崩之后的暴风雪，考虑到途中将会遇到的恶劣境况，第二种意见占了上风。众人决定，选出四五个人作为远征队，给予他们更多口粮和最好的休息区，不必承担每日割肉、清理雪堆的劳作，以便 11 月底夏季到来、冰雪开始融化时，他们可以恢复得强壮又健康，胜任徒步智利的行程。

选择远征队员，首先要考虑的是身体状况。在最初的事故中没有受伤的人，眼下有些也有了病痛。泽尔比诺的眼睛还没有从上次登山中完全康复。因西亚特的腿上生了溃疡。萨韦利亚和费尔南德斯倒是毫发无损，但他们不是运动员，不如老基督徒队的首发球员那么强壮。爱德华多·施特劳赫起初还挺健壮，但由于雪崩之后就开始厌恶吃人肉，已经虚弱了不少。选择的范围缩小到帕拉多、卡涅萨、哈利、派斯·比拉罗、图尔卡蒂、维任廷和费多·施特劳赫。这几个人对此热情不一。帕拉多决心已定，即便不被选中，也会独自出发。图尔卡蒂也坚决要加入远征队，而且已经用前两次的探险证明了自己的体力和意志力。几个年轻些的小伙子都坚信，有了图尔卡蒂，一定会成功。

卡涅萨更有想象力，也预见到了此行的艰难险阻。但他觉得，鉴于自己非凡的力量和公认的创造力，有责任加入远征队。费多·施特劳赫并不是真心想离开相对安全的“仙童号”，但在责任感的驱使下也主动请缨。不过，他有个生理上的障碍，自雪崩以来这八天，他的痔疮越发严重，事实上已经无法胜任。对此，他的两个兄弟倒挺高兴。

剩下还有三名候选人——派斯·比拉罗、哈利和维任廷。他们都想加入，且都算健康，但有些人担心他们是否足够成熟。于是，众人决定让他们进行一次为期一天的测试。自雪崩以来，他们已经在机舱周边小范围活动了几次。弗朗索瓦和因西亚特可以爬上300英尺的高度，每走10步就停下来抽支烟，休息一会儿。图尔卡蒂和阿尔戈塔爬上了机翼，不过图尔卡蒂因为不喜欢吃生肉，已经更虚弱了，行动起来比以往更吃力。

雪崩七天之后，上午11点，派斯·比拉罗、哈利和维任廷出发进行模拟测试。他们的计划是顺山而下，穿过峡谷，到达对面的山脚。这似乎是一天之内有可能达到的目标。

他们每人穿了两件毛衣、两条裤子，穿上橄榄球靴，没有携带任何东西。积雪的表面结了冻，顺坡而下，遇到山势陡峭的地方就曲折迂回，走得挺轻松。这样走了大约一个半小时，他们发现了飞机后舱门，以及四下散落的机载厨房里的一些东西。那里有两个用来装咖啡和可口可乐的空铝罐、一只垃圾桶，还有一只速溶咖啡罐，已经空了，但残留了一点粉末。三个人立刻把雪放进咖啡罐里，尽可能让它融化，喝了一点咖啡味的水。接着，他们把垃圾桶翻了个遍，高兴地找到一点碎糖果，便小心翼翼地分成三份，坐在雪地里咂吮起来。那一刻，他们欣喜若狂。不过再接下去，他们找到的只是一小罐燃气、一只破保温瓶和一些马黛茶。他们把马黛茶放在保温瓶里，带上了路。

在山谷里又走了两个小时后，他们开始意识到，雪地里看到的距离并不真实。与出发时相比，对面的山脚依旧那么遥远。前进的步伐也变得艰难，因为中午的阳光已经晒化了表层的冻雪，每走一步都会陷入没膝的积雪中。下午 3 点，他们决定沿原路返回，但上山比下山难得多。天空中出现不祥的阴云，几片雪花开始飘落，绕着他们随风起舞。

再次路过咖啡罐的时候，三人又喝了点咖啡味的水提神。罗伊·哈利和派斯·比拉罗捡起了那两只罐子，觉得回到机舱后可以用来盛水，不过最终因太重而不得不丢弃。维任廷带上了大垃圾桶，用它当拐杖，撑着自己爬坡。

攀登变得异常艰难。膝盖依旧没在雪里，坡度更陡，雪花也更大，三个人都精疲力竭。罗伊·哈利和派斯·比拉罗几乎陷入了恐慌。放眼四望，白雪茫茫，无从判断距离，他们完全不知道离飞机还有多远。山势起起伏伏，每当他们爬上一个小坡，满心以为能看到“仙童号”，“仙童号”却从未出现。每失望一次，勇气也消失几分。罗伊·哈利开始哭泣，派斯·比拉罗倒在了雪里。“我走不动了。”他说，“我不行了，我不行了。

把我留在这儿吧。你们走。让我死在这里。”

“振作起来，派斯·比拉罗。”罗伊·哈利抹掉了眼泪。“看在上帝的分儿上，振作！想想你的家人……你妈妈……你爸爸……”

“我不行，我走不动……”

“起来，你这个娘娘腔。”维任廷说，“我们要是待在这里，全都会冻死。”

“好吧，我是娘娘腔，是懦夫。我承认。你们走吧。”

他们没有离开，而是连劝带骂地对派斯·比拉罗一通咆哮，最终让他重新站了起来。他们又爬了一小段，登上另一个小坡，依旧看不见飞机。

“还有多远？”派斯·比拉罗问，“还有多远？”

很快，派斯·比拉罗再次倒在雪地里。

“你们先走，我过一会儿就跟上去。”

这一次，维任廷和哈利同样没有放弃派斯·比拉罗，再次好言恶语并用，直至他站起来，继续在茫茫白雪里前行。

日落后，他们终于返回飞机。其他小伙子已经进了机舱，正焦急地等待着。当三个人跌跌撞撞地爬进“仙童号”时，完全精疲力竭的派斯·比拉罗和罗伊·哈利放声大哭。显然，测试太严酷，他们没能通过。

“不可能。”派斯·比拉罗说，“这是不可能的事，我崩溃了，我想死，哭得像个小孩子。”

罗伊·哈利颤抖着，啜泣着，什么都没说。

维任廷的眼睛很干涩，他眯缝着眼说：“很艰难，但是有可能。”

就这样，维任廷成了第四名远征队员。派斯·比拉罗经历过测试后主动退出。帕拉多告诉罗伊·哈利，他不可能成为远征队员，因为他太好哭，于是罗伊·哈利又哭了。不过，罗伊·哈利之所以这么失望，只是因为他本以为费多·施特劳赫会参加远征。他们俩从小相识，跟在费多·施特劳赫身边，他就觉得安全。费多·施特劳赫最终因痔疮退出，罗伊·哈利自然也乐意留下来。

一旦选定远征队伍，这四个人就成了类似于享受特权、承担特殊职责的武士阶级。他们可以做任何有益于身心健康的事，可以比其他人吃更多的肉，而且可以选择自己喜欢的部位。他们可以睡在自己喜欢的地方，想怎么睡，想睡多久都可以。他们无须承担切肉、清理机舱等日常劳动，不过帕拉多依然坚持劳动，卡涅萨也稍稍做一些。除了身体上的照顾，他们的情绪也得到格外呵护。大家晚间会为他们的健康和幸福祈祷，只要他们在场，所有的交谈都积极乐观。虽然哈维尔·麦索尔觉得飞机处于安第斯山脉的中部，但他绝不会当着他们的面说出来。无论何时谈到飞机的位置，说法只有一个：智利就在山的另一边，离他们只有一两英里远。

远征队员在某种程度上利用了自身的有利地位，这或许是难免的，但自然也会遭来怨恨。萨韦利亚不得不把自己的第二条裤子给卡涅萨；弗朗索瓦只有一双袜子，而维任廷有六双。一些饥肠辘辘的小伙子一点点从雪里捡来的碎脂肪会被卡涅萨拿走，“我需要用这个增强体力，如果我不够强壮，你们就永远没法从这里出去”。但帕拉多和图尔卡蒂从未利用自己的优势。两人都一如既往地努力劳动，保持着平静、友爱和乐观。

远征队并非这个群体的领导者，而是因特权和特殊使命从其他人中分离出来。若没有施特劳赫三兄弟的限制，他们或许已经发展成寡头集团。先前的几个由朋友或亲属组成的小圈子，经过雪崩，唯有这三兄弟完好无损。那群较年轻的小伙子失去了尼科利奇和斯托姆，卡涅萨失去了马斯庞斯，诺盖拉失去了普拉特罗，哈维尔·麦索尔失去了妻子。此外，还有与众人并无血缘关系的队长马塞洛·佩雷斯。

在这与世隔绝的深山中，费多·施特劳赫、爱德华多·施特劳赫和丹尼尔·费尔南德斯之间的亲密关系让他们在承受肉体和精神的双重折磨方面具有其他人无可比拟的优势。此外，在当时的残酷困境中，他们的现实主义和实事求是的品质比潘乔·德尔加多的雄辩或科什·因西亚特的温和有用得多。在第一个星期里，他们三人，尤其是费多·施特劳赫，勇于面对让人难以接受的事实，做出令人不快的决定，赢得了因此获救的人们的尊敬。费多·施特劳赫是三兄弟中最年轻的，但威望也最高，这不仅是因为他提出了明智的意见，还因为他在雪崩后那个极度疯狂的时刻率领众人展开营救。他的现实主义，以及对最终能获救的坚定信念，让很多小伙子都把希望寄托在了他身上。派斯·比拉罗和罗伊·哈利提议，由费多·施特劳赫接替马塞洛·佩雷斯担任领袖。但费多·施特劳赫拒绝这个头衔。施特劳赫兄弟的影响力无须通过制度来确认。

在各项劳作中，从死去朋友的尸体上割肉是最困难、最令人不快的，由费多·施特劳赫、爱德华多·施特劳赫和丹尼尔·费尔南德斯承担。这项任务之可怕，就连帕拉多或维任廷那样坚韧的人也无法完成。首先要把尸首从积雪里挖出来，然后放在阳光下解冻。由于严寒，尸首保持着临死那一刻的状态。如果死者的眼睛还睁着，他们就要先把眼睛合上，因为尽管他们确信好友的灵魂早已离开，但在那死气沉沉的目光注视下依旧很难下手。

施特劳赫兄弟和费尔南德斯先从尸体上割下大块肉，泽尔比诺也常常帮手。接着，他们将肉交给另一队人，由他们用剃须刀片切成小块。后一项工作倒没那么让人厌恶，因为一旦从尸体上分解下来，就很容易不去想它究竟是什么肉。

肉的供应有严格限制，这一点也是施特劳赫两兄弟和丹尼尔·费尔南德斯规定的。每天中午，每个人得到的基本定量是一小块，大约半磅[1]。但大家一致同意，干活的人可以多分一些，因为他们消耗了体力，而远征队员则可以想吃多少就吃多少。

小伙子们总是一具接一具按次序吃，而且迫于需要，吃下了尸体的几乎所有部位。卡涅萨知道肝脏富含维生素，因此，他自己吃，也鼓励其他人吃，直到后来被留作远征之用。克服了对食用肝脏的反感之后，再吃起心脏、肾脏和肠子就容易多了。相比于欧洲人或北美人，吃内脏在他们看来没什么不寻常，乌拉圭人做烤肉的时候经常使用牛肠子和淋巴结。尸体上割下来的脂肪层在太阳下晒成薄片，每个人都可以吃。它可以提供能量，而且虽然不如瘦肉那么受欢迎，却不算在定量之内，和早前留在周边雪地里的残肢碎片一样，谁都可以捡来充饥。这有助于缓解饥饿，因为只有远征队员才能吃饱，其他人一方面渴求更多的食物，另一方面则意识到定量配给的重要性。只有尸体的肺、皮肤、头颅和生殖器被弃之一旁。

规定是一回事，但规定之外还有一套得到施特劳赫兄弟容忍的、心照不宣的潜规则。这也是分割大块肉的工作如此抢手

---

① 1 磅 =0.4536 千克。——编者注

的原因，切肉的人总是可以时不时往嘴里塞一条。每个切过肉的人都这么做过，即便是费尔南德斯和施特劳赫兄弟也不例外。而且只要不过分，就不会有人提出异议。每切十条肉吃上一条，这个频率算是正常。曼吉诺有时每切五六条就吃一条，派斯·比拉罗甚至切三条吃一条。不过，他们从来不偷偷摸摸地占便宜，而且只要有人表示不满，就会停手。

这套制度正如一部好宪法，理论上公平，同时又足够灵活，能够容忍人性的弱点，但由此而来的负面效应却落在了那些不能或不愿劳动的人身上。伊查瓦伦和诺盖拉因骨折、肿胀、感染、坏死的腿而被困在机舱里，只是偶尔才会爬下吊床去机舱外解手或融化雪水。他们不可能去割肉，也无法在雪地里寻找食物。德尔加多也断了一条腿，因西亚特的腿感染了。哈维尔·麦索尔仍为高原反应所苦。鲍比·弗朗索瓦和罗伊·哈利也在某种程度上残废了，不是肢体，而是意志。他们原本有劳动能力，但在飞机失事和雪崩中受到的惊吓，以及失败的远征测试似乎让他们完全陷入了迷茫，成天只是呆呆地坐在太阳下。

在劳动者们眼里，这些人是寄生虫，不值得同情。在如此极端的条件下，无精打采与犯罪无异。维任廷认为，不劳动的人就不该得到食物。其他人虽然意识到必须让这些同伴活下去，但认为没有理由给予他们更多关照。他们对“没病装病的人”也颇为苛刻。有些人觉得诺盖拉的腿没断，疼痛是他凭空想象出来的，还认为德尔加多夸大了腿骨骨折的程度。不管怎么说，曼吉诺的腿也骨折了，而他仍然设法承担切肉工作。他们对哈维尔·麦索尔的高原反应和弗朗索瓦冻伤的脚不以为然。如此一来，“寄生虫们”除了定量的食物之外，只能消耗自身的储备。

有几个小伙子仍然觉得生肉难以下咽。当其他人把心、肝、肾、肠通通塞进胃里时，因西亚特、哈利和图尔卡蒂却仍然对肌肉望而却步，只能接受烧熟的肉。每天早晨，因西亚特都会四下寻找负责生火的派斯·比拉罗，问：“比拉罗，我们今天做饭吗？”

派斯·比拉罗回答：“不知道，要看风。”因为只有天好的时候才会生火。除此之外，还有其他因素的限制。木头有限，烧完了装可口可乐的大木箱后，就只剩下从机身内壁上拆下来的细木条了。此外，卡涅萨说过，蛋白质在高温下会分解，费尔南德斯也说烤肉会缩水，这样一来，吃到的食物就变少了。因此，每周只有一两次，当天气条件允许时才会生火做饭，而当天的定量规定也会放松，可以多吃一些。

3

从选定远征队员到11月15日，也就是他们预计寒冷天气终将结束的那一天，在这10天里，19名幸存者无论是作为个体还是整体，都在成长。

例如帕拉多，在飞机失事前又笨拙又腼腆，总想着当个花花公子，眼下却成了英雄。他的勇气、力量和无私使他深受爱戴。面对高山和严寒，他始终最为坚定，义无反顾地要返回文明世界。因此，那些年轻些、柔弱些或信心不足的人都把希望寄托在了他身上。他在他们哭泣时给予安慰，承担起作为远征队员本不必承担的乏味劳作。他从不夸夸其谈，总是身体力行。有一个晚上，强风吹倒了屏障，是帕拉多从毯子里钻出来重新修补的。等他回到毯子里时，浑身冰冷，睡在两侧的人不得不帮他按摩以保持血液循环。可是仅仅半小时之后，屏障再次倒塌，帕拉多又一次钻出去修补。

他只表现出两个弱点。第一个在于他逃离此地的决心。倘若他有办法，一定在雪崩后就已动身，哪怕没有做好准备。他对同伴有耐心，对环境却没耐心。他无法像费多·施特劳赫那样对境况做出客观评估。如果他们任由他离去，他恐怕无法生还。

另一个问题是对罗伊·哈利的恼怒。他明明身强体壮，却成天哭哭啼啼，这让帕拉多很恼火。不过，其他几个同样因自身的悲惨处境而情绪低落的人，却觉得帕拉多给了他们最大的安慰。他单纯、热情、公正、乐观、脾气好，很少咒骂，还是最佳入睡伴侣。

除了帕拉多，努马·图尔卡蒂也深得众人喜爱。他个头不高，但很健硕，从一开始就主动为大家服务。但雪崩前的那次探险耗损了他的体力，阿尔戈塔在和他一起去机翼的过程中注意到，图尔卡蒂已不如以前那么强壮。此外，他仍然厌恶生肉。鉴于他在离开蒙得维的亚前几乎不认识其他人，此时能得到众人的爱戴和尊敬，更证明了他的坚强、质朴和善良。大家都认为，如果图尔卡蒂和帕拉多组成远征队，一定能成功。

另外两名远征队员就没那么受欢迎了。大伙儿公认，卡涅萨曾经出过一些好主意，比如做毯子和吊床，这大大提升了机舱内部的居住条件。他知道蛋白质和维生素，同时积极倡导吃肉。另一方面，给普拉特罗做手术为卡涅萨赢得了很高的医学声望，但在他切开因西亚特腿上的疖子，导致恶化感染后，他的声望便一落千丈。

不过，真正令大家对卡涅萨敬而远之的是他的个性。他既敏感又紧张，受到一丁点刺激就会怒火中烧，操着尖锐的嗓音大声咒骂。他间或表现出勇敢和无私，但更多的时候则是急躁和固执。他得了“肌肉佬”这个绰号，不仅是因为体力过人，更是因为顽固。在橄榄球场上，他不守规则；在机舱里，他在熟睡的同伴身上踩来踩去，为自己选择中意的地方。他随心所欲，不听劝告，只有帕拉多能稍稍让他改变主意。施特劳赫兄弟或许多多少少能控制他，但他们不愿惹恼远征队员。

维任廷不像卡涅萨那么自以为是、盛气凌人，但论到以自我为中心，他有过之而无不及，同时又不那么聪明、有创造力。他有勇气，这已经在探险测试中得到了证实，但一回到飞机上，他就表现得娇生惯养、一股孩子气。维任廷和每个人都吵过架，尤其是因西亚特和阿尔戈塔。他参加的唯一劳动就是为自己融雪和少数他感兴趣的零星活计。比如，为远征队员做连指手套和墨镜。到了晚上，他会哭着喊妈妈。

只有卡涅萨能约束维任廷，但曼吉诺喜欢他。这三个最敏感、最好斗且都是19岁的小伙子似乎组成了一个小联盟。曼吉诺感到孤独。他和图尔卡蒂一样，上飞机前不认识多少人，眼下与众人也没什么感情。飞机失事后的头几天，他因为断了一条腿，表现得既自私又狂躁，但渐渐地，他却比大多数人承担起更多的集体劳动。有些小伙子，尤其是卡涅萨和爱德华多·施特劳赫，对曼吉诺有了好感。

鲍比·弗朗索瓦是另一个把年幼当借口的典型例子，他最大的缺点是冷漠。他似乎生来没有照顾自己的本能，飞机失事后就坐在雪地里点上一支烟，带着一副漠不关心的神气说，“真是叫人受够了”，并且从那时起始终不愿为生存付诸努力。他以前是个懒惰的家伙，绰号是“胖子”。但在这里，懒惰无异于自杀。如果任由他自生自灭，他肯定早没命了。他从来不劳动，只在迫不得已的时候才坐在太阳下融雪，除此之外就是搓脚，他的脚在雪崩时被冻得够呛。晚上，如果毯子滑落，他甚至不愿费力重新盖上，反正早晚会有人帮他。有一段时间，丹尼尔·费尔南德斯不得不替鲍比·弗朗索瓦按摩双脚，以免它们坏死。

有一次，施特劳赫兄弟对鲍比·弗朗索瓦的懒惰忍无可忍，想强迫他劳动。于是，他们告诉他，如果他不劳动，就得不到食物。鲍比·弗朗索瓦只是耸了耸肩，用他那双天真的大眼睛忧伤地望着他们说："好吧，很公平。"然而那天上午，他依旧什么都没做。到了中午分发食物的时候，也没有拿起自己的盘子去排队。他似乎对自己的死活漠不关心，很乐意由别人替他做出安排。这一招弄得施特劳赫兄弟措手不及。他们的"激励"计划失败了。鲍比·弗朗索瓦照常分到了口粮。

在年长些且更健壮的小伙子中，爱德华多·施特劳赫和帕拉多一样，对曼吉诺、弗朗索瓦、蒙乔·萨韦利亚等年幼、虚弱的人颇为友善。萨韦利亚虽然没有受伤，但比大多数人更虚弱，而且生性紧张。他在飞机失事时表现得不错，救了尼科利奇。他也想证明自己与其他人一样勇敢、勤劳，但却没有力量。他成了无所事事的人，坐在太阳下抽烟、聊天、融雪，看着其他人忙碌。

哈维尔·麦索尔也没能派上什么用场。他因为高原反应，一直晕晕乎乎的，说的话不少，但没有一句是完整的。小伙子们至少比他小十岁，但都把他看成搞笑的角色。他们叫他小飞象邓波，他告诉大家，那是他小时候的绰号。每当他在雪地里摇摇摆摆地走动，都会招来嘲笑。他们拿他开玩笑，他也夸张地配合，因为他知道这能让小伙子们开心，让他们振作起来。例如，某个小伙子会假装从来没有吃过奶油圆面包，哈维尔·麦索尔于是开始滔滔不绝地描述。

正当他快说完时，另一个小伙子会接过话头问："你在说什么呢，邓波？"

"奶油圆面包。"

"奶油圆面包？是什么东西？"

"你没听说过？啊，是圆圆的，大约这么大……"他会重新描述一遍。等到快说完的时候，第三个小伙子会走过来，也假装从来没有吃过奶油圆面包。

哈维尔·麦索尔的专项任务是把脂肪上的油刮下来，将它们收集起来用作泻药。他还负责磨刀。他先为卡涅萨做了一副墨镜，又为自己做，材料来自从驾驶舱里找到的塑料。小伙子们注意到他只替自己做了一个镜片，这才第一次发觉他有一只眼睛已经失明了。

他会在小伙子们情绪不佳的时候安慰大家。科什·因西亚特也会这么做，他与帕拉多、图尔卡蒂一样，受到大家的喜爱。不过，帕拉多和图尔卡蒂对他有些冷淡。对此，科什·因西亚特能够理解，他知道自己软弱。起初科什·因西亚特做了些工作，但腿部感染之后，就没有继续劳动。他倒不介意只分配到较少的食物，因为他本就不喜欢生肉。他从不与眼前的困境搏斗，而是整日梦想着在蒙得维的亚的生活。虽然其他人常常被他无所事事的态度激怒，但他太讨人喜欢，没法冲他发火。他有着最坦率的个性，善良、温柔、谈吐文雅、诙谐风趣。没有人会无视他那双真诚的、含笑的眼睛，哪怕那目光中明明白白地在讨要一支烟或多要一块肉。

相比之下，潘乔·德尔加多虽然并不比因西亚特更懒惰，但却既没有后者招人爱的个性，也没有费多·施特劳赫的关照。他口才好，有魅力，而且善于在生活中发挥这些才能。举个例子，萨托里夫妇曾反对他们的女儿与他订婚，但德尔加多每次去拜访时都带着鲜花和礼物，这对夫妇很快就被他的魅力征服了。

然而，山上没有鲜花，魅力和口才在极端条件下也无用武之地。事实上，德尔加多的口才在眼下反倒是个不利因素。小伙子们无法原谅他曾表现出的轻率的乐观。他是这群人中较年长的一个，本不应该信口开河。因此，当潘乔·德尔加多说自己的腿不适合劳动时，有些人觉得他是在装病。

这是一种危险的情绪。一群处于压力之下的人在寻找替罪羊，而德尔加多正是合适的对象。他唯一的朋友是努马·图尔卡蒂，但后者心思单纯，压根儿没有意识到眼下的汹涌暗流。其他几个没有参加劳动的人都有某种形式上的借口：哈维尔·麦索尔生病；曼吉诺、萨韦利亚、哈利和弗朗索瓦年幼；因西亚特性格温良。此外，因西亚特天真，德尔加多却长于算计。他把生活当成了玩纸牌，却没有意识到此刻自己手里是一把烂牌。他饥饿，在这 19 个人中几乎处于孤立状态，既不能为自己谋利，也没法指望朋友和保护者来关照他。这种处境还将变得更糟。

远征测试对罗伊·哈利和派斯·比拉罗的影响截然相反。罗伊·哈利原本的表现一直好于派斯·比拉罗，现在却每况愈下。由于没有入选远征队，他觉得自己让同伴们失望了，随后好友尼科利奇的死亡彻底击垮了他的精神。他变得脆弱，任何人的一句刻薄话都会引得他哭哭啼啼，像个坏脾气的孩子似的尖声哀号。他懒惰、自私，只有咒骂威胁才能让他行动起来。

相反，派斯·比拉罗走上了另一条道路。这个原本娇生惯养、自怜自艾的懦夫变得越来越勤劳，勇于承担责任。他不仅帮着切肉，还承担起晚间封堵入口的职责。

派斯·比拉罗也有缺点。他专横、好斗，比其他人更爱占便宜。然而，他独特的个性也为提升整个团队的士气做出了特殊的贡献。他虽然年纪最小，却身材魁梧，嗓音粗哑，像只大泰迪熊。他思维单纯，言谈夸张，做事冲动，会把打火机和刀具遗忘在雪地里。不过无论是在大山里还是在蒙得维的亚，派斯·比拉罗总是能逗人发笑。这倒不是因为他说的笑话有趣，而是他本身就富于喜感。在眼下这种乏闷的环境中，这项才能显得弥足珍贵。

派斯·比拉罗在权力层级中属于第二梯队。他与阿尔戈塔、泽尔比诺一起，充当了施特劳赫兄弟的助手。这三人就好比军队中的士官，接受上级的命令，然后传达给下级。尤其是古斯塔沃·泽尔比诺，喜欢奉承年长的，欺负年幼的，尽管他自己也才 19 岁，是这群人中较年幼的一个。泽尔比诺待人亲切，但有点神经质。比方说，如果有人占了他与丹尼尔·费尔南德斯面对面的位置，他就会和卡涅萨一样容易情绪失控，甚至变得歇斯底里。他特别依恋费尔南德斯。如果费尔南德斯向他索要一条裤子，他会毫不犹豫地拿出来；但如果是远征队员维任廷提出同样的要求，他会说："滚开，你这个肮脏的畜生。自己找去。"

泽尔比诺自告奋勇地和费尔南德斯一起负责收集和保管死者的钱财物品。他还主动监督不端行为，比如夜间活动。为此，大家有时叫他"侦探"。飞机失事前，他的绰号是"耳朵"，不过后来成了"卡鲁索"，因为有一次在谈起食物时，泽尔比诺说他从来没吃过卡鲁索饺子（一种意大利饺子，上面浇着以歌星卡鲁索命名的酱汁），甚至从来没听说过。他热情、单纯的个性令他常常遭到戏弄。有时，小伙子们会嘲笑他，因为在大清早和傍晚时分，他总是分不清太阳和月亮。他一向悲观，如果费多·施特劳赫派他去查看天气状况，他总是回来报告说："非常冷，暴风雪就要来了。"

随后，费多·施特劳赫会对派斯·比拉罗说："你去看看。"乐天派派斯·比拉罗则回来报告："下小雪，不过下不长。半小时后就能看到晴朗的蓝天。"

佩德罗·阿尔戈塔不太可能成为英雄。若是以让其他人心灰意冷的几项缘由为考量，他本该是最消沉的。尽管早年也曾读于斯特拉玛丽学院，但不久就因父亲工作调动而去了圣地亚哥和布宜诺斯艾利斯，因此和其他幸存者并不熟悉。他的两个朋友，一个是死去的费利佩·马奎里安，另一个是断了腿、躺在机舱里闷闷不乐的阿图罗·诺盖拉。

阿尔戈塔有几点与众不同的地方。他害羞、内省，信奉社会主义，其他人则活泼、外向，倾向于保守主义。在乌拉圭的时候，阿尔戈塔曾为"广泛阵线"工作。这是个类似于人民阵线的组织，不久前首次在总统大选中公开亮相。相反，丹尼尔·费尔南德斯和费多·施特劳赫都参加了"大学国家运动"，支持开明的白党人士威尔逊·费雷拉；爱德华多·施特劳赫支持开明的红党人士豪尔赫·巴特列；卡利托斯·派斯·比拉罗支持白党的保守派阿格龙多将军。

阿尔戈塔的另一个弱势是失去了记忆。他仍然想不起事故发生前的事情。当因西亚特告诉他阿根廷队赢得了足球赛冠军时，他开心地绕着飞机奔跑。当然，这根本不是实情。更要命的是，阿尔戈塔完全忘了，他此行去智利并不仅仅是为了购买便宜的经济学教科书，或对南美社会主义进行第一手研究，而且是为了他住在圣地亚哥时遇见的一个姑娘。他当时以为自己爱上了她，但两人已经有一年半没见面了，仅凭通信不足以维系恋情。他此行本打算确定下彼此的关系。但如今，他不仅完全忘了这段感情，而且还希望回到蒙得维的亚后能找个女朋友。

阿尔戈塔的头脑很清醒，足以意识到想生存就必须劳动。他的努力也赢得了施特劳赫兄弟的认可，尤其是费多·施特劳赫。不过，他仍觉得自己像个局外人，这主要是因为众人在交谈中常常讨论农业问题，而他插不上半句，好在这还不至于让他产生强烈的孤独感。

这个小社会里的三名领导人——爱德华多·施特劳赫、费多·施特劳赫和丹尼尔·费尔南德斯——彼此差异不大。他们凭借相互激发出的美德统治着这个群体。

丹尼尔·费尔南德斯是幸存者中除哈维尔·麦索尔之外最年长的，且意识到由此需担负的责任。他26岁，就这个年龄而言，他表现得相当成熟。他努力保持着机舱的整洁，收集物品，控制打火机和刀具的分配。他帮鲍比·弗朗索瓦按摩冻伤的脚（鲍比·弗朗索瓦为此保证，等回到蒙得维的亚，甘愿当他的奴隶），警告卡涅萨不要给科什·因西亚特感染的腿部做手术。尽管生性腼腆，丹尼尔·费尔南德斯还是喜欢交谈和讲故事。他冷静、有责任心、处事公正，唯一的缺点是缺乏体力和果断的个性。

虽然爱德华多·施特劳赫的绰号是“德国佬”，但他并不像两个兄弟那样具有明显的德国人特征。他的身材比费多·施特劳赫瘦小，从外表看，他更像他的母系乌里奥斯特家族的人。他风度翩翩，举止优雅。或许是去过欧洲的缘故，他是19个人中最练达、思想最开放的。他大部分时间非常冷静，但也会勃然大怒。他往往独断专行，尤其是在对待派斯·比拉罗时。但与费多·施特劳赫一样，他对年幼不懂事的小伙子们倒很宽容，比如曼吉诺和弗朗索瓦。

费多·施特劳赫的脾气比爱德华多·施特劳赫更大，但他也更能激发整个团队的信心。面对困境，费多·施特劳赫的想法总是最积极，判断总是最合理。他还拆下驾驶舱里的深色塑料遮阳板，割出两个小圆片当镜片，再用装飞行计划的文件夹做成镜框，自制太阳镜，使众人的眼睛免受积雪反光的伤害。

费多·施特劳赫并非没有缺点。他和丹尼尔·费尔南德斯一样，对曼吉诺缺乏耐心。他曾在睡前与爱德华多·施特劳赫大吵一架。有一晚，阿尔戈塔靠在费多·施特劳赫身上，他立刻暴跳如雷，大喊着："你要了我的命！你要了我的命！"

阿尔戈塔只是睁开眼，淡淡地说，"哦，费多·施特劳赫，你怎么能这样？"便继续睡了。

4

这个小团体发展出了一套运转良好的体系，就像美国国会一样，相互制衡。施特劳赫兄弟及其助手们限制了远征队的力量，远征队也限制了施特劳赫兄弟的权力。两组人彼此尊重，且他们的行为均得到了一致默许。

拉斐尔·伊查瓦伦和阿图罗·诺盖拉因在飞机失事时受伤，在集体中发挥不了任何作用。他们躺在卡涅萨制作的吊床上，很少离开机舱。对他们来说，行走几无可能，凭借四肢剩余的力量也很难爬到雪地里。

这两个人的背景和性格大相径庭。诺盖拉 21 岁，是经济学专业的左翼学生；伊查瓦伦 22 岁，是个保守的奶农。他们的价值观相去甚远，也不太可能在他们的床上和解，因为在夜晚，任何最轻微的无意识的挪动都会给另一人造成极大的痛苦。

伊查瓦伦是巴斯克后裔，性格开朗、果敢。他的腿伤势严重，小腿肌肉在事故中被撕扯开，虽然后来复了位，但伤口已经化脓。更糟的是，由于腿脚无法挪动，冻伤的脚趾起初是紫色，后来变成了黑色。白天，他会请其他人试着帮他恢复血液循环。“好少爷，”他央求丹尼尔·费尔南德斯，“帮我按摩按摩腿，行吗？都麻木了，没感觉了。”待丹尼尔·费尔南德斯按摩完，他又会道谢：“我保证，费尔南德斯，如果能从这儿出去，你这辈子想吃多少奶酪，我全包了。”

伊查瓦伦有着坚定的逃生欲望。每天早晨，他都对自己说：“我是拉斐尔·伊查瓦伦，我发誓我会回家。”每当有人建议他给父母或女友写信，他总是回答：“不，我要等到回去后亲口告诉他们。”这个信念，加上他的坦率和诚实，令他在其他小伙子们中很受欢迎。如果有人撞到了他的腿，他会大声咒骂，但随后立刻道歉。他还会用吃空糖盒的把戏逗大家开心，或者讲述自己在牛奶场里如何做奶酪。

可是，伊查瓦伦的状况越来越糟。他的腿因脓液而变得沉甸甸，从脚趾到整个足部都生了坏疽，皮肤发黑。一天早上，他带着惯常的热情和乐观，告诉大家他将不久于人世。小伙子们发出了抗议，但他似乎很肯定。他说，希望最后活下来的人能向他的家人转达他最后的心愿，把他的摩托车送给他的管家，把吉普车送给他的女友。小伙子们再次发出不满的嚷嚷。

第二天，厄运的阴影消散，他又变成了最乐观的人之一。

阿图罗·诺盖拉的身体状况比伊查瓦伦好，但精神状态最差。他生性脆弱，难以捉摸，即便在自己家里，他也沉默寡言。唯一能让他敞开心扉的是女友伊内斯·隆巴德罗。她本人命途坎坷，有个兄弟与另外两个男孩在卡拉斯科划独木舟时翻船溺水身亡。阿图罗·诺盖拉给她带去了安慰，他会在大街上公开亲吻她。

阿图罗·诺盖拉的热情都灌注在政治上。他在强烈的正义感的促使下成了一名激进的理想主义者，时而拥护社会主义，时而赞成无政府主义。他信仰乌托邦，或多或少放弃了罗马天主教。与泽尔比诺一样，阿图罗也曾接受耶稣会的号召，在蒙得维的亚的贫民窟里服务，但后来坚信得用更彻底的方式消除贫困和压迫。

眼下，阿图罗独自躺在机舱里，瘦骨嶙峋的脸上嵌着一双大大的绿眼睛，下巴上留了一撮小胡子。有一阵子，他对当前的困境表现出些许关注，尤其想弄明白他们在安第斯山脉中的确切位置，还充当起了绘图员的角色。但随着时间的流逝，他的信心一天天减弱，地图也被搁在了一边。他记起小时候曾有一种预感，他会在21岁那年死去。他告诉帕拉多，自己活不长了。

比绝望更糟的是在群体中的孤立。阿图罗待人刻薄，喜怒无常。在这种情况下，谁也不会去费力揣摩他那副拒人于千里之外的外表下的真实心思。佩德罗·阿尔戈塔是他唯一的朋友，但阿尔戈塔本人也自身难保，并不愿强拉着阿图罗·诺盖拉融入集体。

诺盖拉对其他人的敌对情绪很大程度上源于政治。他和伊查瓦伦表面上为了毯子和搁脚的地方争吵，实际上是因为各自的观点分歧。有一次，派斯·比拉罗给大家讲他父亲的故事，说到他父亲曾和京特·萨克斯一起去过非洲，以及和京特·萨克斯、布里吉特·巴尔多特在鲸鱼角的事情。

“嘿，阿图罗·诺盖拉，你怎么看？”卡涅萨问。

“我不感兴趣，我是社会主义者。”阿图罗·诺盖拉说。

“你才不是社会主义者呢，你是傻瓜，少装模作样的。”卡涅萨回敬道。

“你们都是寡头支持者、保守派。”阿图罗·诺盖拉愤愤地说，“我不想生活在一个被你们——尤其是你，派斯·比拉罗——这种物欲横流的价值观浸透的乌拉圭。”

“我才不想听他说呢。”派斯·比拉罗说。

“或许你是个社会主义者，”因西亚特因恼怒而变得有些结巴，“但你也是人，这才是眼下最重要的。”

“别理他们，”阿尔戈塔对诺盖拉说，“什么都无关紧要。”

诺盖拉陷入沉默。后来他告诉派斯·比拉罗，很后悔当初对他恶语相向。

白天，即便出太阳，诺盖拉也从不出机舱。他从机舱顶的小洞里接水，阿尔戈塔、卡涅萨和泽尔比诺也会从外面给他送水。他们和诺盖拉谈起他的家人，试图劝他振作起来，因为有人怀疑他的腿伤是装出来的，但朋友们的一切努力都是徒劳。

机舱里阴冷、昏暗、潮湿。诺盖拉越来越虚弱，过了一周，其余人才发现他并没有吃到定量的食物。此后，阿尔戈塔为他拿来肉，一小片一小片地放进他被唾液沾湿的嘴里。

帕拉多和费多·施特劳赫终于意识到，不合群会要了诺盖拉的命。帕拉多走进来问他：“你想留在这里？”“留在这里”是他们之间的一种委婉说法，指的是死亡。

“难免的，我知道。”阿图罗·诺盖拉回答。

“不会，”帕拉多说，“我会带你出去，给伊内斯过生日。你等着瞧。”

一天晚上，大家正准备去睡觉，阿图罗·诺盖拉问可否让他领诵《玫瑰经》。众人同意了，派斯·比拉罗把念珠递给他。阿图罗·诺盖拉说着自己的心愿，为他们的家人、祖国、死去的同伴以及活着的人向上帝祈祷。不像有些人念《玫瑰经》是为了催眠，阿图罗的嗓音中含着一股深情，让大伙对他产生了新的敬意和情感。念完 5 篇圣咏后，众人都沉默了，只能听到阿图罗·诺盖拉在吊床上轻轻哭泣。阿尔戈塔抬头望着他，问他为什么哭。“因为我离上帝这么近。”阿图罗·诺盖拉回答。

阿图罗的行李中有一张衣物清单，是以前收拾箱子时列的。他在这张纸的背面，用无力的手，给父母和女友写了一封信。

> 在这样的环境中，即使理性也无法解释上帝对人类无限的、绝对的权力。我从来没有经历过这样的苦痛——无论是肉体上还是精神上——但我也从未像此刻这般相信他。这是身体上的折磨，日复一日，夜复一夜，拖着断腿和肿胀的脚踝。无论是心灵上还是肉体上，因为没有你，因为我如此渴望见到你……用拥抱亲爱的妈妈爸爸的方式拥抱你。我想对你说，我对待他们的方式是错的……力量。生活很艰难，但值得活下去。哪怕充满痛苦。勇气。

一天后，阿图罗·诺盖拉开始发烧，变得越发虚弱。佩德罗·阿尔戈塔爬上吊床，躺在他旁边，想给他一点温暖。他们聊起了他的家、伊内斯、他们要一起参加的考试，还有曾经一起在电视上看的足球赛。他断断续续地说着，神志开始恍惚。

“看，牛奶车来了。是奶农。快，快开门！”阿图罗开始胡言乱语，先是牛奶车，然后是冰激凌车、伊内斯，再是星期日与家人一起吃午餐。他发着高烧，浑身颤抖。突然间，他坐起身，试图爬到睡在地板上的小伙子们身上。阿尔戈塔搂着他，但他尖叫着说派斯·比拉罗和伊查瓦伦要杀他。阿尔戈塔抱住他不放，然后一拳将他打倒在吊床上。之后，阿尔戈塔从药包里拿了些利眠宁和安定，喂给阿图罗·诺盖拉。

第二天，阿图罗·诺盖拉一直处于半昏迷半恍惚的状态。当晚，天寒地冻，他们把他从吊床上挪到地板上。他躺在阿尔戈塔的怀里，静静地死去了。哈维尔·麦索尔和泽尔比诺试图给阿图罗做人工呼吸，但阿尔戈塔知道，这无济于事。阿尔戈塔哭了。次日，在将尸体拖出机舱之前，阿尔戈塔拿走了阿图罗·诺盖拉的外套和大衣。

5

诺盖拉的死对所有人都是一次痛击，它推翻了先前以为能在雪崩中大难不死就注定能活下去的观念。逃离变得更加紧迫，小伙子们迫不及待地希望远征队早点出发，但一连数日，机舱外始终风雪交加。

雪崩后的几天，他们没有按照固定顺序就寝，最先进机舱的可以占据最暖和的位置。后来，为公平起见，又发展出一套较严格的制度。丹尼尔·费尔南德斯和潘乔·德尔加多负责从机顶收回晾晒的椅垫，在机舱地板上铺好。接着，大约五点半，太阳落山，气温骤然降低，小伙子们就按铺位顺序排好队。因西亚特第一个进（但与他睡在一起的派斯·比拉罗要等待一会儿），接着是费多·施特劳赫和爱德华多·施特劳赫，然后是丹尼尔·费尔南德斯和古斯塔沃·泽尔比诺（除非轮到他们睡在门口）。再接下去的顺序就不固定了。卡涅萨想睡在哪里就睡在哪里，帕拉多通常和他在一起。弗朗索瓦和哈利一组，哈维尔·麦索尔和曼吉诺一组，阿尔戈塔和图尔卡蒂或德尔加多一组，萨韦利亚和维任廷一组。轮到睡在门边最冷铺位上的几组最后进入机舱，不过排在末尾的永远是派斯·比拉罗，因为他的任务是每晚关舱门，而他的铺位挨着因西亚特，紧靠驾驶舱，在全机舱里最暖和的地方。

除了垒防风墙，派斯·比拉罗还有另一个职责：从驾驶舱的小洞里清倒用来充当夜壶的塑料杯。这项工作很麻烦。杯子的容量比膀胱小，每次都得来回递两三趟，但除此之外，也找不出更合适的大容器。此外，由于往往在机舱里一待就是 15 个小时，需求总是难免。大多数人会在进舱之前解手，然后在 9 点左右，月光照进机舱，准备睡觉前用一次塑料杯。但也有些人，尤其是曼吉诺，会在凌晨三四点醒来，唤醒派斯·比拉罗。有一次，派斯·比拉罗不堪其扰，假装找不到夜壶，曼吉诺不得不跌跌撞撞地爬出机舱；还有一次，曼吉诺用一支烟作为额外服务的交换。

他们曾试图在入口处设置第二个"便池"，但雪一融化，尿液也会渗进机舱。然而，对于睡在入口处的人来说，晚间解手是相当麻烦的事，这意味着要叫醒其他人传递夜壶。阿尔戈塔有一晚被尿憋醒，又不愿吵醒其他人，于是决定对着雪墙解决。第二天早上，他发现尿液溅满了其他人的食盘，却什么都没说。

机舱里一片狼藉，不仅有尿液，还有残留在地板上的脂肪和骨头碎片。过了一段时间，他们制定了一条新规定，不许将骨头带入机舱，且任何带进机舱的碎脂肪必须在当天拿出去。尽管如此，机舱两头的雪仍然肮脏不堪，要不是因为寒冷，恐怕早已恶臭难当。

睡觉不是件容易事。空间有限，得紧紧地挨在一起，只要一个人移动，其余人都得动，盖在身上的椅套就会掉下来。此外，他们还担心再度遭受雪崩袭击，这并非毫无道理。他们总能听到奇怪的声响，要么是来自廷吉里里卡火山的轰鸣，要么是其他哪座山上发生了雪崩。间或有山石松动，滚落下来。有一次，正当他们准备睡觉，一块落石砸中机身，因西亚特和萨韦利亚立刻跳起来，以为又是雪崩。其他人也同样心神不宁。哈维尔·麦索尔总是坐着睡，把橄榄球衫蒙在头上保持呼吸的温暖，可是一睡着，就会向前或两侧倾倒，惊扰到周围的人。

正是此类烦扰引发了争吵，并最终演变为殴斗。所有人都互相咒骂，指责对方把脚伸到自己脸上，或偷了毯子，但只有几个人真正拳脚相向。在这一方面，卡涅萨和维任廷最难控制。他们比其他人强壮，而且虽然尽量不去招惹帕拉多、费尔南德斯和施特劳赫兄弟，但仍时常利用自己身为远征队员的优势而随心所欲。有一次，仅仅因为罗伊·哈利没有腾出位置，维任廷就把脚架在对方的脸上。罗伊·哈利让维任廷把脚拿开，遭到了拒绝，罗伊·哈利一把推开，维任廷伸脚便踢。这下子，罗伊·哈利被激怒了。要不是被丹尼尔·费尔南德斯制止，定会演变成一场恶斗。还有一次，维任廷踢了努马·图尔卡蒂。这个平日里性情最温和的小伙子忍不住勃然大怒，冲维任廷尖叫："你这个肮脏的畜生，我这辈子再也不会和你说话了！"因西亚特支持图尔卡蒂，也加入了骂战："你这个婊子养的，把腿拿开，不然我就把你的脸揍扁！"维任廷让他俩都见鬼去。最终，又是费尔南德斯出面干预，让双方安静了下来。

因西亚特也和卡涅萨发生过争执。后者举拳想要打他，但因西亚特回应道，"如果你动手，我就拧断你的脖子"——话虽出自当时最虚弱的人之口，但足以让卡涅萨三思。这场争执与大多数争吵一样，来得快，去得也快，同样以眼泪汪汪和互相拥抱收场，一再重复着众人已有的共识：如果不团结，就无法逃出去。

争吵、威胁、咒骂和抱怨也是他们发泄淤积在内心的强烈挫败感的唯一途径。例如，如果有人碰了伊查瓦伦的腿，他就会夸张地尖叫，借此宣泄一直憋闷着的痛苦。同样，冲维任廷喊“畜生”或者说卡涅萨是“婊子养的”，也能起到相同的作用。难得的是，有些人，尤其是帕拉多，从来没有与其他人发生过口角。

一天晚上，科什·因西亚特梦见自己躺在布宜诺斯艾利斯舅舅家的地板上。曼吉诺睡在自己身边，搓揉着他感染的腿部。梦里，科什·因西亚特开始踢他，然后听见喊声，醒来发现费多·施特劳赫和派斯·比拉罗正摇晃着他的肩膀，曼吉诺在一旁抽泣。他的梦境是真的——除了此刻不是在布宜诺斯艾利斯的舅舅家，而是在安第斯山脉中的“仙童号”残骸里。

6

晚间睡前，他们会聊会儿天。他们谈的话题多种多样，比如大多数人会玩的橄榄球，或者其中不少人学习的农业，但不知怎么的，最后总会转到食物上来。日常饮食中得不到的，就靠想象来弥补，自己的想象力耗尽，就会央求其他人补充。伊查瓦伦有个奶牛场，可以说出关于奶酪制作的所有细节。他总是津津有味地向其他人描述各种奶酪的口味和质地差异，以至于大家都遗憾自己不是奶农。

为了充分讨论，挖掘每个人记忆中哪怕最微小的细节，他们会分门别类。每个小伙子都得先描述一种家常菜肴，然后说出一种自己能亲手制作的食物，接着是女友的拿手好菜，吃过的最奇特的食物，最喜欢的布丁，再接着描述一种外国食品，然后是适合在乡下做的菜，还有此生吃过的最古怪的东西。

诺盖拉给大家描述过奶油、蛋白酥和牛奶太妃，一种用牛奶和糖制成的浓稠的甜酱汁，口感介乎炼乳和焦糖膏之间。哈利想出了一款适合冬季的菜肴，用花生和牛奶太妃，外层裹上巧克力；还有一款夏季菜肴，用花生和牛奶太妃做的冰激凌。阿尔戈塔想不出自己会做的菜，但描述了他父亲偶尔做的西班牙烩饭和他叔叔做过的意大利团子。帕拉多说起他乌克兰祖母做的巴仑吉斯，还为一头雾水的同伴仔细描述了这种里面夹着奶酪、火腿和土豆泥的小煎饼。维任廷每个夏天都会去与巴西接壤的海边，他讲了一种法式鱼汤。哈维尔·麦索尔表示，等回去后要向维任廷请教。

努马·图尔卡蒂听了这番对话，开腔道：“麦索尔——”

“如果你叫我麦索尔，我就不理睬你。”

图尔卡蒂一本正经，又有点儿害羞。“哈维尔，”他说，“等你做那道法式鱼汤的时候，能不能叫上我？”

“当然啦。”哈维尔·麦索尔微笑着。尽管图尔卡蒂在言谈中用了第二人称的“你”，他仍当成更正式的“您”。

说起食物，哈维尔·麦索尔是这群人中的行家。奶油圆面包绝不是他唯一的贡献。他年纪最大，吃过的东西最多，对蒙得维的亚的餐馆以及各家的特色菜也知道得最详尽。因西亚特在尼科利奇的笔记本上列了份清单，写完最后一个餐馆及其最令人费解的特色菜。他们数了数，一共98家。

后来，他们进行了一场比赛，看看谁能构想出最佳菜单（包括酒水）。不过，玩到这一步，想象中的盛宴所带来的痛苦已经超出了快乐。他们从饕餮美梦里醒来，面对现实中的生肉和脂肪，沮丧之情溢于言表。他们还担心，伴着幻想释放的消化液会让他们得上胃溃疡。于是，大家达成默契，关于食物的讨论到此为止。只有哈维尔·麦索尔还在继续。

然而，他们可以有意识地将美食从头脑里抹掉，但却无法控制自己的梦境。派斯·比拉罗梦见一只橙子悬在头上，他伸手想去拿，却怎么也够不到。还有一次，他梦见飞来一只飞碟，悬停在飞机上方，梯子落下，走出一名空姐。他向她要一杯草莓奶昔，但只得到一杯水，上面漂着一颗草莓。他乘坐飞碟离开，降落在纽约肯尼迪机场，妈妈和祖母在大厅里迎接他。他穿过大厅，买了一杯草莓奶昔，但杯子里空空如也。

罗伊·哈利说，他梦见自己在一家面包店里，饼干刚刚出炉。他试图告诉面包师他们在安第斯山脉里，但面包师却听不明白。

他们喜欢回忆和谈论各自的家庭。正因如此，派斯·比拉罗热衷于望月。想到父母在蒙得维的亚看见的也是同一轮月亮，他感到些许安慰。可惜，从他的铺位上，无法透过舷窗看到外面。有一次，为了得到夜壶，费多·施特劳赫掏出一面小镜子，让派斯·比拉罗看到了月亮的镜像。

爱德华多·施特劳赫乐于向费多·施特劳赫讲述他的欧洲之旅，这两兄弟也常聊他们的家庭。不过每每打开这个话题，便会听到有节奏的鼻息声，那是睡在旁边的丹尼尔·费尔南德斯开始抽泣。想家是件痛苦的事，为了不让自己发狂，大多数小伙子都把这些记忆剔出了脑海。

除此之外，大家可谈的内容寥寥无几。大多数人对乌拉圭的政治很感兴趣，但自从诺盖拉大发雷霆之后，他们对任何可能引发对立情绪的话题都很谨慎。例如，他们从收音机里听说，红党政客豪尔赫·巴特列因批评军方而被捕，支持白党的丹尼尔·费尔南德斯高兴得眉飞色舞，然而卡涅萨和爱德华多·施特劳赫都在最近的总统选举中投了巴特列的票。

最安全的话题是农业，因为他们大多正在接受培训，或已经在农场、牧场里工作，要不就是家里有农场。派斯·比拉罗、弗朗索瓦和萨韦利亚都在内陆的同一地区拥有土地，因西亚特和伊查瓦伦都有奶牛场。

偶尔，佩德罗·阿尔戈塔会觉得自己被排除在了圈子外，因为他对这个国家的事情一无所知。注意到这一点后，农夫们试着把他拉进来。他们想象着建立一个农业试验地方联盟，阿尔戈塔可以负责养兔子。他们可以住在一起，就在派斯·比拉罗在科罗尼亚拥有的那片土地上，由爱德华多·施特劳赫来设计连排别墅。

大伙儿都对这个地方联盟提出了不少设想，尤其是哈维尔·麦索尔。按照计划，他和帕拉多将经营一家餐馆。一天晚上，大家躺在机舱里准备入睡，哈维尔·麦索尔探过身，问丹尼尔·费尔南德斯是否介意调换位置，因为他想问泽尔比诺一些私事。费尔南德斯同意了，还惊动了一整排已经躺下的小伙子。接着，哈维尔·麦索尔附在泽尔比诺耳边，悄悄问他能不能给餐厅当会计。

地方联盟是个不错的主意，不过开餐厅的想法有个缺点。很快，他们对养牛或提高粮食产量的方法谈得少了，更多讨论起餐厅提供的鸟蛋和乳猪。再说，他们还计划着回到乌拉圭后带着各自的女友举行一个盛大的派对，怎么可能不聊食物呢？他们不打算邀请外人，而且提起各自的女友时，总是思绪纯洁、言语恭敬。他们太需要上帝了，绝不敢用淫秽的想法和言谈触怒他。死亡离他们如此之近，不能冒险犯下哪怕最微小的罪恶。此外，由于寒冷和虚弱，他们似乎不再有性趣，有些人甚至开始担心营养不足会导致阳痿。

因此，虽然他们在生理上平平淡淡，在情感上却极其渴求伴侣。诺盖拉和尼科利奇写给女友的信远远超过写给父母的。有女友的幸存者，比如丹尼尔·费尔南德斯、科什·因西亚特、潘乔·德尔加多、拉斐尔·伊查瓦伦、罗伯托·卡涅萨和阿尔瓦罗·曼吉诺，也都常常怀着炙热的情感想起她们。佩德罗·阿尔戈塔忘了那个在圣地亚哥等待他的姑娘，迫不及待地想回乌拉圭找个女友。泽尔比诺还没有订婚，但也对其他人说起他遇见的姑娘，声称那是自己的女友。

极端环境并没有让他们对生与死等更本质的哲学话题产生兴趣。因西亚特、泽尔比诺和阿尔戈塔是 18 名幸存者中在政治观点上最开放的，他们倒是曾讨论过宗教信仰和政治责任之间的关系。还有一次，佩德罗·阿尔戈塔和费多·施特劳赫聊起了上帝的存在与性质。阿尔戈塔在圣地亚哥时受过良好的耶稣会教育，能够解释马克思和德日进的哲学理论。他和费多·施特劳赫都是怀疑论者，都不相信上帝在照看着每个个体的命运。在阿尔戈塔看来，上帝就是存在于人与人之间的爱，因此，爱才是最重要的。

派斯·比拉罗试图加入这场谈话，他对上帝有着自己的理解。但费多·施特劳赫和阿尔戈塔说，他的思维太慢，跟不上讨论。第二天，当阿尔戈塔因别人踢到他的脸或踩了他的盘子而骂骂咧咧时，派斯·比拉罗伺机报复说："哦，阿尔戈塔，你怎么能说这么难听的话呢？我还以为爱才是一切呢。"

除了一两本漫画书，没有可阅读的东西。也没有人玩游戏、唱歌或讲故事了。他们会拿费多·施特劳赫的痔疮开一些粗鄙的玩笑。因西亚特伸手取衣帽架上的东西，脸蹭到了饥肠辘辘的人晚间带进机舱的那只毫无生命的手，大家都笑了。他们有时也会说一些关于吃人肉或死亡的俏皮话，比如“等我回到蒙得维的亚，走进肉铺，一定要先尝尝”，或者“我待在冰里会是什么样？”他们还发明了一些词语，或者改词尾，想出一些短语和口号，以提振士气或表达不愿明说的残酷真相。如果想说弱者会死去，就说“失败者留下来”。他们还会说“战士不死”，或“我们战胜了严寒”。而最常挂在嘴边的，是他们唯一能够确定的事：“智利在西边。”

这也正是他们最关心、讨论最多的话题——逃离。他们将远征计划想了一遍又一遍，设计、制造好了装备，全体参与讨论了路线。毫无疑问，远征队员为全体行动，也将遵照大多数人的意见。比较现实的人考虑的是队员们该如何为脚保暖；偏爱幻想的则商量起到了智利后该怎么做，并最终决定，应该打电话给蒙得维的亚的父母，通报生还的消息，然后坐火车去门多萨。他们设想，等回到蒙得维的亚后，或许能找到一个对他们的经历感兴趣的记者，还打算写一本书，卡涅萨连标题都想好了，就叫《或许明天》，因为他们总是期待着第二天会发生振奋人心的事。大约9点，月亮从地平线上消失，众人停止谈话，准备就寝。派斯·比拉罗开始念诵《玫瑰经》，每晚都许下同样的愿望——为他的爸爸、妈妈和世界和平。之后，因西亚特或费尔南德斯会讲述第二个神迹，其余的则由阿尔戈塔、泽尔比诺、萨韦利亚、哈利和德尔加多完成。他们大多信奉上帝，也需要他。对圣母祈祷也让他们感到无比宽慰，似乎她更能体会他们迫切的归家心情。他们有时会说“神圣的女王万福”，把自己想象成“夏娃的被放逐的可怜子孙”，而身处的这片山谷就是“泪之谷”。他们总是担心再发生雪崩，尤其是下暴风雪的时候。有一晚，风刮得特别猛，他们祈祷圣母保佑，而等念完《玫瑰经》，风暴竟奇迹般地平息了。

费多·施特劳赫仍将信将疑。在他看来，《玫瑰经》如同安眠药，靠着单调乏味让人排遣沮丧情绪，安然入眠。其他人知道他的态度，有一晚还利用了这一点。那晚，廷吉里里卡火山活动，他们脚下的大地也随之颤抖，所有人都害怕山上的积雪松动，引发雪崩，将他们永远埋葬。他们将念珠塞进费多·施特劳赫手里，让他祈祷。这个怀疑论者和信徒们一样害怕。于是，他怀着最明确的念头诵《玫瑰经》，祈祷众人能免于一死。十首念完后，轰鸣声停止了。

7

此外，还有两件事总是让他们头痛。一是香烟。这群人中只有帕拉多、卡涅萨和维任廷不吸烟。泽尔比诺以前没有吸烟的习惯，但被困山里之后学会了。其余人都是老烟枪，环境的压力让他们比以前吸得更凶。

到目前为止尚未发生烟草短缺完全是出于偶然。哈维尔·麦索尔和潘乔·阿瓦尔都在烟厂工作过，知道智利烟草短缺，因此带了几大盒乌拉圭香烟。

尽管如此，他们还是实行了配给制。每个小伙子每两天可以分得一包20支装的烟，大多数人都能设法控制自己，每天抽10支。但意志不坚定的人，尤其是因西亚特和德尔加多，往往会在头一天就抽完一整包，到了第二天，只能要么预支未来的配给，要么死乞白赖地向其他人索要。在这种情况下，德尔加多会同萨韦利亚套近乎，说自己与后者的兄弟是好友，因西亚特则会向阿尔戈塔许诺，等回到蒙得维的亚后一定请他大吃一顿。

每天一醒来，躺在机舱里，他们就会点燃当天的第一支烟。接着，某个小伙子会花言巧语地哄骗另一个人出去。

“天看起来真好，为什么不出去走走呢？”

“你为什么不去？”

终于有人起来，找到鞋，互相摩擦一下，让它们化冻，然后穿上鞋，推开派斯·比拉罗头一晚用来封堵入口的行李箱和衣服。太阳出来了，每个小伙子都带着几块椅垫走出机舱，把它们放在机顶上晾晒，也趁这个时间让自己晒晒太阳。这么长时间以来，他们既没有换过衣服，也没有脱过衣服。毯子堆在吊床上，最后一个走出机舱的人负责整理。

上午，施特劳赫兄弟会着手割肉，其他人则趁着积雪表面尚且坚硬，四下捡拾丢弃的少量脂肪和内脏，或去机身前部的坑里解手。

这是他们遇到的第二大问题。赖以生存的食物——生肉、脂肪和融雪——让他们患上了慢性便秘。日复一日，周复一周，哪怕再努力，也排不出丁点儿粪便。有些人开始担心肠子会胀裂，想尽各种方法刺激排便。泽尔比诺用一根小棍子捅，便秘最严重的哈维尔·麦索尔则把脂肪上刮下来的油当作泻药吞下去。遇到生火的时候，派斯·比拉罗会用同样的油为自己和费多·施特劳赫煮通便汤，生痔疮的费多·施特劳赫尤其需要这东西。

这种境况着实惨，不过也挺滑稽。小伙子们开始打赌谁会是最后一个拉出屎来的人。有一次，蒙乔·萨韦利亚蹲在雪地里边尝试边念念有词："不行，我做不到。"

维任廷开始嘲笑他："你做不到，你做不到。"萨韦利亚越发努力，终于痛苦地挤出一点硬得像石头的成果。

哈维尔·麦索尔是最后几个解决问题的人之一。他每天坐在椅垫上边数钱边等待自己的努力得到回报。终于成功时，他向所有人宣布了这个消息，大家拍手叫好。当晚，他抱怨有些不舒服，众人都朝他喊："闭嘴，你拉出屎来了，没资格抱怨啦。"

比赛接近尾声。在山里待了28天之后，派斯·比拉罗设法通了便；德尔加多花了32天；最后一名是鲍比·弗朗索瓦，34天。

讽刺的是，紧随急性便秘之后是大范围腹泻。这可能是饮食不当造成的，但他们认为是由于吃了太多脂肪。阿尔戈塔没有出现腹泻症状，他将此归功于自己的免疫力，因为他吃软骨，其他人不吃。

就他们的处境而言，这无疑是雪上加霜。一天晚上，卡涅萨出去透透气，发现竟有6个人蹲在月光下。这一幕让他格外沮丧，他以为一切都结束了。从那以后，虽然卡涅萨仍旧腹泻，但从来不出去，而是躲在机舱里，蒙着毯子，排泄在橄榄球衣上。此举激怒了其他人，但卡涅萨又古怪又固执，他们拿他毫无办法。派斯·比拉罗最为恼火，因为有一次他捡起一件球衫准备用来封堵入口，谁知上面全是卡涅萨的粪便。

萨韦利亚的腹泻最严重。这种情况持续了几天，他越来越虚弱，终于有一晚神志不清了。其他小伙子开始惊慌起来。卡涅萨建议他不要吃太多，尤其是不要吃任何脂肪。不过，萨韦利亚相信持之以恒，他每天都会走10步作为锻炼，而且觉得只要少走一步就会出现不可逆转的衰退。出于同样的原因，萨韦利亚认为剥夺自己的食物是不明智的。但当施特劳赫兄弟发现他仍未减少进食时，便断了他的口粮，强迫他待在机舱里。

第二天，萨韦利亚出去解手，回来时声称自己的腹泻已经治愈。但他没料到身为医生和侦探的泽尔比诺查看了他“治愈”的证据。泽尔比诺戳穿了萨韦利亚的谎言。众人将萨韦利亚送回机舱，没有给他任何脂肪。

尽管萨韦利亚愤愤不平，但事实证明，这种方法很有效。他的腹泻好了，逐渐恢复了气力。

8

随着11月15日的临近，兴奋和期待的气氛越来越浓烈。小伙子们反反复复地讨论由谁第一个给父母打电话，以及将如何从容悠闲地逃离此地。他们要在回家的路上，途经门多萨时买上一大堆油酥肉饼，然后从门多萨坐汽车去布宜诺斯艾利斯，再乘船渡过普拉特河。他们每在脑海中展开一段旅途，随之就想象着各种食物。他们知道布宜诺斯艾利斯有几家全世界最好的餐厅，因此希望等到他们上船的时候，已经将肚子塞满，可以腾出心思来为家人选购礼物。

远征队员们更关心即将面临的实际问题，尤其是如何抵御严寒。他们每人都配备了三条裤子、一件T恤、两件毛衣和一件外套，还有三副最好的墨镜。维任廷弄到了飞行员的装备，还戴着飞行员的飞行头盔。卡涅萨用裤子做了几个小背包。他在裤腿上绑了尼龙带，然后把尼龙带绕过肩膀，穿进皮带孔里。维任廷用椅套做了六副手套。

从早前探险的经验看来，最主要的问题是如何让脚保持温暖。他们有橄榄球靴，维任廷从极不情愿的哈利手里得到了厚鞋子。那原本属于尼科利奇，是他的女友送的。但还差厚袜子。他们想出了一个办法，利用外面的尸体为自己的脚提供额外的脂肪和皮肤保护。他们发现，如果在肘部和前臂中间各划开一道切口，将皮肤连同皮下脂肪剥下来，把下端缝合，就成了一双简易袜子，皮袜的肘部恰好完美地贴合脚后跟。[①]

离出发的日子越来越近了。在此期间，唯一的麻烦是有人踩伤了图尔卡蒂的腿，且伤口开始化脓。不过，图尔卡蒂没有把它放在心上，其他人起初也没在意。他们的心思更多地集中在远征队员的路线上，因为他们在确定方位和行进方向时面对着两种相互矛盾的证据。从飞行员临死前的话语中可知，飞机

---

① 不妨将此与他们的祖先、南美高乔人的权宜之计比较一下。“他的靴子是用雄马驹后腿的皮做的，一剥下来就趁着湿润直接套在腿上，等干了就会变成合适的形状。上半截成了靴子帮，关节处贴合脚跟，其余部分包裹着脚，大脚趾处有个小孔。” George Pendle, *Argentina* (London: Oxford University Press, 1955)。

已经飞过库里科，库里科在智利境内，智利在西边。但他们也知道，万流归海，而飞机上那只仍然完好无损的指南针指示，他们所在的山谷向东延伸。

似乎唯一合理的解释是，山谷绕着大山先朝东北方蜿蜒，再向西折回。根据这个假设，远征队员打算沿山谷行进，哪怕这条路将带着他们远离智利。因为身后的山峰如此高大，根本不可能翻越。要向西，唯有先向东。

11 月 15 日，小伙子们一大早就醒了，帮着远征队员收拾装备。外面下着雪，但到 7 点钟，四个人就出发了。帕拉多带着一只为他侄女买的小红鞋，将另一只挂在飞机上，告诉其他人他会回来取。不过，他回来得比他们预想的快。雪下大了，远征队出发仅三小时便折返。

接下去的两天，天气同样糟糕，狂风卷着暴雪在飞机外肆虐。佩德罗·阿尔戈塔因为说过夏季从 15 日开始，在大家失望之余成了众矢之的。在继续等待的那几天里，图尔卡蒂的腿伤恶化了，长出两个鸡蛋大小的疖子，卡涅萨把疖子割破放脓。拖着感染的腿行走令图尔卡蒂疼痛万分，然而当卡涅萨说他不适合远征时，图尔卡蒂生气了。图尔卡蒂坚称自己没问题，不过大家都看得出，他去，只会拖累同伴。图尔卡蒂被迫服从了大多数人的决定。在山里等待了五个星期之后，11 月 17 日，星期五早晨，蓝天重现。再没有什么可以阻挡已经耗尽耐心的远征队了。他们的背包里塞满了肝脏和肉（塞进橄榄球袜里）、一瓶水、椅套和帕拉多夫人带上飞机的旅行毯。

其余人都走出机舱为他们送行。等到帕拉多、卡涅萨和维任廷消失在第一道地平线之后，众人开始打赌他们何时能抵达文明世界。所有人都深信能在三周内回到蒙得维的亚，而且已经详细计划好要在 12 月 9 日为帕拉多开一个生日派对（连每个人届时要带去的菜肴都想到了）。但他们认为远征队会在那之前很早就到达智利。阿尔戈塔认为会是下星期二，图尔卡蒂和弗朗索瓦觉得是星期三。六个人打赌星期四到达，其中，曼吉诺把时间定在上午 10 点，派斯・比拉罗说是下午三点半。哈利、泽尔比诺和费多・施特劳赫把注下在星期五，伊查瓦伦和哈维尔・麦索尔赌星期六，蒙乔・萨韦利亚最为悲观，估计得到一周后的星期日上午 10 点 20 分才能重返文明世界。

9

卡涅萨走在最前面，拖着半扇新秀丽行李箱，上面堆着四只塞满了肉的橄榄球袜、一壶水和一些椅垫。等积雪表面在阳光下开始融化时，这些椅垫将充当他们的雪地鞋。维任廷随后，像驮马一般背着所有的毯子，帕拉多殿后。

他们朝东北方迅速前进。一路下坡，橄榄球靴在冻雪上的抓地力极好。走了大约两小时后，帕拉多和维任廷听见打头的卡涅萨大声呼喊，朝他们挥手。卡涅萨停在雪坡顶上，等另两人赶上来后，他说："我有个惊喜给你们。"

"什么？"帕拉多问。

"机尾。"

帕拉多和维任廷登上坡顶，真的，就在前方100码开外的地方，躺着"仙童号"的尾巴。两侧尾翼均已丢失，但机身部分完好无损。四下里散落着行李箱，这让他们立时兴奋起来。他们跑过去，打开箱子，里里外外翻找了一遍，简直就是发现了宝藏：有牛仔裤、毛衣、袜子和潘奇托·阿瓦尔的滑雪装备。他们在阿瓦尔的箱子里还找到了一盒巧克力，当即每人吃了四块，剩余的决定定量分配。

三个小伙子脱下身上的脏衣服，穿上他们找到的最暖和的衣服。卡涅萨和帕拉多脱下人皮袜，扔到一边。这里有成摞的上好羊毛袜，他们每人拿了三双。维任廷多拿了一双，用来塞靴子，尼科利奇的鞋子对于他的脚来说太大了。他还拿走了阿瓦尔滑雪装备里的头套，靴子归帕拉多。

接着，三人走进机尾，在厨房里发现一包糖和三份门多萨油酥肉饼。他们立刻吃掉了肉饼，把糖留作备用。厨房后面有个又大又暗的行李间，里面有更多箱子。他们把箱子一只只打开，把衣服拖出来扔在地板上。其中一只箱子里有瓶朗姆酒，还有不少箱子里装着香烟。

他们开始按照机械师罗克说的，在尾部搜索机载电池，最终透过机尾外部的一个小洞口发现了。他们还找到不少可口可乐箱子和漫画书，拿来生了堆火。卡涅萨开始烤带来的肉，维任廷和帕拉多继续在机尾里翻查。一些塑料纸包的三明治已经发霉，他们拆开包装，掏出其中尚能食用的部分。接着他们吃烤肉，又吃了一勺糖、叶绿素牙膏和朗姆酒的混合物。他们这辈子从来没吃过这么美味的甜点。

太阳落山，气温开始下降。维任廷和帕拉多把附近散落的衣服全都抱进机尾，铺在行李间的地板上。卡涅萨把连着电池的电线接到他从厨房里拿来的一只灯泡上，灯泡爆了。他换了一只，这一次，灯亮了。三人爬进行李间，用箱子和衣服堵住门，躺在地板上。有了灯光，他们可以在睡前看会儿漫画。与机舱拥挤的环境相比，这里既温暖又舒适。9 点，卡涅萨拆下灯泡。三个酒足饭饱的年轻人睡得香甜。

第二天早晨，飘起小雪，但他们还是把新秀丽雪橇收拾好，装满小背包，向东北方顺谷而下。他们看见左侧有座高山，估计要花三天时间才能绕过去，再顺山谷折向西。

雪停了，天空放晴。快 11 点的时候，气温越来越高。太阳晒在背上，积雪将反光投在脸上。他们不时地停下来脱掉一条裤子或一件毛衣，但脱衣服需要消耗大量体力，而且携带起来也同样费劲。

大约中午时分，三人来到一块突出的岩石边，石上淌着涓涓细流，几乎可以算作小溪了。他们决定在这里停留，避开太阳，用随身带的毯子和金属棍搭个帐篷。他们吃了一些肉，维任廷喝了点儿溪水，但另外两人觉得溪水太咸，宁可融雪为水。

小伙子们躺在阴凉处，望着眼前的山峰。从它的大小来看，当初在大本营所做的一切估算都要被推翻。随着光线的变化，它显得越发遥远。顺着阴影望去，或许西折的山谷拐点更远。卡涅萨越琢磨，就越怀疑这个计划。在他目所能及的范围内，山谷一直向东延伸。也就是说，每走一步，就更深入安第斯山脉。不过，那天下午，他对自己的顾虑只字未提。

烈日炎炎，三人都累了。但太阳刚刚西沉，气温就骤降到零度以下，光线也变得昏暗。于是，他们决定当晚留在原地。他们在雪里挖了个洞，钻进去，用带来的毯子盖在身上。

夜空晴朗而美丽。海拔高，星辰格外明亮。空气宁静，没有一丝风。若不是寒冷，这样的环境甚至令人向往。可是，随着夜色深沉，气温越来越低，三名远征队员的肢体开始僵硬。衣服和毯子根本无法保持温暖。绝望中，他们叠摞起来。维任廷在最下面，帕拉多在中间，卡涅萨在最上面。他们用这种方式互相取暖，但几乎无法入睡。

次日清晨，太阳升起的时候，卡涅萨和帕拉多都醒着。“太绝望了。”卡涅萨说，“这样的夜晚，我们熬不过第二个。”

帕拉多站起来，朝东北方眺望。“我们必须走下去。他们还指望着我们呢。”

“我们要是死在雪地里，对他们一点儿用都没有。”

“我继续走。”

“你瞧，”卡涅萨指着山，“没有山口。这条山谷不会朝西去。我们正往安第斯山脉深处走。”

“说不定呢，如果我们继续——”

“别自欺欺人啦。”

帕拉多再次向东北方眺望，但看不出什么好迹象。“那你觉得我们该怎么办？”他问。

“回机尾那儿去，”卡涅萨说。“把电池取出来，带回机舱。罗克说有电池，就可以让电台工作。”

帕拉多犹豫不决。他转向维任廷，后者此刻已经醒来。“你怎么想，维任廷？”

“我不知道。你们俩怎么决定，我就跟着。”

“你觉得应该怎么做？继续走吗？”

“也许。”

“或者，要不要试试电台？”

“对，也许应该试试。”

“试哪一个？”

“随便。”

帕拉多对维任廷这种模棱两可的态度有些恼火，试图让他做出选择。最终，维任廷站在了卡涅萨一边，因为正如卡涅萨说的，“晴朗的夜晚就把我们冻得半死，想想看，如果遇到暴风雪会怎样。那简直是自杀”。

他们朝机尾方向折返。虽然上山比下山难得多，但他们还是在下午顺利抵达。他们瘫倒在堆着衣服的超级舒服的行李间里。这里实在太奢华了，白天可以遮阴，晚上可以御寒。小伙子们抵挡不住诱惑，在那里足足待了两天。然而，肉食所剩无几，三人决定返回“仙童号”。卡涅萨和维任廷钻过小洞，把电池拆卸下来，递给在外面的帕拉多。维任廷还发现，飞机供暖系统的大管子外包裹着约两英尺宽、半英寸厚的塑料人造纤维隔热材料。他割下一些，想着或许可以给自己的夹克加一层衬里。

他们把电池装到雪橇上，打算拖着走，但电池太重了，雪橇纹丝不动。鉴于返程途中要攀登的山坡最大倾角近 45 度，很明显，把电池运回去是不可能的。不过没关系，卡涅萨信誓旦旦地说，把电台从驾驶舱里拆下来运到这里并不难。

于是，卡涅萨和维任廷在雪橇上和背包里装满了带给其他小伙子的厚衣服以及 30 盒香烟，而帕拉多回到厨房，用指甲油在水槽上方写下：“朝山坡上走。还有 18 个人活着。”他在机尾的其他部位将这句话又写了两遍，用的是他在父亲开的商店“螺栓之家”里给螺帽和螺钉写标签时学会的工整字体。卡涅萨走进厨房，拿出药箱。里面有不少药品，包括可的松，它或许可以用来缓解萨韦利亚和泽尔比诺的哮喘。

他俩出来时，发现维任廷踩坏了新秀丽雪橇。帕拉多勃然大怒，咒骂维任廷笨手笨脚。好在，卡涅萨将它修好了。三人终于穿着雪地鞋，踩着松软陡峭的雪坡，朝飞机返程了。

10

远征队员离开的这段时间，留下来的小伙子们情绪高涨。首先，大家都松了一口气，觉得他们终于朝获救迈出了实质性的一步。他们都确信，远征队员们能找到救援力量。此外，机舱里也更舒服些，有更多空间可以睡觉。卡涅萨和维任廷不在场，连气氛都显得轻松些。

也有些人很想念远征队员，比如失去了卡涅萨保护的曼吉诺。不过另一方面，曼吉诺现在已经没那么娇气，不太需要被保护了。他对腿伤的忍耐力强了些，因此夜间也更容易相处。和他睡在一起的哈维尔·麦索尔曾经不堪其扰，说如果自己是曼吉诺的父亲，一定会痛揍他一顿，现在，他俩却成了知己。“我以前被宠坏了，”曼吉诺对他说，“在这里才意识到自己原来多么可恶。过去，如果弟弟惹我生气了，我就踢他，如果汤不对胃口，就倒掉。现在，要是能喝到那碗汤该多好啊……”

他们都觉得自己经历了净化。有一次，德尔加多、图尔卡蒂、泽尔比诺和费多·施特劳赫讨论起这场炼狱般的磨难。他们想到了基督在沙漠中的40天考验。从飞机坠毁至今也已经40天了，苦难一定即将结束。似乎是为了证明苦难能使人变得更好，他们加倍努力地避免争执，善待他人。

当然，与为了同一个目标所结成的牢固纽带相比，即便有争吵，也算不上严重。尤其是晚间一起祈祷时，他们能感觉到一股近乎神秘的凝聚力，既维系着彼此，也将他们与上帝相连。他们曾在需要时呼唤他，现在，他们觉得他近在咫尺。有些人甚至认为雪崩是上帝的神迹，是为了给他们提供更多的食物。

这种联系不仅存在于凡人与上帝之间，也存在于生者与死者之间。尸体提供了生存的食物，灵魂已被召唤到天堂，因为他们在地上的工作已经完成。当然，所有活着的人都乐意与死去的朋友交换角色。雪崩前的尼科利奇和雪崩时被埋在雪下的阿尔戈塔都曾做好了赴死的准备，并甘愿将自己的身体给朋友们做食物。正如图尔卡蒂在另外三个人谈论耶稣在沙漠中受试时说的那样，眼下的处境甚至比死亡还可怕。

图尔卡蒂的情绪越来越低落。他依旧深陷在未被允许参加远征的失望中，且将怒气发泄在自己身上。他鄙视自己的软弱，为了惩罚自己而放弃了自己的身体。他不再是远征队员，因此口粮并不比其他人多，但即便如此，他仍不愿吃完。他向来讨厌生肉，早前只是为了增强体力，为远征做准备。没有这个需要后，他的厌恶感又回来了。过去愿意为了大家而做的事情，现在他却不愿为自己去做。他把肉放在一边，若遇到施特劳赫兄弟强迫他吃，就偷偷藏起来。

结果他的身体自然是越发虚弱，无法抵御腿上的病毒。虽然卡涅萨已经割开脓包，排出了脓液，但感染却日益严重。图尔卡蒂以此为借口，越来越不愿为团队、为自己做任何事，他精神的衰弱已经超过了身体。他只替自己融化雪水，就连拿条毯子之类完全力所能及的事情也要别人帮忙。有一次，他让费多·施特劳赫扶他站起来，费多·施特劳赫拒绝了，说他自己完全可以轻松地做到。果然，过了一会儿，图尔卡蒂自己从地上站起来，一瘸一拐地进了机舱。

这并不是因为图尔卡蒂在生大伙的气，他气的是自己。这样的表现，是在做给大家看，仿佛在说，你们说得很对，我软弱无能，等着瞧吧，看我究竟能变得多软弱、多无能。

拉斐尔·伊查瓦伦恰恰相反。他的精神依旧强健，但肉体的痛苦愈演愈烈。受伤的腿因坏疽和脓肿而变成了黑黄色。由于无法走出机舱，长期待在阴潮的空气中，他的肺部也受到影响，呼吸困难。

吊床很冷，到了晚上，费尔南德斯试着把伊查瓦伦放在地板上，但这么做会造成极度疼痛，伊查瓦伦宁愿躺回吊床。后来有一晚，伊查瓦伦开始说胡话。“谁想和我一起去商店，买点面包和可乐？”接着又大声喊，“爸爸，爸爸，快进来！我们在这儿……”

派斯·比拉罗走上前说：“你想说什么，可以过一会儿再说，不过现在你要跟着我祈祷。‘万福马利亚，恩典无限，主与你同在……’”

伊查瓦伦大而空洞的眼睛望向派斯·比拉罗。慢慢地，他的嘴唇开始重复祷告者的话语。那短短片刻——说到万福马利亚和我们的天父的一刻——他神志清晰。接着，派斯·比拉罗挨着因西亚特睡了，伊查瓦伦再次语无伦次地喃喃着。

“谁和我一起去商店？”

“拜托，别找我”，“等明天吧”，其他人咆哮着。他们已经非常厌倦了。没过多久，呓语消失了，只剩吃力的呼吸声。接着，呼吸声变得急促，再之后停止了。泽尔比诺和派斯·比拉罗跳起来，按压伊查瓦伦的胸口，想让他的心脏重新跳动。派斯·比拉罗不停地做了半小时人工呼吸，但其余人在几分钟内就已明白，拉斐尔·伊查瓦伦死了。

伊查瓦伦之死不可避免地让众人陷入沮丧，提醒着每个人，他们也有可能死去。费多·施特劳赫因痔疮出血而尤为紧张，也比以前更怕孤独。然而正因为觉得死亡逼近，也就越发感到与上帝的亲近，为自己的灵魂，也为所有人的福祉祈祷。

第二天早晨，一个念头让费多·施特劳赫以及其余14名幸存者重新振奋起来：此刻，远征队员或许已经找到了救援，次日天黑之前，他们或许就能看见前来营救的直升机。然而，傍晚时分，费多·施特劳赫听见同伴中有人高呼，说三名远征队员回来了。接着，费多·施特劳赫自己也看见了，三个身影跌跌撞撞地爬上山坡。他的谦卑化成了愤怒。上帝令他们燃起希望，只是为了让希望破灭。远征队员的折返证明，他们被困在这里了。他想像疯子一样尖叫着冲进雪地，然而他停住了，看着其他人，他们的脸上写满痛苦与绝望。

卡涅萨走在最前面，后面跟着帕拉多和维任廷。到了其他人能听得见他的尖嗓音时，卡涅萨开始大喊："嘿，小伙子们，我们找到机尾啦……所有箱子……衣服……和香烟！"等卡涅萨来到机舱边，所有人都围上前去打听状况。"那样走行不通。"卡涅萨说，"山谷没有转向，一直朝东。不过，我们找到了机尾和电池。现在，只要把电台拿到那里去就行了。"

面对这种强烈的乐观情绪，其他人也兴奋起来。他们哭泣着，拥抱着，然后围在雪橇边挑选裤子、毛衣和袜子，潘乔·德尔加多负责管理香烟。

第六章 “圣诞节行动”

1

远征队员首次离开“仙童号”的同一天，马德隆·罗德里格斯和埃斯特拉·佩雷斯飞回了智利。与她们同行的还有拉斐尔·伊查瓦伦的父亲里卡多·伊查瓦伦、马塞洛·佩雷斯的兄弟胡安·曼努埃尔·佩雷斯，以及乌拉圭国家航空公司最有经验的飞行员、马德隆·罗德里格斯的兄弟劳尔·罗德里格斯·埃斯卡拉达。施特劳赫家的两兄弟也想加入，但他们都有高血压，不适合远行。

苏拉科对小赫拉德·克鲁瓦塞的怀疑令马德隆·罗德里格斯甚为不满，她决心证明他的看法是错的。自飞机最初失联到目前已经36天了，她与埃斯特拉·佩雷斯的信心从未动摇，始终坚信孩子们还活着。同行的男人们对找到幸存者不抱多少希望，但他们觉得有必要弄清楚“仙童号”究竟遇到了什么事。

11月18日，一行人抵达塔尔卡，开始探索大无顶山周边地区。他们租了一架飞机，绕着该地区飞行了数圈，从空中看见阿尔托湖附近有个地方几乎与克鲁瓦塞寄来的草图一模一样。他们回到塔尔卡，雇了向导和马匹，返回仔细搜索。这些马经过特殊训练，能够在狭窄的山间小道和飞流而下的瀑布间择路而行。但乌拉圭人因为害怕眩晕，不得不蒙住眼睛。当他们接近目的地时，发现了另一个符合克鲁瓦塞描述的线索：一个写着“危险”的标识。此外，这里有湖泊，有无顶山。似乎终于有望找到“仙童号”了，但没有人感到兴奋，因为山谷里虽然有些可供人类食用的植物，但此地距塔尔卡只有一天的路程。

他们最终一无所获，只得打道回府。塔尔卡的一名荷兰登山者告诉他们：“你们或许能找到飞机，但会发现周围有一群秃鹫。”了解他们此行目的的人，大多也持同样的看法。

乌拉圭驻圣地亚哥代办萨尔·查隆对此似乎也不抱什么希望。11 月 25 日，当这群人回到圣地亚哥时，查隆告诉他们，自己实在不好意思开口让智利政府免除他们按照并不划算的官方汇率每天将 10 美元兑换成智利货币的要求。马德隆·罗德里格斯和埃斯特拉·佩雷斯勃然大怒。她们在离开蒙得维的亚之前曾特地去乌拉圭外交部，以确保查隆为她们寻求豁免。

此事涉及的金额总计 550 美元，不至于让这些家庭破产，但却激怒了这两名强硬的女性。出身白党政要家庭的埃斯特拉·佩雷斯（她是白党领袖威尔逊·费雷拉的堂妹）绝不能容忍自己被红党耍弄。她和马德隆·罗德里格斯直接去了智利外交部，得到外交部部长克洛多米罗·阿尔梅达的亲自接见。后者听取了她们的要求，立刻写信豁免她们的兑换要求。

一切安排妥当，这一行五人得以于11月25日返回蒙得维的亚。卡洛斯·派斯·比拉罗已经去了巴西，自飞机失联以来，主动搜索第一次暂停。不过，在离开智利前，他们在塔尔卡地区散发了大量传单，悬赏30万埃斯库多，希望能得到一些线索。除此之外，只能祈祷。

到了这一步，已经没什么人再相信小库鲁瓦塞了，拉斐尔·庞塞·德莱昂同他的最后一次联系大约也是在这段时间。他说，最近一次看见飞机，发现里面是空的。小伙子的母亲们认为这意味着孩子们已经出发去寻求帮助了，但拉斐尔·庞塞·德莱昂开始怀疑这意味着已无人存活。拉斐尔·庞塞·德莱昂以前追问克鲁瓦塞，后者总说断了联系。这一次，拉斐尔·庞塞·德莱昂对克鲁瓦塞提起女人们的看法，“我不这么想。我觉得那意味着他们都死了”。

“这可说不准。”电话那头远在荷兰的克鲁瓦塞说。

“听着，”拉斐尔·庞塞·德莱昂说，“他们的亲人现在都不在这儿，坦白告诉我，你觉得他们究竟怎样了？”

沉默，电话里只有呼吸声和咔嗒声。过了一会儿，克鲁瓦塞说:“我觉得，个人看法……现在……他们都死了。”

与小赫拉德·克鲁瓦塞的接触到此为止，但那些不再相信千里眼的父母并没有失去对儿子生还的信念。他们开始向上帝和教会寻求帮助。罗西娜·施特劳赫和萨拉·施特劳赫依旧向加拉班德圣母热切祈祷，马德隆·罗德里格斯每天下午都在卡拉斯科的家中和母亲以及两个女儿一起跪倒在地念诵《玫瑰经》。苏珊娜·萨托里、罗西娜·马齐特伊、伊内斯·克莱克也常常加入，为未婚夫的归来祈祷。

在她们向超自然力量祷告的同时，另一些人也在寻求飞机失联的世俗解释。罗伯托·卡涅萨的母亲梅查·卡涅萨认为，飞机有可能被乌拉圭游击队劫持，如今正隐藏在智利南部的某个秘密机场，等待合适的时机索要赎金。彼时，乌拉圭和智利的政治氛围均不稳定，这个推测似乎不无道理，于是，家长们开始打听两名飞行员的政治背景。结果发现，两名飞行员都是右翼。既然小伙子们自己不可能劫持飞机，唯一的嫌疑就落在了马里亚尼夫人身上。的确，她此行是要去智利参加女儿和一名流亡政客的婚礼。不过，鉴于她人到中年，身材肥胖，让她来劫持飞机未免荒诞，看来这个推测说不通。

12 月 1 日，蒙得维的亚的一家报纸刊出一则消息，说乌拉圭空军打算派遣一架飞机去智利廷吉里里卡火山一带寻找“仙童号”。消息并未得到官方证实，但却让身在蒙得维的亚的母亲们兴奋起来，转而反问她们的丈夫们，为何不能立刻派一架乌拉圭飞机去做空中救援服务中心计划在两个月后做的事情。

12 月 5 日，泽尔比诺、卡涅萨、苏拉科、费尔南德斯、伊查瓦伦、尼科利奇、爱德华多·施特劳赫和罗德里格斯·埃斯卡拉达见到了乌拉圭空军司令佩雷斯·卡尔达斯准将。他们向他出示了一份在智利塔尔卡地区自行搜索的完整报告，但告诉准将，他们不再相信克鲁瓦塞的说法了。这些做父亲的表示，搜索范围应集中在廷吉里里卡地区，但他们势单力薄，需要帮助。

佩雷斯·卡尔达斯找来当天刚从圣地亚哥返回的一名下属，后者参与了圣地亚哥空中救援服务中心对该事故的技术调查。他呈交的报告证实，2 月份之前，无法采取任何行动。鉴于这个冬季安第斯山区遭遇了 30 年以来最大的降雪，飞机会被积雪完全掩埋，不可能有生还者。

佩雷斯·卡尔达斯转向盯着他的 8 个男人，希望他们能够接受现实。然而，他们却坚持要展开搜索，尽管内心都知道这将毫无结果。他们向准将解释了孩子们的母亲和女友的状况，佩雷斯·卡尔达斯动摇了。最终，他站起身，说：“先生们，既然你们明确提出了要求，我决定，安排一架乌拉圭空军的飞机供你们调遣。”

最后的搜索即将展开。

2

听说乌拉圭空军将派出一架带有特殊装备的C-47飞机搜索“仙童号”，家长们希望重燃，不少做父亲的志愿加入搜救。派斯·比拉罗仍在巴西，尽管空军只允许5名乘客同行，但他显然不愿袖手旁观。蒙乔·萨韦利亚也想去，但遭到医生的反对。另外4名被选中的是罗德里格斯·埃斯卡拉达和罗伯托·卡涅萨、罗伊·哈利、古斯塔沃·尼科利奇的父亲们。当然，行动起来的绝不仅是男人们，哈维尔·麦索尔、马奎里安、阿瓦尔、帕拉多、瓦莱塔的家人，以及其他很多人也都出资、出建议，拉斐尔·庞塞·德莱昂则继续与智利的无线电发烧友保持联络。

12月8日，包括准备随机搜救的人在内，这群父母一起前往空军一号基地，与C-47的飞行员鲁本·特拉少校商议并制订搜救计划。同一天，派斯·比拉罗从巴西返回，并表示，他虽然不信任乌拉圭空军的计划，但仍将参加此次搜救。

第二天，他们继续为出发做准备。12月10日中午，所有小伙子的父母、亲属、女友和搜索队在尼科利奇家宽敞的摩尔式大别墅里开了启程前的最后一次会议。两名专家级的乌拉圭飞行员应邀出席，智利空中救援中心、乌拉圭空军和家长们自己搜集来的所有材料都放在桌上，供大家阅览。苏拉科医生制作了地图，并解释了他和其他人确信飞机坠毁在廷吉里里卡山和索斯内阿多山之间的理由。没有人质疑他们的判断。塔尔卡和比尔切斯周围的山区被排除在讨论之外，理性战胜了灵通。

会议一直持续到晚上。散会后，两对施特劳赫夫妇去了哈利家，一直谈到深夜。罗伊·哈利对罗西娜·施特劳赫说：“听着，我会仔仔细细地搜索安第斯山脉，一步一步、一点一点地去找，直到把孩子们找回来。但我对你也有个要求。如果我们这次失败了，你必须接受现实。等我们回来后，必须放弃无谓的幻想。”

次日，也就是12月11日，清晨6点，C-47起飞前往圣地亚哥。机上有飞行员鲁本·特拉少校、4名机组成员、派斯·比拉罗、卡涅萨、哈利、尼科利奇和罗德里格斯·埃斯卡拉达。虽然是大清早，还是有不少家长赶到机场为他们送行。

C-47是军用运输机，不设客舱，5名中年男子不得不坐在旁边的长凳上。机舱里噪音很大，但没有人抱怨，因为这是“仙童号”失联后他们第一次能按照自己的想法搜索安第斯山脉最高峰区域。据乌拉圭媒体报道，C-47为此次搜索配备了特别装备，至少备有高海拔飞行所需的氧气和增压设备。飞到拉普拉塔河河口上方时，派斯·比拉罗捡起一份在飞机上找到的报纸，开始读关于此次搜索的文章。他不时地抬起头，想看看能否找到报纸上提到的能够“进行精准搜索的特别装备”。读到赞美乌拉圭空军的技术和慷慨的那一段时，他有些恼火了。毕竟，自“仙童号”失踪以来，乌拉圭空军几乎没有为寻找他们自己的 5 名机组人员做过任何事。

他想知道飞行员对这篇文章做何感想，便径直进了驾驶舱。跨进舱门的那一刻，他看见，飞机已经飞到了河口的阿根廷一侧，正准备飞过布宜诺斯艾利斯。

“你看过这个了吗？”他举着刚刚读过的那份报纸大声问鲁本·特拉。

“是的。”少校回答。

“你怎么想？”

“实事求是。”

派斯·比拉罗轻蔑地耸了耸宽阔的肩膀。

飞行员似乎注意到了，他继续说：“例如，有一次，一只引擎熄火了，我只凭借一只引擎成功着陆——”

就在他说话的当儿，飞机突然摇晃了一下，开始颤动。派斯·比拉罗回头朝机翼方向看了一眼，见到了少校刚刚描述的情形：右侧螺旋桨不转了。

他转过头对飞行员说：“啊哈，这种事又发生了。”

飞机在帕洛马尔军用机场紧急迫降，鲁本·特拉发电报给蒙得维的亚，要求更换新引擎，但乘客们不愿等待引擎运抵、安装。他们雇了一架轻型飞机飞往埃塞萨机场，在那里搭乘智利航空的航班飞往圣地亚哥。他们于当晚 7 点左右抵达，然后直接驱车前往空中救援中心位于洛斯塞里约斯机场的总部。

“什么！你们又来了？”马萨指挥官看见派斯·比拉罗和他的同伴们，很惊讶，“很明显，现在不适合搜索。我们说过，等时候到了，我们会通知你的。”

指挥官的不解并非没有道理。飞机在安第斯山脉失联的事并不罕见，但居然有人在近两个月之后仍要搜索，这就极不寻常了。即便是1968年美国空军的一架DC-3飞机坠毁后，他们也没有搜索这么久。然而眼下，一群乌拉圭平民居然闯进他的办公室，拒绝就此罢休。

“告诉我，指挥官，”罗伊·哈利说，“如果飞机困在大山里，在雪地上紧急迫降，成功概率有多大？”

“运气好的话，千分之二。”马萨说。

“对于我们，有千分之一的机会就够了。”哈利说。

乌拉圭人开始讨价还价，要求使用救援中心的直升机。马萨尽管礼貌地听完了他们的建议，但没有接受。“你们不明白，”他说，“让直升机在科迪勒拉山脉里飞行极为危险。我不能拿我飞行员的生命去冒险，除非有确凿证据表明残骸的确切位置。如果你们有任何证据，请交给我，我会采取相应的行动，但在此之前……很抱歉。”

五个男人两手空空地回到旅馆，除了马萨半心半意的许诺外，什么也没得到。但他们没有气馁，不顾旅途奔波的劳累，立刻坐下来制订计划。他们分成了三组。一组将从陆路进发，搜索帕洛莫和廷吉里里卡山一带；一组等待 C-47 到达圣地亚哥，从空中搜索同一区域；第三组试着找到那个声称看见飞机坠毁的铜矿工人卡米洛·菲格罗亚。这就是他们打算插进安第斯山脉的三支箭。他们将其命名为“圣诞节行动”。

第七章 远征队启程

1

11 月 23 日是鲍比·弗朗索瓦 21 岁的生日。16 名同伴给了他一包香烟作为礼物。与此同时，卡涅萨和帕拉多开始着手拆卸仪表盘上的电台，仪表盘有一半还卡在飞行员的胸口。

耳机和麦克风连着一只黑色金属盒，大小与便携式打字机差不多，只要拧下几个螺丝就可以很轻松地将它取出来。不过，他们发现，盒子上没有旋钮，因此甚高频电台必然还有其他部分。此外，盒子背面有 67 根电线，他们认为这一定连接着失踪的那一部仪器。然而，飞机上的仪器实在太多，很难分辨。最终，他们在行李舱壁的一块塑料板后面找到了发射机。这部分很难拆卸，尤其是附近没有光源，需要摸黑操作。他们仅有的工具是一把螺丝刀、一把小刀和一把钳子。经过几天的努力，他们终于把发射器取了出来。

发射器背面有根缆线，里面也有 67 根电线。凭直觉，他们相信这就是与仪表盘上拆下的金属盒相连的另一半。难题是，他们不知道这两部分电缆该如何一一连接，67 根对应 67 根，可能的组合方式有数百万种。好在电线上有些模糊的标记，多少算是线索。

卡涅萨对组装电台最为热心。他认为，只要有机会通过电台与外界取得联系，就不该冒险派任何人翻山越岭去寻求救援。大多数人都同意他的观点，尽管很多人对能否修复电台并无信心。佩德罗·阿尔戈塔对此不抱任何希望，不过为了不影响士气，他什么都没说。对无线电了解最多的罗伊·哈利最没有把握。他知道自己的专业能力有限，充其量不过是花了几个下午摆弄朋友的立体声音响，因此不停地哀叹着，坚称自己绝对没本事拆装甚高频电台。

其他小伙子觉得，罗伊·哈利的畏难情绪是由身体和精神的衰弱造成的。他的大脸盘上总挂着一副痛苦和绝望的表情，他从前健壮的身板已经萎缩成印度苦行僧的干瘪模样。于是，远征队员和施特劳赫兄弟要求罗伊绕着机身行走，为机尾之旅做准备。但他太虚弱了，且众人并不觉得应该增加他的肉食配给。因此，其他人越坚持，罗伊·哈利就越不情愿。他哭着，哀求着，一遍又一遍告诉他们，自己对电台的了解并不比别人多。然而他无力对抗权威，同时还面对着另一种压力。“你必须去，”他的朋友弗朗索瓦说，“因为电台或许是我们唯一的机会。如果不得不靠自己从这里走出去，科什·因西亚特、萨韦利亚、阿尔瓦多、你、我，我们这样的人肯定做不到。”

百般无奈之下，罗伊·哈利终于屈服了。不过，他们并没有立刻出发，因为还有几个人仍在摆弄铆在机顶驾驶室上方的天线。他们必须凭借一把螺丝刀将天线拆下来，由于飞机坠毁过程中金属扭曲变形，这项工作变得越发困难。

可是，等天线终于被拆下来，与电台的其他部件一起摆放在雪地上后，卡涅萨仍然只是一小时又一小时地盯着它们发呆。如果有人问他还有什么没准备好，就会换来他的劈头怒吼。众人虽不耐烦，但对卡涅萨仍避让三分。如果他既不是远征队员，也没什么创造力，他们或许早就不再迁就他；然而鉴于现实，他们不想惹恼他。但话说回来，卡涅萨的拖延似乎毫无道理，大家开始怀疑，他只不过是在利用测试电台的机会，推迟自己不得不远征的时刻。

最终，施特劳赫三兄弟忍无可忍，下达了最后通牒。卡涅萨想不出继续拖延的理由，次日早晨 8 点，小分队朝机尾进发。打头的是维任廷，他像上次一样背着行囊；接着是两手空空的哈利；走在最后的是卡涅萨和帕拉多，他们拄着棍子，背着背包，像两名冬季运动员。

四人顺山坡而下，留在大本营的 13 个人高高兴兴地目送他们远去。这不仅是因为可以暂时摆脱脾气暴躁、横行霸道的卡涅萨和维任廷，也因为少了四个人，睡觉的时候会舒适得多。

最重要的是，获救的希望被重新燃起。

不过，他们并没有坐等梦想成真。自他们决定吃肉以来，眼下第一次出现食物短缺的问题。这倒不是因为尸体不够，而是因为他们找不到。飞机失事时遇难的人在雪崩过程中被厚厚的积雪掩埋。在雪崩中丧生的，尸体还剩下一两具，但维持不了多久。此外，头一批死去的人肉更多，肝脏也富含维生素。

于是，众人开始寻尸。卡利托斯·派斯·比拉罗和佩德罗·阿尔戈塔领头，其他人也都纷纷加入。他们按照记忆中尸体所在的大致位置往下挖，但往往挖了很深却一无所获。运气好的时候当然也有，但总体而言令人沮丧。有人记得机舱门口附近曾有一具尸体，阿尔戈塔花了好几天有条不紊地挖出一个洞，还挖了可以深入的台阶。这项工作相当艰难，因为积雪已经变硬，而阿尔戈塔和其他人一样，身体日渐衰弱。因此，当他用铝片铲开积雪，发现一块像是衬衫的布料时，感觉就像找到了黄金。阿尔戈塔加快了速度，清理尸体腿脚周围的积雪，但突然间，他眼前出现了涂着红色指甲油的脚趾。他找到的不是某个小伙子的尸体，而是利利亚娜·麦索尔。考虑到哈维尔·麦索尔的感受，大伙儿同意不去碰她。

另一个除雪方法是所有人对着同一位置撒尿。倘若他们每天早晨都能憋得住，到达指定位置的话，这倒是个不错的办法。不过，大部分人醒来的时候膀胱胀得满满，忍不住一出机舱就就近解决。阿尔戈塔常常在睡前将三条裤子的扣襻解开，即便如此，有时仍来不及走到机舱外。真可惜，靠尿样融化出雪洞比挖雪洞容易得多。

不少小伙子觉得自己太虚弱，无法胜任任何劳动。有些人不介意承认自己百无一用，但也有些人不愿接受不能为团体做贡献的事实。萨韦利亚是意志坚强、肉体虚弱的典型。有一次，派斯·比拉罗指责萨韦利亚什么事都不做，于是，萨韦利亚开始疯狂地挖洞，以至于看到这一幕的人都为他担心。但除了累得筋疲力尽，他的努力没有任何成果。萨韦利亚很希望能像英勇的施特劳赫兄弟和远征队员们那样，但身体背叛了他。他别无选择，只能当个观众。

小伙子们挖雪寻找被掩埋的尸体的同时，保存在浅层积雪里的尸体上那层薄薄的雪因强烈阳光的照射开始融化。融雪季节到了，雪线已退到机顶以下，中午的阳光变得炽热，暴露在阳光里的肉很快就会腐烂。因此，除了挖掘、切肉和融雪等劳动，他们还要用雪覆盖尸体，用硬纸板和塑料片遮挡阳光。

食物越来越少，施特劳赫兄弟下达了禁止偷吃令。不过，一如所有试图打破旧习的努力，这道命令并没有收到效果。于是，为了让食物能维持得久一些，他们开始食用以前被丢弃的部位。比方说手和脚的皮肤下面有肉，可以从骨头上刮下来。他们还试着吃舌头，但实在难以下咽。有人吃了睾丸。

骨头也不能浪费。从骨头上刮下最后一丝肉后，他们会用斧子劈开骨头，用金属丝或小刀挑出骨髓，与大家分享。他们还吃掉了几乎所有尸体心脏周围的血块。这些部位的质地和口感与肉和脂肪不一样，不过到了此刻，他们早已厌倦了那些主食。不仅是舌头渴望着不同的滋味，肌体也渴求着久未获得的矿物质，尤其是盐。为了满足这种需求，不太挑剔的几个人开始吃尸身的腐烂部位——被积雪覆盖的内脏，散落在飞机周围、暴露在阳光下的残渣碎肉。到了后来，所有人都加入了这一行列。

他们割下小肠，把里面的东西挤到雪地上，然后切成小片吃。味道咸咸的，相当浓烈。有个小伙子试着把肠子缠在骨头上，放在火上烤。至于腐烂的肉，他们后来也试了，吃起来像奶酪。

寻找新口味、新食物的最后一项发现是此前一直被丢弃的大脑。卡涅萨曾告诉他们，这部分虽然没什么营养，但富含葡萄糖，可以提供能量。他做着示范，割开尸体前额的皮肤，把头皮向后扯，用斧子敲开颅骨。脑花或趁着没化冻当即分食，或用作酱汁。肝脏、肠子、肌肉、脂肪、心脏和肾脏，无论是生是熟，都被切成小块，与脑浆拌在一起。这样食物吃起来味道更好，也更容易下咽。唯一麻烦的是，没有合适的碗。在此之前，他们都是用盘子、塑料片或铝片来盛肉。因西亚特用刮胡子的碗吃杂烩，其他人则用头盖骨。他们为此用头骨做了4只碗，还用骨头做了些勺子。

腐烂的大脑不能食用，因此，他们把之前吃掉的那些尸体的头颅集中在一起，埋进雪里。他们爬梳积雪，寻找先前丢弃的其他部位。清理工作变得更有意义，尤其是阿尔戈塔，已成了首席清道夫。在不挖洞，也不用帮施特劳赫兄弟割肉的时候，就能见到他弯着腰在飞机旁蹒跚踱步的身影。他拿着一根铁棍，在雪地里戳来戳去，看起来像个流浪汉，因此派斯·比拉罗给他起了个绰号——老兔鼠。孜孜以求得到了回报，阿尔戈塔发现不少脂肪，还有一些薄薄的肉片。他把这些放在自己那侧的机顶上。如果浸了水，就在阳光下晒干，形成一层硬皮吃起来更可口。或者，他也会像其他人那样，把碎肉片放在金属板上，晒热了再吃。有一次，阳光格外强烈，肉居然熟了。

令阿尔戈塔如释重负的是，远征队员眼下已出发，不会拿走他辛苦收集准备的食物。不过，他却把自己找到的东西与费多·施特劳赫分享。他晾晒食物的地方挨着·施特劳赫的地盘，中间有一块是两人的共享食物区。阿尔戈塔常常把额外的食物放在共享区域里。他对费多·施特劳赫的依赖与泽尔比诺相似，用因西亚特的话说就是“德国佬的小弟”。令因西亚特尤为恼火的是，泽尔比诺会把香烟给爱德华多·施特劳赫，哪怕后者自己的那份还没抽完。泽尔比诺忘不了的是，第一次探险回来后的那几天，爱德华多·施特劳赫让他把肿胀的脚搭在自己肩上睡觉。

劳动者和不劳而获者、精打细算的和挥霍无度的，两派人之间的分歧越来越大，科什·因西亚特的角色也越发重要。无论从行动上还是意愿上，他都是不折不扣的不劳而获者；同时，他与费多·施特劳赫和丹尼尔·费尔南德斯又是老朋友。此外，他纯粹且诙谐的性格也让人没法不喜欢。无论是在大风天里哄着派斯·比拉罗生火做饭，还是从那条严重感染的腿上挤出一品脱脓液，科什总是微笑着，同时还能逗得他人也笑起来。他与努马·图尔卡蒂一样，因为不愿吃生肉，身体日渐衰弱。科什·因西亚特有时甚至会神志不清，煞有介事地对其他人说，他睡的那一侧机舱有一扇小门，通向一个绿色的山谷。然而，有一天早晨，当他像拉斐尔·伊查瓦伦那样宣布自己当天就会死去时，没有一个人当真。次日，当他醒来时，大家都嘲笑他说："嘿，科什，死是什么感觉？"

香烟始终是引发紧张气氛的主要源头。像施特劳赫兄弟那样有足够的自制力、能够合理安排定量的人，往往会在第二天快结束的时候发现，他们每吸一口烟都会引来十几双嫉妒的眼睛。缺乏长远打算的人——科什·因西亚特是其中之最——往往在拿到香烟的第一天就抽完了自己的那份，然后向其他人讨要。抽烟较少的佩德罗·阿尔戈塔总是低着头，生怕被科什·因西亚特盯上。但倘若他一直躲避，科什·因西亚特就会说："阿尔戈塔，等我们回到蒙得维的亚，我请你去我叔叔家吃意大利团子。"这时，饥肠辘辘的阿尔戈塔一抬头，迎面撞上科什·因西亚特那双满含乞求的笑盈盈的大眼睛。

潘乔·德尔加多也无法安排好自己的配给。他会悄悄走到萨韦利亚身边，和他聊起在学校里与他兄弟的交情，指望能够得到一根烟。有时，德尔加多也会在因西亚特的怂恿下，劝说费尔南德斯预支给他们一些。"你瞧，"他会说，"因西亚特和我都是那种特别容易紧张的人……"

曾经有一段时间，德尔加多负责香烟分配，这就好比让酒鬼照料酒吧。一天晚上，外面刮起狂风，雪直吹进机舱。睡在门口的德尔加多和泽尔比诺挪进来，与因西亚特和派斯·比拉罗一起聊天、抽烟。大多数人还没睡，都在抽着烟，听着雪崩的轰鸣声。第二天早晨，众人醒来，惊诧不已，不相信自己如德尔加多所说抽了那么多烟。

还有一次，费尔南德斯和因西亚特因香烟的问题发生了争吵。费尔南德斯负责保管三只打火机中的一只，但因西亚特一次又一次向他索要打火机，费尔南德斯却不理不睬，因为他觉得因西亚特抽得太多了。这让因西亚特大为恼火，当天余下的时间里，他都拒绝与费尔南德斯搭话。到了晚上，他们像往常那样并排躺下，但每当费尔南德斯的头碰到因西亚特的肩膀时，因西亚特都会耸耸肩避开。费尔南德斯嘟哝着:“算了吧，因西亚特。”因西亚特消了气。他脾气好，压根儿不会记仇。

香烟配给引发的麻烦让本就亲近的因西亚特和德尔加多更加团结。他们有时各自筹措，德尔加多将努马·图尔卡蒂的部分配额据为己有，因为后者觉得抽烟没什么好处，因西亚特则试图向阿尔戈塔索要。也有时，正如我们已经看到的，两人会联合一致，说服丹尼尔·费尔南德斯预支一部分。他们也会聊起蒙得维的亚的生活，以及和共同的朋友加斯东·科斯特马耶一起去乡下度周末的情景。德尔加多凭借天生的口才让往日的幸福时光历历在目，令因西亚特忘却了潮湿、恶臭、逼仄的飞机残骸，仿佛置身于他的绿色牧场。当故事结束时，他突然意识到自己回到了肮脏的现实，郁闷地坐着一动不动，目光呆滞，如死人一般。

正因如此，施特劳赫兄弟和丹尼尔·费尔南德斯试图让因西亚特远离德尔加多。他们觉得，这些逃避现实的交谈会降低士气，甚至让他失去生存的意志。此外，他们也越来越不信任德尔加多。有一次，机舱外的几个小伙子让机舱里派人来取大家的定量肉食。德尔加多出来了，他一边拿肉，一边问费多·施特劳赫能否替自己留一份。

“当然可以。”费多·施特劳赫说。

“最好的一份？”

"行。"

费多·施特劳赫和其他几个人在机顶上进餐，德尔加多把食物拿进机舱后就出来加入了他们。然而等费多·施特劳赫后来走进机舱时，丹尼尔·费尔南德斯却对他说："嘿，你给我们的食物太少了。"

"我切了12片。"费多·施特劳赫说。

"只有8片。我不得不再重新分割。"

费多·施特劳赫耸了耸肩，什么都没说，因为如果说出他的怀疑，就会伤害到在他看来更重要的东西。这个团队不能出现真正的猜忌，这才是最重要的。

但派斯·比拉罗没什么顾忌。"难不成有鬼吗，"他盯着德尔加多，"谁拿走了另外4片？"

"这话是什么意思？"德尔加多说，"你想说什么？怀疑我？"

争吵一触即发，但费多·施特劳赫和丹尼尔·费尔南德斯制止了派斯·比拉罗。

2

当上述一幕幕在大本营上演之际，三名远征队员和罗伊·哈利抵达了机尾。他们路上只花了一个半小时，途中发现帕拉多母亲的一只旅行箱，里面有糖果和两瓶可口可乐。

第一天剩余的时间，四人都在机尾处休息，翻看自上次造访以来因融雪而新露出地面的旅行箱。帕拉多找到一只装了胶卷的相机，还有他自己的航空包，里面有他母亲在门多萨买的两瓶朗姆酒和利口酒。酒瓶完好无损。他们打开其中一瓶，将另一瓶保存起来，以备万一修不好电台不得不继续远征求援时用。

第二天早晨，卡涅萨和哈利着手连接电台。这项工作乍一看不难，发射机背部的接口标有 BAT 和 ANT，指示着电池和天线的接入端。不幸的是，还有一些线路没那么容易分辨。他们弄不清哪条是正极，哪条是负极，不时弄得火星四溅。

维任廷在机尾附近的雪地里找到一本“仙童号”的使用指南，这让诸人重新燃起了成功的希望。按照索引，第 34 章是关于“通信设备”的内容。然而，当他们翻阅具体章节时，却发现有几页纸被风撕掉了，而且恰恰是他们需要的那几页。

因此，他们别无他法，只能继续试错。这是一项费时费力的工作。在卡涅萨和哈利忙碌之际，帕拉多和维任廷把所有行李重新翻找了一遍，然后开始点火烤肉。虽然只有四个人，但气氛剑拔弩张。帕拉多不愿分给罗伊·哈利与其他人同等分量的食物，这让罗伊·哈利心生怨言。既然他也参加了此次任务，就应该分得与远征队员同样的配给，这是明摆着的道理。但帕拉多坚持认为，罗伊·哈利只是个辅助性角色，如果电台无法修复，并不需要他去翻山越岭，因此他应该只得到生存所需的定量。

帕拉多也不让罗伊·哈利抽烟，理由是他们只带了一只打火机，要留到最后远征时使用。帕拉多、卡涅萨和维任廷也没有抽烟，这倒是事实，但他们都被罗伊·哈利的哭闹弄得不胜其烦，于是告诉他，只有等生火做饭时，他才能抽烟。然而有一次，当罗伊·哈利凑到火堆前点烟时，正在做饭的帕拉多却让他别碍事，等做完饭再来。可是过了一会儿，等罗伊·哈利来时，火已经熄灭了。罗伊很生气，拿起帕拉多放在硬纸板上的打火机，点了一根烟。三名远征队员看到罗伊的举动，立刻像一群狂热的纠察学长那样训斥他。要不是卡涅萨阻止，其他两人或许已经从罗伊嘴里夺下了香烟。“算了，”卡涅萨对另外两人说，“别忘了，罗伊·哈利或许能把这该死的电台修好，救大家一命。”

到了第三天，大家才发现他们带来的食物不够维持，因此，帕拉多和维任廷折返机舱，哈利和卡涅萨留在机尾继续工作。同前几次一样，上山比下山困难一千倍。走到位于机舱东边的坡顶时，一阵深深的绝望突然向帕拉多袭来：飞机不见了，13 名幸存者也不见了，只有茫茫大雪。

帕拉多想到的第一个可能性是一定又发生了雪崩，将飞机完全掩埋了。但他抬头四望，上方的山体并没有任何新近雪崩的迹象。他继续走，终于看见飞机就在前方山坡的另一侧，这才如释重负。

大本营的小伙子们没有料到他们的到来，也没有准备肉食。此外，他们都太虚弱，几乎无法再挖掘尸体供远征队补充行囊。帕拉多和维任廷自己动手，找到了一具尸体。施特劳赫兄弟将肉分割出来，装进橄榄球袜里。在机舱停留两晚后，两名远征队员返回机尾。

哈利和卡涅萨已经连接了电池与电台、电台与天线之间的所有必要线缆，但耳机里仍然收不到任何信号。他们认为或许是天线出了问题，于是从飞机的电路中拆出几股电缆，将它们连在一起，一头绑在机尾上，另一头拴在装满石头的包里，再把包放在山边一块高高的岩石上，做成了一条 60 多英尺长的天线。他们把这条天线连接到随身带来的晶体管收音机上，可以收到智利、阿根廷和乌拉圭的不少电台，然而一旦接在"仙童号"的电台上时，却没有任何信号。于是，他们重新连接了收音机，调出一个播放欢快音乐的节目，继续工作。

突然，帕拉多发出一声惊叫。他在其中一只手提箱里发现了一张小孩子在生日聚会上的照片。那是个小女孩，她正坐在堆满三明治、蛋糕和饼干的桌子前。帕拉多攥着照片，用眼睛吞噬着美食。很快，被叫声惊动的其他三个人也走到他身后，加入了这场盛宴。"看看那块蛋糕。"卡涅萨边揉肚子边呻吟着。

"还有三明治，"帕拉多说，"我更想吃三明治。"

“饼干，”维任廷也哼哼着，“给我饼干……”

他们从接了天线的晶体管收音机里听到一则新闻简报，说乌拉圭空军的一架道格拉斯 C-47 将重新展开搜索。四个人对此反应不一。哈利欣喜若狂，满怀希望。卡涅萨如释重负。维任廷没什么特别的反应，帕拉多则显出近乎失望的神色。“别太乐观了，”他警告其他人，“他们再次搜索，不意味着就能找到我们。”

无论如何，四个人觉得，应该在机尾附近弄个巨大的十字标记，于是便利用了散落在四下里的行李箱。到了此刻，他们对电台几乎已不抱希望，但卡涅萨仍不放手，推诿着不想返回大本营。另一方面，帕拉多和维任廷则做好了远征求援的思想准备。他们当初在大本营时就已决定，如果无法修复电台，就要翻山越岭，朝着唯一能确定的目标——西边的智利——进发。于是，维任廷钻进机尾存放电池的暗柜里，拆下了包裹在“仙童号”加热系统外面的其余材料。这种材料很轻，但采用了世界上最先进的隔热技术。他打算用这些材料缝成大睡袋，如此就可完美地解决困扰他们的一大难题——在露天环境中，如何在夜间保持温暖。

在他们滞留在机尾的这段时间里，周围的积雪不断融化，只有机尾正下方太阳晒不到的地方除外。这样一来，机尾就像被驾在雪台座上，不仅进出困难，而且在里面走动时也极不稳定。他们在那里的最后一晚，机尾晃动得尤其厉害，帕拉多甚至担心它会掉下来，坠入山谷。四个人尽可能一动不动地躺着，但一阵风吹得机尾摇摇摆摆。帕拉多紧张得睡不着，忍不住问其他人:“嘿，我们是不是该到外面去？”

维任廷已经打起了呼噜，卡涅萨回答说:“听着，帕拉多。如果我们要死，迟早都会死，所以，至少现在让我睡个好觉。”

第二天早晨，机尾仍在原地，但显然已不再安全。同样明显的是，无论如何修理，电台也无法正常工作。因此，他们决定返回大本营。临走前，他们重新把包里装满香烟。哈利像是要发泄这八天来的所有痛苦与沮丧，把自己费尽周折拼接在一起的电台踢了个七零八落。

这样耗费体力着实不明智。回大本营，需要在45度倾角的山坡上走近1英里。起初倒不难，因为积雪的表层还算坚硬。慢慢地，积雪开始变软，要么每走一步都会陷进深及大腿的雪里，要么就得绑上笨重的椅垫当雪鞋。行走需要近乎超人的气力，而可怜的罗伊·哈利并不具备。虽然他们每走30步就休息一会儿，但他很快就落在了后面。帕拉多陪着他，连哄带骂，恳求他不要掉队。罗伊·哈利尝试了一下，然后绝望而疲惫地摔倒在雪地上。他哭哭啼啼的声音越发尖锐，眼泪不受控制地涌出来，哭求着让他死在这里算了。但帕拉多寸步不离，搬出最尖刻的话语咒骂他，侮辱他，想把他血管里的怒火点燃。

话虽刺耳，但却奏效了。他们把罗伊·哈利逼到了无力还口的地步。然后，帕拉多温和下来，轻声说："听着，已经没多远了。为了见到妈妈爸爸，你不想再努力一下吗？"

帕拉多拉着罗伊·哈利的手，帮他站起来。罗伊·哈利靠在帕拉多的胳膊上，蹒跚着往上爬。他们来到一个陡坡前，罗伊·哈利的力气和意志早已耗尽，帕拉多便使劲儿抓住他，把他拉向"仙童号"。

晚上快7点时，他们回到了大本营。寒风呼啸，夹着几片雪花。留在大本营的13个人已经进了机舱，对远征队的归来显得不冷不热。

不过，与同伴们并不友好的态度相比，更让卡涅萨震惊的是眼前的凄惨景象。时隔八天，他多少能客观地察觉出朋友们胡子拉碴的面颊变得多么消瘦、憔悴。他也注意到，散落着吃剩的残肢和碎头骨的肮脏雪地是怎样一个可怕的场面。他暗想，在获救前，必须收拾一下。

3

12月的第一周快结束的时候，也就是被困山间56天之后，空中出现两只秃鹰，在17名幸存者的头顶盘旋。这两只巨大的猛禽头部和颈部光秃秃的，长着一圈白色领羽，翼展达 9 英尺。这是幸存者们 8 周以来头一次见到其他生物。他们立刻担心秃鹰会俯冲下来叼走腐肉，想用左轮手枪射击，又怕突如其来的声响会引发另一场雪崩。

秃鹰有时会离开，但第二天早晨又出现。它们观察着人类的活动，不过从未俯冲下来。几天后，它们彻底消失了。有一次，一只蜜蜂飞进了机舱，又飞了出去，后来还有一两只苍蝇。最后，他们在飞机周围看见了一只蝴蝶。

白天已经相当暖和，中午时分甚至可谓炎热，他们的皮肤开始有灼烧感，嘴唇开裂流血。有些人想用吊床的支架和利利亚娜·麦索尔在门多萨购买的准备给她女儿做衣服的一大包布料做一顶遮阳帐篷。他们也觉得，这或许可以给路过的飞机提供一个信号。自从罗伊·哈利和三名远征队员从机尾归来，将他们从收音机里听到搜寻行动重启的消息告诉留在机舱的 13 个人以来，这种可能性始终占据着他们的脑海。

与此同时，小伙子们坚定地认为，不该让远征队因此放弃远征。他们本就对修复电台不抱多少希望，因此当哈利、卡涅萨、帕拉多和维任廷回来时，他们也并没有陷入绝望。但他们已经失去了耐心，觉得远征队应立即启程。然而众人很快就察觉到，虽然 C-47 的消息丝毫没有动摇帕拉多的决心，却让卡涅萨不再愿意拿自己的生命在山间冒险。“配备了特殊设备的飞机正在赶来搜救的路上，如果我们现在出发，那实在太荒唐了。”卡涅萨说，“我们应该给他们至少 10 天时间，然后，或许到那时，再出发。拿我们的命去做不必要的冒险，那就太疯狂了。”

其他人被卡涅萨的推诿激怒了。这么长时间以来，他们悉心照料着卡涅萨，忍受着他的臭脾气，可不是为了到头来听他说一句“不走了”。他们对 C-47 不抱多少希望，因为他们已经从广播里听说，这架飞机起初在布宜诺斯艾利斯迫降，之后又不得不在洛斯塞里约斯修理引擎。此外，还有食物短缺的问题。尽管尸体就藏在脚下的积雪里，但要么找不到，要么找到了说好要保存下来的尸体。

况且，这还关系到荣誉感。他们已经在最极端、最恶劣的条件下生存了 8 周。现在，他们想证明，靠自己的努力也能逃出去。他们都热衷于想象，当 3 名远征队员遇到第一个牧羊人或农民，告诉他，他们是乌拉圭“仙童号”的幸存者，那人脸上会出现怎样的表情。所有人都在脑海中排演着，如何用波澜不惊的语气给身在蒙得维的亚的父母打电话。

费多·施特劳赫的焦虑则是出于更现实的原因。“难道你没有意识到，他们不是在寻找幸存者吗？”他对卡涅萨说，“他们找的是尸体。他们所说的特殊装备是照相设备。他们会拍下航空照片，然后拿回去冲洗、研究……即便他们从我们头顶飞过去，也要花上好几周才能找到我们。”

这个观点似乎说服了卡涅萨。帕拉多无须劝说，而维任廷总是遵照其他两人的意见。于是，众人开始准备最后的远征。施特劳赫兄弟在切割每日定量的同时也为此次远征准备食物。其他人动手把机尾的保温材料缝制成睡袋。这是个工夫活儿。线用完了，他们就拿电线代替。

帕拉多本想帮忙，但他笨手笨脚的。于是，他用在机尾处找到的相机拍了照片，然后把旅途中所需的衣服和装备集中在一起。他在用牛仔裤改制的背包里装上了机载指南针、他母亲的毯子、四双备用袜子、自己的护照、400 美元、一瓶水、一把小刀和一支唇膏，他的嘴唇开裂了。

维任廷在背包里放了剃须刀，这倒不是因为他打算在重返文明世界前刮刮胡子，而是因为那是他父亲送给他的礼物，他不想把它丢在这里。此外，他的包里还装着飞机上的地图、一瓶朗姆酒、一瓶水、干袜子和左轮手枪。

卡涅萨的背包里装满了他认为在旅途中可能会用到的医药品：绷带、牙线、阿司匹林、止泻药、消毒药膏、咖啡因药丸、活血化瘀药膏，以及一种功能不详的大药丸。他还带上了保护皮肤的女士粉底霜、牙膏、身份证件、疫苗接种证书、哈维尔·麦索尔的铅笔刀、勺子、一张纸、一段电线和一根作为护身符的大象毛。

12 月 8 日是圣母无染原罪瞻礼。为了向圣母表达敬意，并恳请她保佑远征成功，“仙童号”的小伙子们决定把《玫瑰经》的 15 端奥迹完整念诵一遍。然而，刚刚念完 5 端，声音就越来越小，他们一个接一个地睡着了。因此，第二天，也就是 12 月 9 日，帕拉多 23 岁生日的晚上，他们补念了剩余的部分。当晚的气氛略显凄凉，因为此前，他们已经多次计划在蒙得维的亚大肆庆祝。为了在山上庆祝，小伙子们把在机尾处找到的一支哈瓦那雪茄给了帕拉多。帕拉多抽了它，但与雪茄的香味相比，他感受到的更多是它带来的温暖。

转眼到了 12 月 10 日，卡涅萨依然坚称尚未做好远征准备。睡袋缝制得不能令他满意，需要的东西也没收集好。但卡涅萨并没有动手去完成剩余的工作，而是躺在一边“保存体力”，或者执意要替罗伊·哈利治疗腿上的疖子。卡涅萨还和几个年轻人吵了一架。他告诉弗朗索瓦，在机尾的时候，维任廷用鲍比·弗朗索瓦最好的鳄鱼 T 恤擦屁股，这让鲍比·弗朗索瓦勃然大怒。卡涅萨甚至与好友阿尔瓦罗·曼吉诺也起了争执。那天早晨，他在机舱里的椅套上解手（他因吃腐肉而腹泻了），让曼吉诺把腿挪开。曼吉诺说，自己的腿一整晚都在抽筋，动不了。于是卡涅萨冲曼吉诺大吼，曼吉诺还以咒骂。卡涅萨怒火中烧，揪住曼吉诺的头发，想揍他一顿，不过最终只是将他一把推向机舱壁。

“我再也不和你做朋友了。”曼吉诺抽噎着。

“对不起，”卡涅萨坐下来，怒气消了，“我只是觉得太不舒服了……”

那天，谁都没拿卡涅萨当朋友。施特劳赫兄弟觉得他在故意拖延，对此尤为不满。当晚，他们没有为卡涅萨保留作为远征队员的特殊铺位，他只好睡在门口。唯一能影响他的人是帕拉多，后者始终坚定不移。那天早晨，大伙儿还躺在机舱里的时候，帕拉多突然说：“我觉得，即使飞机从我们上空飞过，机上的人也看不见我们。我们应该弄个大十字。”他没等任何人响应，径直走出机舱，选了一片最适合做标记的完整雪地。其他人也跟了上来。很快，所有能够行走而不感到疼痛的人都沿着画出的线来回踩踏，弄出一个巨大的十字。

到了中午，他们把维任廷在远征测试时带回来的垃圾筒倒扣在两条线的交叉点，又铺上亮黄色和绿色的飞行夹克。大家认为，移动的物体或能引起飞行员的注意，于是打算只要一看见飞机飞过，就绕着圈子跑。

那天晚上，费多·施特劳赫对帕拉多说，如果卡涅萨不肯走，他就去。

“不，别担心。”帕拉多说。“我和肌肉佬谈过了。他会去的。他必须去。他比你的身体条件好得多。我们现在只要做好睡袋就行。”

第二天，施特劳赫兄弟一大早就起来缝睡袋。他们决心，到当晚，要让卡涅萨找不出任何继续拖延的借口。然而，接下去发生的事情让他们的威胁和告诫成了多余。

努马·图尔卡蒂、罗伊·哈利和科什·因西亚特，是卡涅萨和泽尔比诺这两名“医生”格外关注的病号。虽然心地善良的努马·图尔卡蒂得到了机上所有人的喜爱，但在事故发生前，他最要好的朋友是潘乔·德尔加多，眼下也是德尔加多在照顾他。德尔加多帮努马·图尔卡蒂把食物拿进机舱，帮他制水，劝阻他抽烟——因为卡涅萨说抽烟对他不好，还把卡涅萨从机尾带回来的牙膏喂给他。

尽管如此，努马·图尔卡蒂仍旧一天天衰弱下去。德尔加多打定主意，要给病人弄些额外的食物，并且凭直觉认为这件事得悄悄进行。他担心，如果直截了当地问施特劳赫兄弟，或许会遭到拒绝。然而，有一天，卡涅萨因腹泻待在机舱里，坐在努马·图尔卡蒂旁边。德尔加多出去取食物，拿进来三个人的分量。卡涅萨本不打算吃，但那天他们做了炖菜，于是卡涅萨让德尔加多给他尝尝。德尔加多同意了。卡涅萨尝了一口，决定吃掉自己那份。

卡涅萨走到分发食物的爱德华多·施特劳赫面前，索要自己的那份。爱德华多·施特劳赫却说：“我已经把你的那份给德尔加多了。”

“是吗？他没有给我。”

爱德华多·施特劳赫向来脾气暴躁，这会儿立刻火冒三丈。他开始咒骂德尔加多，德尔加多从机舱里走出来。

“你在说我吗？”

“对。你以为我没有注意到你是怎么悄悄多占定量的？”

德尔加多涨红了脸：“你凭什么认为我会做出那种事情？”

“那你为什么没有把肌肉佬的那份给他？”

“你以为我是为自己留着？”

“对。”

“我是为了图尔卡蒂。你可能没意识到，图尔卡蒂越来越虚弱了。如果他得不到额外的食物，就会死的。”

爱德华多·施特劳赫的语气软了下来。“那你为什么不说呢？”

“我以为你会拒绝。”

施特劳赫兄弟没有再追究，但他们对德尔加多仍有怀疑。他们知道，如果是生肉，想劝努马·图尔卡蒂吃下一份都很困难，更别说两份了。此外他们也注意到，德尔加多特意劝努马·图尔卡蒂少抽的那些烟，被他自己抽了。

即便有额外口粮，努马·图尔卡蒂的状况也未见好转。他越虚弱，就越无精打采，越无精打采，就越懒得吃东西，如此恶性循环。他的尾骨部位还生了褥疮。他请泽尔比诺看看，医生这才意识到他竟如此消瘦。此前，胡子遮住了脸，衣服挡住了身体，可是脱下衣服，出现在泽尔比诺眼前的几乎是一具皮包骨头的骷髅。泽尔比诺事后告诉其他人，努马·图尔卡蒂活不了几天了。

与因西亚特和萨韦利亚一样，努马·图尔卡蒂间或神志不清，但 12 月 10 日那晚，他睡得很平静。第二天早晨，德尔加多出去晒太阳。有人说努马·图尔卡蒂可能会死，但德尔加多不愿接受这种说法。上午稍晚些时候，卡涅萨走出机舱告诉他，努马·图尔卡蒂昏迷了。德尔加多立刻回到机舱，来到朋友身边。努马·图尔卡蒂睁着眼躺在那里，呼吸缓慢而沉重，似乎没有意识到德尔加多的存在。德尔加多跪在旁边开始念诵《玫瑰经》。在他祈祷时，努马的呼吸停止了。

中午，小伙子们把椅垫重新铺在地板上。由于天热，他们已经养成了午休的习惯。就这么无精打采地躺着，所有人都感到沮丧，但总比在太阳下炙烤强。大家坐着聊天或打瞌睡，到下午三点左右重新出舱活动。那天下午，哈维尔·麦索尔躺在飞机后部。“当心点，”因西亚特站起身跨过努马·图尔卡蒂的尸体时，他对因西亚特说，“当心别踩着努马·图尔卡蒂。”

“可是，努马·图尔卡蒂已经死了。”帕拉多说。

哈维尔·麦索尔先前还没有意识到发生了什么事，现在明白了，他的情绪彻底崩溃了。他痛哭着，就像利利亚娜·麦索尔去世时那样，因为他已经喜欢上了这个害羞单纯的努马·图尔卡蒂，就像爱自己的小弟弟或儿子那样爱他。

图尔卡蒂的死达到了争辩和劝说都没能达到的效果，让卡涅萨意识到，不能再等了。罗伊·哈利、科什·因西亚特和蒙乔·萨韦利亚都很虚弱，精神恍惚。多拖延一天，对于他们来说可能就是生与死的区别。大家一致同意，第二天开始最后一次远征，方向是西边的智利。

当晚，回机舱之前，帕拉多把施特劳赫三兄弟拉到一旁，告诉他们，如果食物不够，就把他母亲和妹妹的尸体吃掉。“我当然希望你们不会吃，”他说，“但如果事关生存，就必须如此。”

三兄弟什么都没说，但从脸上的表情可以明明白白地看出，他们被帕拉多的话感动了。

4

次日清晨5点，卡涅萨、帕拉多和维任廷准备出发。他们先穿上从45名乘客及机组人员的行李中挑选出的衣服。帕拉多贴身穿了一件鳄鱼T恤、一条女士羊毛长裤，外罩三条牛仔裤和六件毛衣，接着套上一顶巴拉克瓦羊毛头罩，戴上从苏珊娜的皮大衣上剪下来的连肩风帽，最后穿上夹克。他穿了四双袜子，并在袜子和橄榄球靴之间套上塑料袋防潮，还戴上了手套、太阳镜，在手腕上系了一根铝质的杆子作为登山杖。

维任廷也有一顶巴拉克瓦头罩。他同样穿了六件毛衣、三条牛仔裤，但在外面罩了一件雨衣。脚上穿的是西班牙靴。他像上次一样，背着最重的行囊，里面装有用塑料袋或橄榄球袜包裹的占总量三分之一的肉，此外还有补充能量的脂肪和提供维生素的肝脏。食物总量够他们三人维持十天。

卡涅萨背睡袋。至于遮体避寒，他选择的是羊毛服装，因为他觉得，在原始的条件中生存就需要原始的材料。他也希望每件衣服都有纪念意义。在他穿的毛衣中，一件是母亲的好友送给他的，一件是他母亲给他的，第三件则是女友劳拉·苏拉科为他织的。裤子中有一条曾属于他最好的朋友丹尼尔·马斯庞斯。腰带来自帕拉多，后者说："这是我最好的朋友潘奇托给我的礼物，现在你是我最好的朋友，收下吧。"卡涅萨收下了。此外，他还戴着阿瓦尔的滑雪手套，穿着哈维尔·麦索尔的滑雪靴。

施特劳赫兄弟在远征队出发前为他们准备了早餐。其他人默默地看着。大家都知道，这是他们最后的生存机会，此刻的感受，强烈到无法诉诸语言。帕拉多再次拿出在门多萨为侄子买的那双小红鞋。他把一只放进自己的口袋里，另一只挂在机舱的衣帽架上。"别担心，我会回来取的。"他说。

"好。"大伙儿应道。帕拉多的乐观让众人情绪高涨。"别忘了帮我们在圣地亚哥的酒店订好房间。”接着，他们拥抱在一起。在“再见”声中，三名远征队员向山上进发。

走了大约500码后，潘乔·德尔加多从机舱里跌跌撞撞地冲出来。“等等，”他手里抓着一个小雕像挥舞着，“你们忘了带卢哈圣母！”

卡涅萨停住脚步，回头望。“没关系！”他大声说，“如果她想留下，就留下吧。我们心里有上帝。”

他们沿着山谷上行，但这条路线指向西北，或早或晚，必须转向西，直接挑战大山。四周山势险峻，卡涅萨和帕拉多在应该从哪里攀爬的问题上意见不一。维任廷同往常一样，不发表意见。最终，两人达成了一致。他们看了看机载指南针的读数，开始向正西方前进。这条路相当难走，不仅坡陡，而且积雪也开始融化，即便穿着简易雪鞋，也会陷入及膝深的雪中。湿漉漉的积雪也让垫子吸饱了水，拖着这样的雪鞋弓着腿爬山异常吃力。但他们坚持着，每走几码就稍事休息，到中午在一块凸出的岩石边停下吃午餐时，已经爬得相当高了。回望山下，还能看见“仙童号”，几个小伙子正坐在椅垫上晒太阳，看着他们前进。

吃了肉，三人休息片刻，继续上路。他们的计划是在天黑前爬上山顶，因为山坡太陡，几乎无法宿营。他们一边走，一边想象着希望在山那侧见到的景象——低缓的小丘和绿色山谷，或许目力所及，还有一间牧羊人小屋或农舍。

然而，在雪地里，目视距离具有欺骗性，眼见太阳落山，山顶仍遥不可及。意识到不得不在山腰过夜后，他们开始留意寻找平地。令人沮丧的是，周围并没有这样的地方，整座山几乎是垂直的。维任廷遇到一块凸出的岩石，想直接爬过去以免绕路，结果进退两难。由于背包太重，他差点摔下去，只好解开背包扔在雪地上。这次经历让他失去了勇气，开始不停地抱怨。他已经精疲力竭，得靠双手拽着腿才能移动脚步。

天色渐暗，恐慌感笼罩着他们。前方又出现一块凸出的岩石。帕拉多觉得上面或许会有一块平坦地，便开始攀爬。卡涅萨拿着背包在下面等。突然，卡涅萨听见一声大喊："当心！"一块大石头被帕拉多踩松动了，从卡涅萨身边滚落，差点砸中他的脑袋。"看在上帝的分儿上，"卡涅萨朝上方大叫，"你想杀了我吗？"他又沮丧又绝望，开始哭泣。

那块岩石顶上也没有可以栖身的地方。不过再向前不远，就有一块巨石，风把巨石边的积雪吹出一条壕沟。沟底并不平坦，但雪墙可以防止他们滚下山坡。于是，三人在此宿营，钻进睡袋，卡涅萨在中间。

当晚，天空晴朗，气温降到零下，但睡袋有效地帮他们保持了温暖。他们吃了点肉，每人喝了一口带来的朗姆酒。从躺着的地方望出去，苍白的月光和星光映照着白雪皑皑的群山，在他们眼前展开一幅壮丽的画卷。这种感觉有些奇怪，一半是恐惧与失望，一半是对这冰天雪地里的美景的惊叹。

最终，他们还是入睡了，或者说，断断续续地进入了半睡眠状态。这一夜异常寒冷，地面也太坚硬，三个人都没睡好，天刚蒙蒙亮便醒来。气温依旧很低，他们躺在睡袋里等待太阳升起，好让岩石上的靴子解冻。他们边等边喝水、吃肉，外加一口朗姆酒。

天色渐亮，景色随着光线不断变化。视力最好的卡涅萨注意到，在东面的山谷里，远离“仙童号”和机尾的地方，有一条线。那一整片地带仍在阴影里，很难看清，但他觉得那里没有积雪覆盖，而且那条线有可能是路。不过他什么都没说，因为这个想法并不合理，智利应该在西边。

当太阳从对面的山后升起时，他们重新上路了。帕拉多打头，卡涅萨随后，维任廷走在最后。三人仍然很疲乏，四肢因头一天的运动依旧僵硬，好在他们在岩石间找到了一条似乎能通往山顶的小路。

山路陡峭，维任廷已经不敢再向下看。他跟着卡涅萨，小心翼翼地保持着一段距离，卡涅萨也以同样的方式跟着帕拉多。令人泄气的是，每一次他们以为山顶就在眼前，结果却只不过是个凸出的雪包或岩石。中午，他们在一块岩石边停下吃饭，暂事休息，尔后继续前行。下午过去一半的时候，似乎已快接近山顶，但他们怕犯和前一晚同样的错误，于是提前开始寻找宿营地，并决定在一块与前一晚类似的巨石下方被风掏出的沟渠里过夜。

与维任廷不同的是，卡涅萨在登山过程中并不害怕向下看。每一次回首，他都会看见远处的那条线，而且越看越觉得像路。坐在睡袋里等待日落时，他指着远方问两个同伴：“你们能看见那边的那条线吗？我觉得是一条路。”

“我什么都看不见，”近视眼帕拉多说，“但无论是什么，都不可能是路，因为我们面对的是正东，而智利在西边。”

“我知道智利在西边，”卡涅萨说，“但我还是觉得那是条路。而且那边没有雪。看，廷廷，你能看见，是不是？”

维任廷的视力比帕拉多好不了多少。他瞪着小眼睛凝视着远方。“我只能看见一条线，但说不准是不是路。”

“不可能是路。”帕拉多说。

“这里可能有矿，”卡涅萨说，“山脉中间有铜矿。”

“你怎么知道？”帕拉多问。

“我在哪儿读到过。”

“很可能是地质断层。”

卡涅萨沉默了一会儿，然后说：“我觉得我们应该回去。”

“回去？”帕拉多重复。

“对，回去。”卡涅萨说，“这座山太高了，永远爬不到顶。

每走一步，都在拿生命冒险……疯子才会继续走下去。”

“我们回去做什么？”帕拉多问。

“朝那条路走。”

“如果那根本不是路呢？”

“你瞧，”卡涅萨说，“我的视力比你的好，我说是路。”

“也许是路，也许不是。”帕拉多说，“但有一件事情可以肯定：智利在西边。如果我们一直朝西走，就肯定能到智利。”

“如果我们继续朝西走，肯定会摔断脖子。”

帕拉多叹了口气。

“好吧，反正我要回头。”卡涅萨说。

“我要继续。”帕拉多说。“如果你到了那儿，发现不是路，再重新折返就太迟了。到了那时候，他们早就没食物了。不会再有足够的食物重新走一次，到头来，我们都会失败，都得留在山里。”

那晚直到睡前，他们也没能解决分歧。夜里，维任廷被远处的闪电惊醒，他担心暴风雨会来，叫醒了卡涅萨。但夜空依旧晴朗，一丝风都没有，两个小伙子重新进入梦乡。

经过一夜，帕拉多的决心丝毫没有动摇，天一亮就准备上路。卡涅萨似乎对返回“仙童号”的想法不那么肯定，于是他建议帕拉多和维任廷把行囊留给他看守，空手继续向上走一段，看看能否到山顶。帕拉多接受了这个建议，立刻动身，维任廷跟在后面。急于登顶的帕拉多走得很快，不一会儿，维任廷便被甩下了一大截。

攀登变得异常困难。雪壁几乎垂直，帕拉多只能先挖出供手攀脚踩的支点，维任廷随后一步步跟上。若不留神滑倒，就会下坠数百英尺。帕拉多没有灰心。雪壁如此陡峭，天空如此湛蓝，他知道，一定接近山顶了。他被近在咫尺的胜利驱使着，迫切地想看看山的另一侧。他边爬边对自己说："我会看见山谷，我会看见河流，我会看见绿草和树木——"接着，突然间，山壁不再陡峭，而是微微下陷，随后展开一片约 12 英尺宽的平坦地带。他站在了山巅。

帕拉多的喜悦只持续了几秒钟。他站起身，发现眼前的景象不是朝向太平洋的绿色山谷，而是一望无际地覆盖着白雪的群山。从他所站的位置放眼眺望，除了山，还是山。帕拉多第一次感到了绝望。他跪倒在地，想要大声诅咒上天的不公，但却发不出一点声音。他重新抬起头，在山顶稀薄的空气中喘息着，瞬间的绝望被兴奋取代。的确，他面前只有群山，一峰接一峰，直到天际，但他比那些山峰更高，这说明他已经爬上了安第斯山脉最高峰之一。"我征服了这座山，"他想，"我要用父亲的名字命名它，就叫它塞勒尔山。"

他掏出一只多余的塑料袋，用随身带着润唇的口红在上面写下"塞勒尔"的名字，然后把塑料袋压在山顶的一块石头下面。接着他重新坐下来欣赏风景。

仔细研究眼前层层叠叠的山脉时，帕拉多注意到，在左手边，远处正西方，有两座没有被积雪覆盖的山峰。“那里一定是山脉的尽头，”他自言自语，“所以，那两座山峰可能就在智利。”当然，他其实对安第斯山脉一无所知，但这个念头让他振作起来。因此，当他听见维任廷在下面呼唤时，便用愉快的语气大喊着：“回去叫肌肉佬，告诉他，胜利在望。让他上来亲眼看看！”见维任廷听见自己的话后开始往下行，帕拉多掉转头，继续欣赏塞勒尔山巅的美景。

帕拉多和维任廷先行登顶的同时，照看行囊的卡涅萨眺望着东方，他的那条路在变幻的光线中变化着色彩，越看越确信无疑。但不到两小时，维任廷便折返回来，说帕拉多已经登顶，在那里等着他。

“他真的到山顶了？”

“对，千真万确。”

“你上去了吗？”

“没，但帕拉多说非常壮观。他说胜利在望。”

卡涅萨不情愿地站起来，沿着山坡往上爬。他把背包交给了维任廷，踩着前两个人在雪壁上凿出的支点，但还是比帕拉多多花了一个小时。快到山顶时，卡涅萨大声呼唤着同伴，并听见了帕拉多的回应。卡涅萨循着声音继续，直到站在山顶。

卡涅萨对眼前景象的反应与帕拉多最初时一样。他惊恐地望着向西绵延的无尽山脉。“我受够了，实在受够了。我们根本没机会走出去。”

“可是你看，”帕拉多说，“看那儿，西边。看见了吗？朝左看。两座没有积雪的山，看见了吗？”

“你说那两个小尖尖？”

“对，那两个尖尖。”

“可是那有好几英里远呢。走到那儿，得花 50 天。”

“50 天？你觉得要那么久？可是你看那儿，”帕拉多指着大约一半距离的地方，“如果我们下了这座山，沿着山谷走，就能一直走到那个 Y 形岔路，其中一条岔路一定能把我们带到尖尖那儿。”

卡涅萨顺着帕拉多手指的方向，看见了山谷和岔路。“也许。但还是要花 50 天，我们的食物只够 10 天。”

“我知道，”帕拉多说，“不过我有办法。我们为什么不把廷廷送回去呢？”

“不知道他愿不愿意。”

“我们叫他回去，他就会回去。这样我们就可以把他的口粮留下来。如果省着点吃，应该够我们俩维持 20 天。”

“之后呢？”

“之后，我们会找到东西吃的。”

“我不知道，”卡涅萨说，“我还是想回去试试那条路。”

“那就回去吧。”帕拉多厉声道，“你回去找你的路。我要去智利。”

他们从山顶折返，大约下午 5 点时回到了维任廷和背包所在处。在他们离开的这段时间，维任廷融了些雪，以便大家在吃肉前先润润嗓子。吃东西的时候，卡涅萨尽可能用最不经意的语气对维任廷说：“嘿，廷廷，帕拉多认为你最好回飞机那里去。你知道，那样的话，我们就能有更多食物。”

“回去？”维任廷面露喜色，“没问题。听你们的。”还没等其他两人再说什么，维任廷就拿起背包，准备背上身。

“不是今晚，”卡涅萨说，“明早再走。”

“明早？”维任廷说，“噢，好吧。”

“你不介意？”

“介意？不。你们怎么决定都行。”

“等你回去，”卡涅萨说，“告诉其他人，我们朝西边去了。如果有飞机找到你们，你们得救了，别忘了我们。”

当天晚上，卡涅萨一夜无眠。他犹豫不决，不知该跟着帕拉多走，还是和维任廷一起回去。他望着星空，和帕拉多继续讨论，维任廷在他们的争论声中睡着了。第二天早晨，卡涅萨拿定了主意，跟着帕拉多走。于是，两人从维任廷的包里取出肉和其他有可能用得着的东西（但没拿手枪，他们觉得那玩意儿死沉死沉的），准备让维任廷回去。

“肌肉佬，”维任廷说，“有没有什么东西……我是说，尸体的任何部位，不应该吃？”

“没有，”卡涅萨说，“所有东西都能提供营养。”

“甚至连肺？”

“甚至连肺。”

维任廷点了点头。然后又看着卡涅萨。“既然你们去，我回头，你们需要我的装备吗？尽管说，因为我们所有人都指望着你们。”

“好吧，”卡涅萨上上下下地打量着维任廷的行头，“就要那顶头套吧。”

“这个？”维任廷指着自己戴的那顶白色羊毛头套，“你是说这个？”

“对，就是那个。”

“我……呃……你真的需要？”

“廷廷，如果我不需要，干吗提出来？”

维任廷不情愿地脱下他的宝贝头套，递过去，“好吧，祝你好运”。

“也祝你好运，”帕拉多说，“下山的时候小心。”

“我会的。”

“别忘了，”卡涅萨说，“告诉费多·施特劳赫，我们朝西边去了。如果他们来救你们，让他们来找我们。”

“放心吧。”维任廷拥抱了两名同伴，下山去了。

第八章　继续跋涉

1

留在大本营的13名小伙子戴着自制墨镜望着三名远征队员一路上山。第一天，跟踪他们的行进很容易，但到第二天，他们就成了雪地里的小点。令观察者们失望的是，三人前进的速度很慢。他们本以为只要一个上午，或者至多一天就能到山顶，然而到第二天早晨，他们发现远征队几乎只走了一半路程。到第二天下午，三个人走到一处岩层断裂带，从他们的视线中消失了。

与此同时，一架飞机出现在山顶上空。小伙子们立刻准备好发信号，然而它刚露了个面，便向西折返回去。

除了祈祷，他们已不能再为远征队员做任何事。另一方面，他们自己也面临着几个实际问题，其中最主要的是食物短缺。虽然飞机附近还有些尸体没有找到，但费多·施特劳赫决定上山，搜寻当初从飞机里坠落的尸体。时间一天天过去，山坡上新出现了一些暗色斑点，他觉得那有可能是尸体，得趁腐烂之前把它们埋进雪里。

7 周前曾去过那一带、发现了尸体的泽尔比诺同意与费多·施特劳赫同行。12 月 13 日一大早，两人出发了。积雪的表面尚且坚硬，他们走得很快。与泽尔比诺、马斯庞斯和图尔卡蒂的第一次探险相比，这次的装备好得多，且两个小伙子都有了更多经验。他们一边往上爬，一边偶尔停下来休息，回望脚下的“仙童号”和两边的山峰。爬得越高，出现在视野中的山越多，它们都高耸入云，都白雪皑皑，这让他们非常沮丧。他们原本指望自己在安第斯山脉边缘，但眼前的情况似乎并非如此。四周群山环绕，意味着此地必是山脉的正中央。卡涅萨、帕拉多和维任廷怎么可能走出这片无人区到达智利？有人居住的地方至少在好几英里以外，而三名队员只带了 10 天的口粮。

“我们可能要再派一支远征队，”费多·施特劳赫说，“这次要多带些食物。”

“派谁？”泽尔比诺问。

“我们俩，也许再加上派斯·比拉罗，或者丹尼尔。”

“也许飞机会先找到我们。”

他们停下脚步，俯瞰着“仙童号”。由于机顶是白色的，飞机本身几乎看不见。从他们所处的位置望去，最显眼的是散落在雪地里的坐垫、衣服和骨头。

“我们最好把骨头都留在那里，”费多·施特劳赫说，“那是唯一显眼的东西。”

爬了两个小时后，他们发现了第一个表明尸体有可能在这一带的迹象：一件羊毛灯芯绒夹克。费多·施特劳赫捡起来，抖掉夹克上的雪，把它套在了毛衣外面。

他们继续向上走，很快就看见雪地里仰面朝天躺着一具尸体。费多·施特劳赫震惊地认出，那是他的另一名表兄弟丹尼尔·肖。他立刻陷入了两难：找到了苦苦搜寻的食物，却是表兄弟的尸体。他对泽尔比诺说：“我们再走走，看能不能找到其他的。”

他们继续在雪地里跋涉。很快，脚下的雪开始变软。当他们到达泽尔比诺记忆中其他尸体所在的位置时，除了飞机碎片，什么都没有。费多·施特劳赫意识到自己的责任，为了大伙儿，他别无选择。于是，他拿起一块大得可以当作雪橇的碎片，转身向表兄弟的尸体走去。

两人用从行李舱里找到的尼龙绳把因死亡和严寒变得僵硬的尸体绑在金属板上。费多·施特劳赫坐上他们带来当雪鞋用的一块坐垫，再把金属板和坐垫系在一起。接着，他们用脚后跟一蹬，向山下滑去。

用这种灵光一现想出的方法运尸体，比他们原本设想的高效得多。雪橇滑向山谷，速度越来越快。坐在后方的泽尔比诺试图用脚操纵雪橇，但无济于事，当然更无力避开星星点点散布在雪地里的巨石。所幸，仿佛有只无形的手在引导他们，雪橇竟一路顺利，安然滑到了“仙童号”所在的高度。费多·施特劳赫把脚插进雪里，雪橇慢慢停下来。

但他们一开始瞄错了方向，滑到了山谷的另一面。此时，积雪已经非常松软，两人也都累了，他们决定把尸体留在那里，用雪埋好，第二天再来取。就在他们徒手挖坑时，爱德华多·施特劳赫、费尔南德斯、阿尔戈塔和派斯·比拉罗朝他们走来。

“你们还好吧？”费尔南德斯高声问。

他们没有回答。

“我们看见你们那么快地冲下山，以为你们要没命了。”

还是没有回答。

“找到什么了吗？”

“是的，”费多·施特劳赫说，“我们找到了丹尼尔。”

费尔南德斯看着费多·施特劳赫，什么也没说。几个人回到“仙童号”。第二天一早，雪地表面再次冻结时，他们返回去取尸体。费多·施特劳赫问其他人，可否将表兄弟的尸体和那些准备留到最后的尸体放在一起，众人同意了。

派斯·比拉罗和阿尔戈塔也上了山，看看能否有更多收获。起初，他们找到一只手提包，里面有可以使嘴唇免遭晒伤或开裂的唇膏。两人对着化妆镜把唇膏往脸上涂。“你知道他们会怎么想，”派斯·比拉罗冲佩德罗·阿尔戈塔涂满唇彩的脸大笑，“如果他们今天下午就来救我们，看见这副模样，一定以为我们被性饥渴逼成变态狂了。”

他们爬上山，发现了一具尸体。尸体暴露在太阳下的脸部和手部皮肤已经发黑，眼睛没了，或许是被太阳灼烧了，或许是被秃鹰吃了。气温渐渐升高，脚下的雪在融化。他们用雪盖住尸体，下了山。

第二天，阿尔戈塔带着费多·施特劳赫和泽尔比诺回到尸体旁。他们觉得就地切割要比把整具尸体搬回飞机边更容易，于是立刻动手。他们把肉和脂肪装进橄榄球袜里，又吃了一些以弥补此次出行额外消耗的能量。到了上午九点半，虽然尚未切割完，他们还是掉头返回。费多·施特劳赫和泽尔比诺背着装得满满的背包，阿尔戈塔扛着一条胳膊，腰里别着斧头。

回到大本营时，他们见到了一幕奇怪的场景。所有人都出了机舱，站在十字中央，仰望着天空。有些人互相拥抱着，还有些人在大声向上帝祈祷。潘乔·德尔加多跪在十字的末端，高声喊着：“加斯东，可怜的加斯东！真希望他在这儿。”

丹尼尔·费尔南德斯站在十字中心，把收音机贴在耳边。“他们发现了十字。”他说，“我们刚刚听到收音机里说，他们在一个叫圣埃莱娜的山上发现了一个十字。”

三个带着肉回来的小伙子听到这个消息，精神大振，除了他们自己的十字，还能是其他什么十字呢！圣埃莱娜一定就是身后的那座山。上午剩下的时间，所有人都在等待即将到来的救援，费尔南德斯一直把收音机贴在耳边。他听到，智利和阿根廷飞机已经和乌拉圭的 C-47 一起展开搜索，阿根廷当局正在调查这个据信是在阿根廷境内的十字。

就在费尔南德斯听收音机的同时，哈维尔·麦索尔拿出了利利亚娜·麦索尔随身携带的圣埃莱娜小雕像。他和其他几个小伙子们对着这位遗失之物的主保圣人祈祷。不少人许诺，如果将来有个女儿，一定给她起名埃莱娜。

那一天，他们一直在等待直升机。大约中午时分，突然有直升机的声音从山的另一侧传来。小伙子们再次拥抱着，跳跃着。然而，他们高兴得太早了。天空中并没有出现直升机。他们听到的声响变成了低沉的隆隆声，随后消失了，只剩无边的寂静。他们误以为是直升机的声响，其实是雪崩。

夜幕降临时，众人失望地回到机舱里。他们开始冷静下来。是什么飞机飞过他们头顶，或者飞过机尾上空，看见了他们做的十字记号？如果救援人员找到了他们，为什么不派直升机来？

第二天一大早，三个小伙子冒着严寒再次上山，赶在尸体腐烂前切割剩余的肉。他们与前一天一样，吃了觉得自己应得的额外食物，把背包塞满。现在只剩下脊柱、肋骨、脚和头骨了。他们用斧子劈开头骨，但脑浆已经发臭。他们把头骨放在一边，下山去了。

2

12月15日早晨，坐在机舱外的几个小伙子突然看见有个东西飞快地顺着山坡冲下来。他们起初以为是一块因融雪而松动的巨石，但它渐渐靠近，看上去却像个人影。等再近些，他们认出，是维任廷。他似乎要滚落下去，但随即开始减速。维任廷坐在一块垫子上，眼看接近飞机，就把脚伸进雪里，停住了。

13个小伙子看见维任廷吃力地走过来，一阵恐惧袭上心头。他们以为，另外两名远征队员中的一个或者两个死了，又或者三个人都决定放弃，而维任廷是最先回来的。有些人稍稍乐观一些，猜想是出现在山顶的飞机发现了远征队员。

维任廷走到大家面前，解释了发生的一切。“帕拉多和肌肉佬上了山顶。他们继续走了，让我回来，这样食物就可以维持久一点。”

“山的另一侧是什么？”他们围着他问。

“更多山……一眼望过去全是山。我觉得他们没什么希望。”

众人的心又沉了下去。他们的另一个珍贵的梦想——山的那边就是绿色山谷——被残酷的现实击碎了。维任廷的话让大家很沮丧。"爬山的过程真要命，"他说，"太痛苦了。我们花了三天才到那儿。如果要再翻一座山，我觉得他们做不到。"

"你下山花了多长时间？"

维任廷笑了。"三刻钟。下来容易，上去难。"他顿了一下，补充道，"有趣的是，"——他指着山谷下方——"东边的雪比西边的少。肌肉佬说他看见了一条路。"

"一条路？在哪儿？"

"东边。"

施特劳赫兄弟摇摇头。"不可能。智利在西边。"

"对啊，"几个年轻的小伙子也附和道，"智利在西边……往西才是智利。"

到了中午，关于应该给维任廷多少食物的问题起了一点小小的争执。起初，他得到了与其他人相同的定量，但他想要更多。

"你已经不是远征队员了。"爱德华多·施特劳赫说。

"我知道，"维任廷说，"但我刚刚远征回来，需要补充体力……再说，我还没吃什么东西呢。我把我的那份食物都给帕拉多和肌肉佬了。"

他们多给了维任廷一些，但声明，从今往后，他将与其他人同等待遇。那天下午，维任廷绕着飞机，把能找到的所有的肺都捡起来，放进自己的盘子里。在此之前，肺一直是被丢弃的部位（除了有一次，卡涅萨拿它们来冒充肝脏），而且没人把它们埋进雪里，因此，这些肺已经开始腐烂，且在阳光的炙烤下形成了一层坚硬的表皮。其他人看见维任廷把肺收集起来放在他那侧的机顶上。

"你打算吃那些东西？"

"对。"

"你会生病的。"

"不会。肌肉佬说吃了有好处。"

他们看着维任廷把腐烂的肺切成片吃掉，而且第二天似乎并没有什么不适，有几个小伙子便开始效仿。他们这么做倒不是由于食物短缺，而是为了尝试新口味。随着冰雪消融，他们一下子找到了在最初事故中丧生的所有尸体，共 10 具。其中 5 具他们决定尽量保留，除非遇到极端情况。有一具尸体在雪崩发生前就被吃光了，但剩余的，外加飞行员的两具，可供他们再维持五六个星期。所有尸体都在积雪中保存完好，且由于是第一批死掉的人，因此尸身的肉比后来在雪崩中或雪崩后死去的人多得多。

积雪融化后突如其来的丰收诱惑着自制力较差的人，他们不再严格遵守食物配给制度。但施特劳赫兄弟明白，他们有可能不得不派出第二支队伍进行更长的远征，需要比给卡涅萨、帕拉多和维任廷配备的更多的食物。于是，他们在雪地里挖了两个大坑，一个用来存放准备留到最后的尸体，另一个用来应对新需求。

按照眼下的情况，已经没有必要再吃数周前切割开的尸体里腐烂的肺和肠子了，但有半数的人仍旧在食用这些东西，因为他们需要更强烈的味觉刺激。小伙子们当初付出了极大的勇气才咽下第一口人肉，然而一旦迈出第一步，食欲便随之而来。生存的本能如同残酷的暴君，不仅要求他们吃掉自己的同伴，而且让这种行为变得习以为常。

就此而言，或许最矛盾的是佩德罗·阿尔戈塔。与其他来自大农场主家庭的同伴不同，阿尔戈塔是个敏感的、信奉社会主义的知识分子，但也正是他，最早将吃尸体与领受基督血肉的圣餐相比较，为吃人肉的行为提供了正当的理由。现在，他们当初割下第一片肉的那具尸体再次出现，阿尔戈塔坐在垫子上，用刀割掉尸体肩部和肋骨周围已经腐烂的肉。无论是他还是其他人，依旧很难接受那些具有明显人类特征的部位，比如手或脚。尽管如此，他们还是逼着自己吃了。

中午时分的阳光异常强烈，几乎可以把放在机顶上的肉烤熟。积雪迅速消融还带来了另外几个问题。机身完全暴露出来，不仅让爬上机顶变得更困难，也让他们开始担心飞机会翻覆。此外，冰雪融化，山坡上方的巨石也开始松动，随时有滚落下来砸中他们的危险。随着天气变暖，周围出现了更多的生物。几只燕子绕着飞机飞翔，其中一只还停在了一个小伙子的肩头。他想抓住它，但没有成功。总体而言，等待让每个人的神经变得越发焦虑。是该寄望于卡涅萨和帕拉多的成功，还是该按计划在1月2日或3日派出第二支远征队，他们摇摆不定。

需要替罪羊的时候到了。他们本有一支牙膏作为甜食，每人每次只能吃一点。然而现在，机舱地板上出现了一个空瘪瘪的牙膏皮。他们立刻展开调查，怀疑落在了蒙乔·萨韦利亚和潘乔·德尔加多身上，因为只有他们俩一直待在机舱里。不过，由于缺少证据，并没有人直接受到指控。然而，在调查过程中，众人发现罗伊·哈利的随身物品里有一支属于他自己的小牙膏。大家要求他做出解释，罗伊·哈利说那是自己用7根香烟同德尔加多换来的。

“德尔加多，你又是从哪儿得到的呢？”他们问。

“肌肉佬从机尾带回来的，给了我，让我给图尔卡蒂。所以，图尔卡蒂死了以后……”

“你就自己留下了？”

“是的。”

“为什么不交公？”

“交公？我不知道。我没想到。”

12 名陪审员进行了讨论，认为德尔加多在努马·图尔卡蒂死后无权保留牙膏，因而也无权用牙膏同罗伊·哈利交换 7 根香烟。牙膏当即被没收充公，德尔加多则必须赔偿罗伊·哈利的损失。

众人认为，罗伊·哈利在此案中没有过错，因为在那段时间里，他基本上在机尾，不太可能知道这支牙膏本是留给努马·图尔卡蒂的。德尔加多被判有罪，但大家认为他这么做是出于善意，而且既然他坦然接受了判决，并将香烟还给了罗伊·哈利（虽然只还了 4 支，因为牙膏已经被吃掉了一些），此事也就不再予以追究。然而，有些人仍怀疑德尔加多吃了另一支牙膏，尽管没有人直接指责他，但在言谈间夹着怒气。

所有人都公然顺手牵羊地多拿些肉片——因西亚特在生火做饭时也会，但德尔加多却是悄悄进行，而且，由于他的机会比其他人少，所以一有机会时就会拿得更多。好管闲事的泽尔比诺决定尽到侦探的职责，设下了一个陷阱。有一天，丹尼尔·费尔南德斯在离飞机有一段距离的地方切割尸体，然后把一大块肉交给泽尔比诺，泽尔比诺——如果他没有把肉塞进自己嘴里的话——把肉递给德尔加多，德尔加多递给爱德华多·施特劳赫，后者再把肉切成小块。有两块肉在传递过程中失踪了。泽尔比诺立刻提醒费多·施特劳赫注意德尔加多，随后递给德尔加多一大块肉。德尔加多不知道自己已被盯上，悄悄把那块肉放进自己身边的盘子里，把一块比较小的肉递给了爱德华多·施特劳赫。

泽尔比诺立刻发难。“怎么回事？”

“什么怎么回事？”德尔加多说。

“你的盘子里是什么？”费多·施特劳赫问。

“你们在说什么呀？”德尔加多说，“这个？这片肉？哦，是丹尼尔今早剩下的。”

泽尔比诺不屑地看着他，压抑着自己的怒火，然后背过身去把事情告诉了德国佬。爱德华多·施特劳赫按捺不住，他没有直接和仍然坐在几英尺开外的德尔加多说话，而是借着与其他人交谈，用大到足以让德尔加多听见的音量咒骂。

“什么意思？”德尔加多问爱德华多·施特劳赫，“你是在说我吗？”

“对，”爱德华多·施特劳赫说。“食物不翼而飞，这已经是第七次了，就在你的盘子里。”

德尔加多脸色苍白，什么也没说。费多·施特劳赫抓住堂兄弟的胳膊：“算了，算了。”

德国佬的火气消了。但在“仙童号”这个小群体里，得不到施特劳赫兄弟的认可，无疑处境堪忧。对德尔加多的敌视情绪越来越浓。无论丢了什么东西，都会有人刻薄地嘟囔着“滑头”“妙手”。这种感觉甚至影响了与德尔加多睡在一起的阿尔戈塔，虽然他还记得雪崩之后德尔加多是如何温暖他的。尽管他绝不相信德尔加多应为这些小偷小摸负责，但还是被卷入了敌对气氛中，甚至担心如果自己为德尔加多说话，也会被集体孤立。哈维尔·麦索尔和曼吉诺倒没有敌视德尔加多，但只有科什·因西亚特还愿与德尔加多做朋友，因为他记得，在寒冷的时候，是德尔加多将外套借给自己，因反感人肉而挨饿的时候，也是德尔加多强迫自己吃下去。好在大家都喜欢因西亚特，没有人会因为他与德尔加多做朋友而迁怒于他。多亏如此，潘乔·德尔加多才没有完全陷入孤立。

德尔加多这类的事件没能提高众人的士气。日子一天天过去，收音机里传来的只有坏消息。搜救队在山上发现的十字并不是他们的，而是一队来自门多萨的地球物理学家的工作成果。空中救援中心的直升机再次放弃，只有乌拉圭的 C-47 还在继续搜索。

之后的一天下午，他们听见天空中传来引擎的嗡嗡声。就像听说搜救队找到十字的消息时一样，他们再次欢欣雀跃，呼叫着，祈祷着，直至惊恐地发现飞机的声音越来越远。他们沉默了，呆呆地站在雪地里，竖起耳朵捕捉那微弱的声音。引擎声渐渐变弱，又渐渐变强，又弱，又强。他们什么也看不见，但从声音判断，飞机似乎是在这一带来回飞行。他们立刻换上最鲜亮的外套，身体无碍的人绕着两个圆圈跑动，腿脚不便的站成一排挥动手臂。这是排练好的路数，因为他们意识到，运动的物体更有可能被飞机捕捉到。为了明确该站在哪里，该如何跑动，他们事先用骨头摆好了站位图——中线一条直线，两头各一个圆圈。他们一直等到傍晚，飞机的声音越来越近，直到天色渐暗才消失。他们满心欢喜地准备睡觉，认定搜救队会在第二天接着搜索。那一晚，他们和往常一样为获救祈祷，但也祈祷着远征队能在飞机发现他们之前获得帮助。第二天早晨，仿佛是对他们祈祷的回应，收音机里传出消息，乌拉圭C-47飞机的引擎再次出现故障，停在了圣地亚哥。

卡涅萨和帕拉多已经离开一周了，再过不到一星期就是圣诞节。一想到几乎肯定要在山里过圣诞，所有人都情绪低落，只有佩德罗·阿尔戈塔除外，他期待着届时每人都能得到一支哈瓦那雪茄。甚至连费多·施特劳赫，在与泽尔比诺一起爬上山坡、观察过周围的情况后，也怀疑帕拉多和卡涅萨能否走出去。他同派斯·比拉罗、泽尔比诺以及两个兄弟商议着再派出一支远征队，但已经没有了第一次的乐观和热情。倘若他们之中最强壮的人，也就是第一支远征队，都无法成功，眼下又能有多少机会呢?

上午，切肉工作将他们的注意力暂时从悲观的思绪上转移开。吃完饭的那段时间最难熬，既不用劳作，也无法入睡，只能无所事事地躺在潮湿闷热的机舱里，等待傍晚的凉爽。曼吉诺闷闷不乐地思念着卡涅萨。哈维尔·麦索尔找到了利利亚娜·麦索尔给孩子们写的第一封信，边读边放声大哭。

下午三四点钟，他们再次走出机舱。天黑前的这几个小时是一天中最愉快的时光。他们会坐下来集中精力做点儿琐事，比如从骨头上刮肉，或者融雪储水。这能让他们暂时忘却自己的处境。之后，当太阳西下，他们会往山坡上走一小段，坐在垫子上，趁着晚霞点起一天中的最后一根烟。此刻的他们，几乎算得上快乐。

他们无所不聊，只有关于家和家人的事只字不提。然而12月20日那晚，施特劳赫兄弟和丹尼尔·费尔南德斯坐在暮色中，却忍不住想起了前几年一起过圣诞节的美妙场景。此前，三个人血液里那种德国人的坚毅一直支撑着他们。然而眼下，经过这么多天，泪水第一次从爱德华多·施特劳赫、丹尼尔·费尔南德斯和费多·施特劳赫的脸上滚落。

第九章　希望与失望

1

12月12日中午，C-47终于飞抵圣地亚哥洛斯塞里约斯机场。卡洛斯·派斯·比拉罗一行见到了飞行员，后者告诉他们，飞越安第斯山脉的时候引擎又出了问题，有可能是高海拔的严寒影响了汽化器。飞行员着手检修引擎，可家长们没有耐心等待，想自行借助曾在塔尔卡帮助过他们的“直升机服务”租用一架直升机。但服务租赁方听说此次搜索将在安第斯山脉中部的高山地区展开，以该地方不适合小型直升机为由拒绝了。

次日早晨6点，C-47做好了首次飞行准备，载着尼科利奇和罗德里格斯·埃斯卡拉达搜索普朗雄一带。与此同时，卡洛斯·派斯·比拉罗出发南下，想再次寻求塔尔卡无线电俱乐部和圣费尔南多航空俱乐部的帮助。他的任务是说服省级小机场准许C-47着陆，并提供燃料。此外，他更希望借此再次激起人们对搜寻“仙童号”的兴趣。

随后的那天，也就是12月14日，胡安·卡洛斯·卡涅萨和罗伊·哈利前往库里科，寻找矿工卡米洛·菲格罗亚。此人在“仙童号”失踪不久后曾声称看见飞机起火坠落、消失在大山里，但随后就音讯全无。两名父亲与卡米洛的兄弟取得了联系，但后者也不知道卡米洛的踪影。不过，他们经介绍认识了这名矿工的好友迭戈·里维拉。他也是矿工，在菲格罗亚所属的矿工合作社担任秘书。10月13日那天，里维拉和他的妻子都在特诺山谷，他们听见了“仙童号”的引擎声，但什么都没看见，因为当时下着雪。据说，菲格罗亚当时在距离失事地点比较近的地方，看见飞机从普朗雄向圣地亚哥方向飞去，然后消失在甘博阿山和科罗拉多山之间。

这番话让卡涅萨和哈利颇感振奋，它证实了大家的猜测，飞机一定在廷吉里里卡火山附近的某个地方。他们立即前往当地一个无线电爱好者的家中，与圣地亚哥取得了联系。他们与跟随C-47搜索的尼科利奇通上话，正要告诉他从里维拉那里打听来的情况，后者却向他们通报了在圣埃莱娜山的雪地里发现十字的消息。

在安第斯山脉最高峰之一的山坡上发现了确实为人造的十字记号，此事在南美洲最南端的三个国家引发了轰动。乌拉圭“仙童号”的命运再次登上报纸头版，身在蒙得维的亚、早已绝望的父母们再次燃起希望，智利和阿根廷空军也再次开始寻找生还者。这一次，出动的飞机不仅来自圣地亚哥，也来自门多萨，因为发现十字的地方位于阿根廷境内。

卡洛斯·派斯·比拉罗、卡涅萨、哈利和尼科利奇几名已在智利的父亲认为，这些还远远不够。他们恨不得立刻飞过去，因此想要一架能到达那个高度的直升机，但智利的空中救援中心拒绝派出直升机，除非在现场发现生命迹象。

卡涅萨和哈利当然不会接受这一决定。他们带着发现十字地点的照片，要求见智利总统萨尔瓦多·阿连德。官员们表示，阿连德刚刚从苏联回来，正在休息，不能亲自接见他们，但承诺次日把总统专用直升机借给他们。

总统的承诺未能兑现。他的直升机还没登场就坏了。失望之余，几个做父亲的越发心烦意乱。过了这么久，他们终于发现了积极信号，说明孩子们还活着，但却无法去营救。卡洛斯·派斯·比拉罗、卡涅萨和尼科利奇立刻再次安排 C-47 飞往发现十字的地区，看看能否在附近找到“仙童号”。但当他们飞进安第斯山脉时，C-47 的一个引擎再次失灵。四个男人眼看着螺旋桨慢慢停下来，飞机摇摆了一下，然后重新恢复平衡，调头飞回圣地亚哥。一切，就好像某种邪恶的命运在最后关头捉弄着他们。

当天，也就是 12 月 16 日早晨，智利内政部称，那个十字的确是求救信号。然而，即便在五个乌拉圭家长中也有人怀疑十字是否出自孩子们之手，因为它的几何造型太完美了。与此同时，在蒙得维的亚，几个从未放弃希望的母亲更加坚定，其他人则相对谨慎，似乎不敢相信儿子们生还的可能性。圣地亚哥的五个男人观点不一，这也让她们颇为困惑。她们围在拉斐尔·庞塞·德莱昂的电台旁，边听新闻边与卡洛斯·派斯·比拉罗、哈利、尼科利奇、罗德里格斯·埃斯卡拉和卡涅萨通话。轮到卡涅萨时，诺盖拉夫人一把抓住麦克风，询问他的想法，因为诺盖拉夫人完全信赖他的判断。

“我一听说十字的消息，立刻想空降到那里。但等我看见照片时，我觉得那个十字太完美了，不可能是孩子们弄的。”卡涅萨医生说。

诺盖拉夫人默默听完，回到家告诉丈夫：“不是孩子们做的十字。”

与此相反，在飞机失事后四五天就接受了德尔加多已生还无望的德尔加多夫人，此时却重新燃起了希望。然而，希望如此短暂。12 月 16 日下午，阿根廷方面宣布，那个十字是来自门多萨的一名地球物理学家留下的。他在雪里埋了 20 个锥体，构成一个 X 形。这样，通过定期从空中拍摄照片，科学家们就可以计算山上积雪融化的速度，以及汇入阿根廷干旱谷地的冰川融水量。

2

这条消息造成了可怕的后果。德尔加多夫人病倒了，搜索飞机再次停飞，由圣费尔帕拉多的指挥官莫雷尔上校派出寻找十字的地面巡逻队科尔查瓜团也被召回。然而，虽然这两国都不再抱希望，身在智利的五名乌拉圭家长却没有返回蒙得维的亚。他们发誓绝不放弃。12月17日，卡涅萨和哈利返回库里科，把矿工迭戈·里维拉带到了圣地亚哥。他对飞机坠落地点进行了更精确的描述，再次证实了应在廷吉里里卡地区搜索的推断。当时距事发地点更近的矿工卡米洛·菲格罗亚则依旧下落不明。

12月18日，卡洛斯·派斯·比拉罗雇了架飞机飞赴廷吉里里卡。这一次，他不仅带上了矿工里维拉，还带上了全部由志愿者组成的智利安第斯山脉救援队的指挥官克劳迪奥·卢塞罗。在第二趟飞行中，他们经过廷吉里里卡西侧一个积雪覆盖的湖泊，卢塞罗突然注意到湖面上有人的脚印。飞机掉头绕湖飞行，并且降低高度，好让卡洛斯·派斯·比拉罗也能看见。“你怎么想？”他问卢塞罗。

“绝对是人的脚印。”

“孩子们的？”

“不可能。不。一定是牧羊人。”

“牧羊人在这积雪覆盖、荒无人烟的地方做什么？”

卢塞罗耸耸肩。

有了圣埃莱娜山十字事件的失望经历，卡洛斯·派斯·比拉罗不再相信那些脚印来自“仙童号”的幸存者。然而，他的脑子里浮出这样一个念头：那是失踪矿工菲格罗亚的足迹，那家伙一定是去打劫45名乌拉圭死者的财物了。因此，一回到圣费尔南多，他就把这个想法告诉了罗德里格斯·埃斯卡拉：“卢罗，如果你愿意同我一起去，我们可以赶在那伙强盗之前。”

与此同时，卡涅萨医生也在和卢塞罗讨论着脚印。“你确定那些不是孩子们的吗？”他问。

卢塞罗悲伤地看着卡涅萨：“医生，那是两个月多前留下的。”

虽然卢塞罗持怀疑态度，卡洛斯·派斯·比拉罗还是去见了陆军指挥官莫雷尔上校，他与后者此时已成了朋友。上校同意派遣一支巡逻队，并在当天下午亲自乘坐军用直升机去山谷查看。他没有找到卡洛斯·派斯·比拉罗和卢塞罗看见的脚印，但依旧很乐观。“听着，卡洛斯·派斯·比拉罗，”他对卡洛斯·派斯·比拉罗说，“回家过圣诞节去吧。你不在的这段时间，我们会派巡逻队去那一带，看看能不能找到什么线索。两三天之内，我们就会派搜救队过去。如果什么都找不到，你圣诞节之后再来，我们再从头开始。”

卡洛斯·派斯·比拉罗和其他四个人同意了。卡涅萨、哈利和尼科利奇打算第二天搭乘C-47返回蒙得维的亚，卡洛斯·派斯·比拉罗和罗德里格斯·埃斯卡拉预订了第三天的航班。

第十章　第 70 天

1

维任廷离开后，卡涅萨和帕拉多决定当天就在原地休息。经过三天的攀登，他们已精疲力竭，要用尽全力才能登顶，然后下到山的另一侧。他们也希望前一天近距离飞过的飞机会再度出现，但这并未打乱他们的心思。两人吃着肉，喝着雪水，思考着即将遇到的问题。卡涅萨试图用“不入虎穴焉得虎子”或“万川奔流终入海”之类的想法驱散自己的悲观情绪。

12 月 16 日，星期六，早上 9 点，帕拉多和卡涅萨再次启程，准备登顶。帕拉多走在前面。这一次，没有了维任廷，他们得自己背背包，且背包比以前更重，登山的难度大大增加。海拔很高，空气稀薄，这使得他们心跳加快，每走三步就要停下来，紧贴着积雪的峭壁休息。

他们花了三小时才爬上山顶，然后一边休息一边寻找下山的最佳路径。这一侧的积雪明显少得多，前方的山谷尽收眼底，两条下山的路似乎差不多。于是他们随机选了一条，依旧是帕拉多在前，开始出发。道路异常难行，山体不仅陡峭，且多为并不坚硬的页岩。他们用一根长长的尼龙行李带彼此相连，帕拉多在前，卡涅萨在后。他们的背部和屁股着地，顺着山坡往下滑，灰色的碎石随之噼里啪啦地滚落下去。他们膝盖发软，双腿打战。两人都知道，一次滑倒就有可能让两人都跌落山谷，或者即便只是扭伤脚踝，处境也会同样糟糕。卡涅萨开始滔滔不绝地向上帝祈祷。他看过《屋顶上的小提琴手》，记得电影里的泰维是如何把上帝当成朋友聊天的。他也用同样的语气向造物主祈祷着："上帝啊，你可以让这事儿很难，但千万别把它弄得不可能。"

以这种方式下行几百英尺之后，脚下的这片山坡被另一座山峰的阴影遮蔽，残存着厚厚的积雪。坡度仍然很陡，但积雪表面坚硬而光滑，因此帕拉多决定坐在垫子上滑下去。他解开行李带，坐在一块垫子上，把铝杖夹在两腿之间当刹车杆，然后轻轻一推。他立刻开始高速下滑，铝杖丝毫起不到减速的作用。下行速度越来越快，几乎达到每小时 60 英里。帕拉多把脚后跟也插进雪里，但依旧无法停下来。他非常害怕，担心会翻下去，摔断腿或拧断脖子。

突然，右前方出现了一堵白色的雪墙。帕拉多暗想，就算后面是块巨石，我也认了。一瞬间，他撞上雪墙，停了下来。他神智清晰，身体无碍。它们只是积雪。

过了一会儿，卡涅萨追上了他。“帕拉多，帕拉多！你还好吗？”

一个高个子颤抖着从雪堆里爬出来。“是的，我还好，”他说，“我们继续走吧。”

两人继续小心翼翼地朝山下走。

下午 4 点，他们来到一块硕大平坦的岩石前，虽然不知道究竟在什么地方，但估计下山路已经走了三分之二。两人决定在此宿营，趁天黑前把衣服晾干。他们把睡袋铺在岩石上，脱下袜子在夕阳下晾晒，太阳一落山，便钻进了睡袋。那晚不算太冷，但很不舒服。

第二天早晨，他们天刚亮就醒了，但躺在睡袋里一直等到日上三竿，才吃了生肉早餐，喝了口白兰地，然后出发。这是旅途的第六天。中午时分，他们到达山脚下，正好在原先计划的路线上，在通往 Y 形岔道的山谷入口。地表覆盖着厚厚的泥泞的积雪，他们不得不穿上雪鞋，好在坡度平缓，不足 10 到 12 度。在继续赶路前，他们吃了午餐。阳光照在身上，加之拖着已经吸饱水的坐垫雪鞋，两人又热又累，但都宁可大汗淋漓地捂着四件毛衣、两条牛仔裤，也不愿费时费力将它们脱下来。

下山后不久，卡涅萨的背包带就断了，不得不停下来修理。他已经开始体力透支，因此很高兴能有个借口坐下来。勇猛的帕拉多每次回头，都会看到卡涅萨坐在雪地里。帕拉多大喊着让卡涅萨跟上，卡涅萨就慢慢站起来，拖着沉重的脚步跟在后面，边走边祈祷，每一步都伴着主祷文的字句。帕拉多则更多地想着尘世间的父亲。他知道父亲此刻是多么痛苦，知道父亲有多么需要自己的儿子。帕拉多在雪地里跋涉，这与其说是为了拯救自己，不如说是为了他深爱的人。

帕拉多就这样一路想着父亲，走在前面。等他重新想起同伴时，四下张望，见卡涅萨已落下了几百码。帕拉多停下脚步等着卡涅萨，再让他休息四五分钟。右手边有条小溪，从山间蜿蜒而下。自从维任廷在第一次远征时品尝了岩石上的咸水后，这是他们第一次发现活水。从两人站立的地方，可以看见小溪边长着一些苔藓、青草和灯心草。65 天以来，他们头一次见到植被。卡涅萨虽然疲惫不堪，但还是爬到溪边，拔了些草和灯心草，放在嘴里咀嚼，又弄了一些放进口袋。接着，两人喝了一些溪水，然后继续前进。

下午晚些时候，卡涅萨和帕拉多为是否该停下来宿营起了争执。

“这里没有地方可以睡觉。”帕拉多说，“没有岩石，什么都没有。我们继续走。”

“必须停下来，”卡涅萨回答，“我没劲儿了。我要休息。

你如果不缓一缓，也会完蛋的。”

帕拉多在继续前进的冲动与医学生凭借常识给出的保存体力的建议间挣扎了片刻。显然，即便他自己能挺过如此强度的急行军，卡涅萨也跟不上脚步。于是，帕拉多同意今天到此为止，在雪地里宿营。太阳已经落山，气温开始下降。他们钻进睡袋，喝着随身带的白兰地，让自己保持温暖。随后，他们躺下来，俯瞰着通往自由之路的山谷，想象着明天将遇到怎样的情况。

从宿营的地方可以望见山谷尽头的 Y 形岔道。晚上 6 点，太阳完全隐没之后，两人突然注意到，远处 Y 形岔道那里的山坡上依旧有阳光。这个现象让他们兴奋起来，因为既然太阳从西边落下，且依旧能够照到那片山坡，就意味着远方再没有高山阻挡。

直到晚上 9 点，那片夹杂着积雪纹路的红色岩石才没入阴影中。卡涅萨和帕拉多现在可以确定，Y 形岔路中的一条可以顺畅地通达西方。怀着这样的信念，他们沉沉睡去。

第二天早晨，两人像往常一样吃完早饭，信心满满地启程了。迫不及待想看看山谷尽头的帕拉多再次一马当先。经过一晚的休息，卡涅萨的气力并没有恢复多少，跟不上帕拉多的步伐。当帕拉多停下来招呼卡涅萨加快速度时，卡涅萨却嚷嚷着走不动了。

“想点别的事情，分散自己的注意力。”帕拉多说。

卡涅萨开始想象着自己走在蒙得维的亚的大街上，看着街边商店里的橱窗。当帕拉多再次催他快走时，卡涅萨回答：“我快不了，再快就会漏掉橱窗啦。”后来，卡涅萨开始大声重复一个女孩的名字，帕拉多曾说他喜欢那个女孩。“马可楚……马可楚……！”她的名字消失在茫茫雪原里，但帕拉多听见了，微笑着等待同伴跟上来。

他们继续向前。起初，万籁俱寂，只有雪鞋踏在雪地上的声音，但渐渐地，这个声音被一阵低沉的轰鸣盖过，而且越接近山谷尽头，轰鸣声就越响。两人心底都泛起了不安。若是有激流挡住去路怎么办？帕拉多急于弄清情况，加快了速度，步伐越迈越大。

“你会杀了你自己的！”卡涅萨在后面大喊。他对前方没那么好奇，但被恐惧攫住了。“哦，上帝啊。”卡涅萨重新开始祈祷，“无论如何考验我们，请千万不要超过人类的极限。求求你，让河边有路吧！”

帕拉多走得越来越快。他也在祈祷，但更多的是好奇。他领先卡涅萨几百码。突然间，帕拉多发现自己站在了山谷尽头。

2

出现在帕拉多眼前的是天堂。周围没有积雪。白色冰壳之下，灰色的水流倾泻而出，咆哮着涌进峡谷，撞击着巨石，一路向西奔去。更美的是，四下里青翠欲滴，苔藓、青草、灯心草、刺柏，还有黄色和紫色的野花。

帕拉多站在那里，喜极而泣。卡涅萨也来到他身后，看到这犹如神赐的山谷，兴奋地欢呼起来。两个小伙子跌跌撞撞地走出雪地，倒在河边的岩石上，在鸟儿和蜥蜴的陪伴下高声祈祷，怀着年轻心灵的全部热忱感谢上帝将他们从安第斯山脉的寒冷与贫瘠中拯救出来。

他们在太阳下休息了一个多小时。这里真的如同伊甸园一般。许久未见的鸟儿停在附近的岩石上望着他们，似乎一点也不怕这两个胡子拉碴、消瘦憔悴、裹着好几层脏衣服、背着背包、皮肤被太阳晒得皲裂起泡的人类。

他们确信自己已经得救，但还必须继续向前。卡涅萨捡了一块小石头，准备回家后送给劳拉。两人都扔掉了一只坐垫，只各自留下一只以备睡觉时使用，然后开始沿着峡谷右侧行进。尽管没有积雪，但路并不好走。他们不得不踩着粗粝的岩石，在座椅大小的巨石间上下攀爬。中午时分，他们停下来吃午饭，之后继续走了一个小时。卡涅萨突然意识到自己的太阳镜丢了。他立刻想起，在吃午餐的时候，他曾把太阳镜摘下来，放在了一块石头上。虽然不愿走回头路，但他更担心若没有眼镜，眼部会像嘴唇那样干裂起泡。于是，帕拉多留在原地等待，卡涅萨顺着来时的路折返。他用了不到一小时便回到了午餐地点，却不记清究竟将眼镜放在了上百块石头的哪一块上。他开始一边找一边祈祷，却一无所获，又累又绝望，泪水啪嗒啪嗒地掉了下来。终于，他在一块高高的岩石顶部隐藏的角落里发现了太阳镜。

两小时后，卡涅萨与帕拉多会合，重新启程。然而，走了没多远，他们就被一块突出的岩石挡住了去路。巨石在前方拔地而起，笔直地插入左侧的河水中。从他们站的地方看去，似乎河对岸的路更平坦些。他们觉得，与其翻越眼前的障碍，不如涉水过河。但这绝非易事。河面约有 25 英尺宽，奔涌的激流足以卷走巨石。好在河中央有一块高出水面的岩石，岿然不动。他们决定先从岸边跳到这块石头上，再跳到河对岸。

卡涅萨先上。他脱下衣服，把三条尼龙行李带接在一起，一头系在腰间，另一头由帕拉多拽着，以防落水。接着，卡涅萨跳到河中央的巨石上，再跳到河对岸。等他安全到达，帕拉多就把睡袋系在行李带上，用尽全力扔向对岸。卡涅萨解开睡袋，再把绳子扔回来。用这样的方法，衣服、手杖、背包和鞋子逐一过了河。然而，想把背包扔出这么远，需要不少力气，第二只背包撞到了岸边的岩石上。卡涅萨不得不爬到岸边打捞，被飞溅的水花弄湿了衣服。他打开背包，发现朗姆酒瓶碎了。

帕拉多也过了河，但由于衣服湿了，他们只继续前进了一小段路，走到一块凸出的岩石边，决定当晚在石头下宿营。阳光依旧灿烂，他们把湿衣服摊开晾晒，然后坐在垫子上吃了些肉。一大群蜥蜴好奇地盯着他们。

那天晚上比以往更暖和，两个小伙子睡得很香。第二天一早，他们就动身了。这是他们远征的第八天。晨曦中的景色美得无与伦比。虽然脚下的路仍在身后大山投下的阴影里，但太阳已照亮了远方狭窄的山谷，给绿色的刺柏和仙人掌罩上了银色的薄雾，披上了金色的霞光。远处已经能看见树木。到了上午，卡涅萨甚至觉得自己看见了一群在山坡上吃草的牛。

“我看见牛了！”卡涅萨大声告诉帕拉多。

“牛？”帕拉多望向远方，使劲眨了眨眼睛，但什么也没看见。他有些近视。“你确定是牛？”

“看起来像牛。”

“也许是鹿……或者貘。”

无论如何，眼前的景象好似海市蜃楼，因此两人并没有对尚且遥不可及的动物抱有过高期望。但这说明，虽然他们的身体——尤其是卡涅萨的——因长途跋涉而越发痛苦，精神却依旧坚韧、乐观。远方是青翠的山谷，但脚下并不轻松，他们仍然要背着背包从一块石头跳到另一块石头上，或者靠瘦弱的脚踝跨过河边的乱石。

突然间，他们看见了实实在在的文明的记号——一只空的汤罐头。罐头已经生锈，但标签上的商标依旧清晰可辨。卡涅萨把罐头紧紧抓在手里。“看，帕拉多。这意味着有人到过这里。”

帕拉多的态度更谨慎些。“这或许是从某架飞机上扔下来的。”

“怎么可能是从飞机上扔下来的呢？飞机上不能开窗，是不是？”

他们无从判断罐头已经在那里躺了多久，但越向前，眼前的景象就越令人充满希望。他们看见两只野兔在河对岸的岩石间跳跃，接着又看见一些粪便。

“是牛粪。”卡涅萨说，“我就说嘛，我看见的那些是牛。”

“你怎么知道？”帕拉多问，“所有动物都会拉屎。”

“要是你对牛的知识能有你对汽车的知识一半多，就会知道那是牛粪。”卡涅萨说。

帕拉多耸了耸肩。过了一会儿，他们在河边坐下来休息，吃午餐。他们打开橄榄球袜，然后发现，虽然他们的食物供应仍然充足，但由于气温升高，有些已经开始变质。他们吃了两份，把剩余的重新包好，继续沿着山谷赶路。河面更宽了，因为不时有小溪从两侧的山间汇入。

在一处河面变宽的地段，他们发现了一块马蹄铁。与那个空汤罐一样，它锈迹斑斑，不知道是多久前留下的，但绝对不可能是从飞机上掉下来的。毫无疑问，他们正在接近安第斯山脉有人居住的地区。更多的证据接踵而至。绕过一块凸出的岩层，卡涅萨在早晨远远看见的那群牛突然出现在 100 码开外的地方。

但即使是现在，帕拉多也很谨慎。“你确定它们不是野牛？”他盯着牛群问卡涅萨，牛也盯着他。

“野牛？安第斯山脉里没有野牛。我敢打赌，帕拉多，离这儿不远就能找到这些牛的主人，或者牛仔。”仿佛要证明自己的话，卡涅萨指了指被斧子砍倒的树桩，“你总不会认为那些树是貘或者野牛砍的吧。”

帕拉多无法否认木头上的斧痕。他们又顺着山谷向下走了一段，看见一个用树枝和灌木枝搭成的牛棚，立刻意识到这是生火的绝佳材料。两人决定在这里过夜，尽情享用他们剩下的肉，庆祝即将到来的获救。

“反正快要坏了，”卡涅萨说，“而且明天早晨肯定能找到牧羊人或农民。我向你保证，帕拉多，明天晚上，我们就能睡在屋子里了。”

他们卸下背包，打开肉包，生了一堆火。然后，他们每人烤了10片肉，一直吃到肚子再也撑不下，然后钻进睡袋，等着太阳落山。

获救似乎已是笃定，他们开始回忆一些先前不敢想的事情。卡涅萨对帕拉多说起了劳拉·苏拉科，描述着星期日在她家吃午饭的情形。帕拉多跟罗伯托·卡涅萨讲起了在飞机失事前认识的那几个姑娘，还说羡慕罗伯托·卡涅萨有个固定的女朋友。

火渐渐熄灭了。太阳西沉。带着这些甜美的回忆，两个肚子撑得鼓鼓的小伙子睡着了。

3

第二天早晨，他们醒来时，牛群已经不见了。但是，这并没有令他们慌张。他们丢弃了他们认为不会再需要的东西，比如锤子、睡袋、一双多余的鞋子和一层衣服。减轻了一些负担后，他们又出发了。他们指望着随时能转过一个山头，看见智利人的农舍。然而，一上午过去了，山谷依旧如故。事实上，甚至连昨天令他们大喜过望的汤罐头和马蹄铁等带有人类活动迹象的东西也再未出现。帕拉多开始埋怨卡涅萨太乐观。“你不是以为自己很了解这个国家吗？你不是觉得我是个只懂汽车和摩托车的可怜的傻瓜吗？好啊，至少我不那么肯定附近有农舍……现在倒好，我们吃掉了一半的肉，还把睡袋扔了。”

“反正肉也变质了。”卡涅萨气急败坏地说。他的脾气没有因第一次腹泻的不舒服的感觉而有任何改善。他周身疼痛，每走一步都越发痛苦，必须集中精力才能迈开脚步。每当他停下或落后时，帕拉多的咒骂和侮辱会催促他继续前进。

上午晚些时候，一块凸出的岩石挡住了去路。他们有两个选择，或者沿着河边走，路程略短，但更危险；或者翻过岩石，路程略长，但更安全。走在前面的帕拉多选择了更安全的路线，开始攀爬。卡涅萨觉得太累，到了分岔口时，他选择了通往河边的下坡路。

卡涅萨贴着凸出的岩石一点点移动，从一个落脚点小心地挪到另一个落脚点，然而刚刚走到一半，胃里突然如翻江倒海一般，他患了急性腹泻。这种感觉很剧烈，他不得不找一块平坦的岩石，脱下三条裤子，试着就地解决。通常情况下，这并不需要太长时间，然而眼下却有些麻烦。几乎要喷涌而出的排泄物被早前便秘残留的硬如岩石的粪便死死地堵在结肠下端，必须用手才能将那些祸害胃的东西排出体外。

与此同时，帕拉多已经翻过了巨石，却看不到同伴的身影，有些慌了神。他大声呼唤着卡涅萨，然后听见了含糊不清的回答。于是，帕拉多开始不停地抱怨卡涅萨耽误了时间，直到那个消瘦的身影出现在陡峭的河岸上。

“你究竟去哪儿了？”帕拉多问。

“我拉肚子了，不舒服。”

“好吧，听着。河边有条类似小路的痕迹。如果我们沿着这条小路走，肯定能通往什么地方。”

“我走不了了。”卡涅萨说着，一屁股坐在地上。

“你必须走下去。看见那片台地没有？”他指着山谷下方一块隆起的土地。“今晚我们必须走到那里。”

“我不行，”卡涅萨说，“我太累了，一步都走不动了。”

“别蠢了。眼看就要成功了，你不能放弃。”

“我说了，我拉肚子了。”

帕拉多又急又气，脸涨得通红。“你总是有病。听着，我来背你的背包，看你还有什么借口。”帕拉多说着，拿起卡涅萨的行李，背着两只包出发了。“如果你还想吃东西，”帕拉多回头冲卡涅萨喊，“那就最好跟上，肉现在都在我手里。”

卡涅萨踉踉跄跄地跟在后面，一肚子恼火，这倒不是因为帕拉多对他的病冷嘲热讽，而是为自己的软弱而感到羞愧。

小路走起来轻松得多，不时出现的马粪也让他们信心倍增。卡涅萨的腹泻症状缓和了，两个小伙子终于能够步调一致。前方就是台地，距离他们越来越近。没有了积雪，距离感变得真切许多。到了下午晚些时候，他们已经走到了上台地的山坡前。爬上台地就休息的承诺给了卡涅萨额外的力量，沿着陡坡一步步登顶。

首先映入眼帘的是一个有石墙和大门的畜栏。畜栏中央有个拴马桩，地面上有新鲜的马蹄印，这令两人重燃起希望。不过，单凭这点希望无法弥补卡涅萨的体力，他摇摇晃晃，步履蹒跚，不得不靠在帕拉多的胳膊上。两人都意识到，卡涅萨或许需要更多休息。于是，经过一片小树林时，他们决定在此过夜。

帕拉多去找木头生火，顺便看看附近有没有人类居住的迹象。卡涅萨躺在树下。地上长满青草，身后群山连绵，几百码外的河水冲出峡谷，发出哗哗的声响。虽然精疲力竭，四肢酸痛，卡涅萨仍被眼前的美景吸引着。他懒洋洋地望着杜松子树和野花，想起了自己的马和狗，以及乌拉圭的乡村。

接着，卡涅萨抬起头，发现帕拉多正朝自己走来，他那高高的身影佝偻着，有些焦虑。卡涅萨用胳膊支起身子，问："你看见什么了？"

帕拉多摇摇头。"情况不太乐观。有一条河在前方和这条河交汇，正好挡住了我们的路，我不知道怎么才能过河。"

卡涅萨躺了回去，帕拉多在他身边坐下。"不过，我看见两匹马和两头牛。"

"在河的这一边？"

"对，在河的这一边。"帕拉多犹豫了一下，然后问，"你知道怎么宰牛吗？"

“宰牛？”

“肉已经腐烂了。我们需要食物。”

“我不会宰牛。”卡涅萨说。

“我有个办法。”帕拉多俯下身，带着热切的表情，“我看见它们现在在树荫下睡觉。明天，趁它们吃草的时候，我带着石头爬到树上去。等它们晚上回来时，我就拿石头砸其中一头牛的脑袋。”

卡涅萨放声大笑。“你打算用这个办法宰牛？”

“怎么啦？”

“拿着大石头，怎么爬树……再说，它们不一定在同一个地方睡觉。”

帕拉多沉默了一会儿，突然眼睛一亮。“我有办法了，”他说，“我们找些树枝做成长矛。”

卡涅萨摇摇头。

“或者攻击它们的头？”

“不行，那样宰不死牛。”

“那你说怎么办？”

卡涅萨耸耸肩。

“你自己来看，它们就在那里。”帕拉多又犹豫了。“不过，还有马。你觉得那些马会不会袭击我们？”

“当然不会。”

“那你有什么主意？”

“首先，我觉得，如果我们宰了牛，牛的主人肯定不愿意帮我们。”

“那倒是。”

“最好是能挤牛奶。”

“可是你得抓住它们才能挤奶啊。”

“我知道。”卡涅萨思忖着。“我知道。我们可以用行李带做个套索，把小牛拴在树上。然后等母牛来了，我们就抓住它。”

“它们不会跑掉吗？”

“用绳子拴住就不会了。”

“那怎么挤奶呢？”

“我不知道。”

“我们得吃肉。”

“那我们就把牛宰了，不过首先得把它们腿上的肌腱割断，这样它们就没法逃走了。”

“牛主人呢？”

“我们得趁四下无人的时候。”

“好。”帕拉多站起来。

“不过，看在上帝的分儿上，等到明天吧。”卡涅萨说，“我今晚真的什么都做不了啦。”

帕拉多低头看看卡涅萨，发现情况的确如此。“无论如何，我们生堆火吧。这样的话，如果附近有人，发现我们的概率会大一些。”

帕拉多离开卡涅萨，去找断枝和灌木。卡涅萨重新躺下，茫然地望着河对岸。落日把山脚的树木和巨石拉出长长的影子，好像在移动、变形。突然间，阴影里出现一个移动的东西，大小仿佛一个人骑着一匹马。卡涅萨立刻试着站起来，但即便如此兴奋，他的腿脚仍不听使唤，于是他朝帕拉多大喊：“帕拉多，帕拉多！快看，那儿有个人，一个人骑在马上！我看见一个骑马的人！”

帕拉多抬头朝卡涅萨指的方向张望，但他近视太严重，什么也没看见。

“哪儿？”他喊道，“我看不见。”

“快！快跑！在河对岸！”卡涅萨用他尖利的嗓音大叫。帕拉多开始朝河边跑，卡涅萨也开始挣扎着爬过草地和石头，朝三四百码开外的骑马人挪动。他不时停下来，抬头看看帕拉多有没有跑错方向。“不对，帕拉多！”他大叫，“往右边，往右！”帕拉多听见他的呼喊，就会改变路径，继续茫然地奔跑，因为他仍然看不见河对岸的东西。然而，他们的叫声和舞动的手臂惊扰了牛群，它们离开树荫，走到了帕拉多和河之间，喷着响鼻盯着帕拉多。勇敢的帕拉多也没有足够的胆量迎上前，于是稍稍绕了个弯子。就这样，他和卡涅萨几乎同时到了峡谷的边缘。

“在哪儿？”帕拉多问，“那个骑马的人在哪儿？”

令人大失所望的是，当卡涅萨朝咆哮的激流对岸张望时，刚才看见骑马人的地方，却只有一块高耸的岩石和它投下的长长的影子。

“肯定是个人，”他说，“我发誓，我看见了，是个骑在马上的人。”

帕拉多摇摇头。“现在那里一个人也没有。”

“我知道。”卡涅萨垂头丧气地坐在地上。

“来吧，”帕拉多扶起卡涅萨，“我们最好在天黑前回去，生起火。”

两人站起来，准备回露营地。这时，他们突然听到河水的轰鸣声中夹杂着人声。他们转过身，就在那儿，在河对岸，是骑着马的人，不是一个，而是三个！他们正赶着三头牛沿着河水与高山间的狭窄小道行进，同时向这边张望。

两个小伙子立刻挥舞着胳膊大声呼喊，但水流声太响，淹没了他们的声音。那些骑马的人虽然注意到他们，却似乎没什么兴趣，并不打算为这两个乌拉圭人改变既定路线。

帕拉多和卡涅萨拼命地挥舞双手，更大声地叫喊，说他们是在安第斯山脉坠毁的乌拉圭飞机的幸存者。“救命！”他们喊着，“帮帮我们！”卡涅萨觉得高频音可以传得更远，把嗓子扯得更尖了，帕拉多则跪倒在地，握起双手，做出哀求的姿势。

骑在马上的人犹豫了一会儿。其中一个人勒住缰绳，隔空喊了几句，但两人唯一能听懂的是“明天”。随后，三个骑马人赶着牛走了。

帕拉多和卡涅萨跌跌撞撞地回到营地。卡涅萨无人搀扶便无法行走，帕拉多也累坏了。但他们听见的那个词，足以给他们带来巨大的希望。至少，他们已与外界取得了联系。

两个小伙子尽管很累，但决定轮流值班，每两小时轮换一次，确保篝火不熄。事实上，他们也很难入睡，因为他们太兴奋了。天快亮的时候，帕拉多睡着了，而且超过了约定的两小时。卡涅萨没有叫醒他，他知道自己无法独立行走，而且帕拉多也要为第二天积蓄力量。

4

走出安第斯山脉之旅的第十天，太阳出来了。早晨 6 点左右，两个小伙子醒来，看见河对岸有烟，火堆边站着个男人。在他旁边，还有两个骑着马的人。一看见这些人，帕拉多又冲向峡谷边缘。他现在已靠得足够近，能够看清对方的手势。河对岸的人招呼帕拉多下到河边来。帕拉多这么做了，那个农民也靠近河边，两人之间只隔着 35 码宽的河水。尽管如此，奔腾的水流声却越发响亮，根本无法交谈。不过，那长着机灵的圆脸盘、戴着草帽的农民有备而来。他掏出一张纸，在上面写了点什么，然后把它包在一块石头上，扔过了河。

帕拉多慌忙爬过岩石，捡起字条，把它抚平。上面写着：

一会儿会有个人来，是我喊来的。告诉我你想要什么。

帕拉多立刻在口袋里摸索着，想找支铅笔或钢笔，但只找到一支唇膏。于是，他冲对岸做了个手势。农民掏出自己的圆珠笔，又捡了块石头，一起包在蓝白相间的格子手帕里扔过来。

帕拉多坐在地上，激动地写下下面的信息：

我是从一架在大山里坠毁的飞机上下来的。我是乌拉圭人。我们已经走了 10 天了。我有个朋友受伤了。飞机里还有 14 名伤员。我们必须尽快离开这里，但我们不知道该怎么办。我们没有任何食物。我们很虚弱。你们什么时候能来救我们？拜托了。我们走不了路。这是哪里？

他又用唇膏写了一个 SOS，然后用这张纸包住石头，又包上手帕，扔到对岸。

智利农夫展开纸团阅读的时候，帕拉多一直在盯着他，默默祈祷。终于，农民抬起头，表示看懂了。他从口袋里掏出一片面包，扔过河，然后再次挥挥手，转身爬上河岸。

帕拉多也照做。他爬上台地，走回卡涅萨身边，手里紧紧攥着面包。那是真真切切的证据，他们终于得救了。

“看，”帕拉多对卡涅萨说，“看我得到了什么。”

卡涅萨转过椭圆形的脸庞，疲惫的目光盯住了面包。“我们得救了。”他说。

“是的，”帕拉多说，“我们得救了。”

帕拉多坐下来，把面包掰成两半。“给，吃早饭吧。”

“不，”卡涅萨说，“你吃。我太没用了。我不配吃。”

“来吧，”帕拉多说，“也许你不配，但你需要。”

帕拉多把面包递给卡涅萨。这一次，卡涅萨接受了。两个小伙子坐下来，他们这辈子从没有吃过这么好吃的面包。

两三个小时后，大约上午9点，另一个人骑着马朝这个方向走来。这一次，是在河这边。帕拉多立即站起来，走了过去。

他含蓄地向帕拉多打了个招呼，掩饰着对眼前这个高个子、满脸胡须、衣衫褴褛、穿着好几层脏衣服的人的惊诧。此人跟着帕拉多走到卡涅萨躺着的地方，听他俩喋喋不休地述说，饱经风霜的脸上带着耐心的神色。等他终于有机会说话时，他介绍自己是阿曼多·塞尔达，有人告诉他这里有两个乌拉圭人，但他以为他们还在上游更远的地方，他打算下午带他们出去。先前那个发现他们的人已经骑马去黑桥向警察局长汇报了。

帕拉多和卡涅萨看得出，眼前这个农民很穷，他的衣服甚至比他们的还糟。但他们想，即便再穷，这个人身上或许还是有他们最想要的东西。果然，听说两个小伙子饿得要命，塞尔达从口袋里掏出一些奶酪。

帕拉多和卡涅萨拿着奶酪，大喜过望，丝毫不介意智利人离开他们。他还要去山谷里照看吃草的牛群，打开水闸灌溉田地。

在农民忙着干活之际，卡涅萨和帕拉多吃了奶酪，休息了一阵。然后，他们趁塞尔达回来前，把随身带的剩余人肉埋在了石头底下，因为一旦嘴巴接触过面包和奶酪，原来对人肉的厌恶感就又回来了。

上午 11 点左右，农民干完农活，回到两名幸存者身边。卡涅萨无法行走，因此骑在塞尔达的马上，三个人沿着山谷出发了。他们来到阿苏夫河的支流，塞尔达让卡涅萨下马。他指点帕拉多和卡涅萨沿着步行桥过河，自己牵着马向山上水浅的地方涉水。帕拉多头一天晚上没有看见这座小桥，本以为无法过河。

他们在河对岸等着塞尔达，会合后，卡涅萨再次上马，三人继续沿着山谷行进。他们来到一片牧场，那是飞机失事之后他们见到的第一个有人居住的地方——一栋每年春天都要重新修葺的小屋。木头和竹子做墙，树枝做屋顶，但在小伙子们眼里，它比任何宫殿都要精美。卡涅萨下了马，和帕拉多一起站在草地上，陶醉在简陋门廊边的野玫瑰的花香里。主人领他们走进庭院，请他们在桌边坐下，向他们介绍了另一名农夫恩里克·冈萨雷斯。这个人给他们送来了更多奶酪和新鲜牛奶，阿曼多·塞尔达则在炉子边忙碌。不一会儿，他给每人端来一盘豆子，又给他们添了四次。两个小伙子像从来没有吃过东西那样狼吞虎咽，根本没有考虑胃的承受力。吃完豆子，他们又接着吃起通心粉炖碎肉，然后是面包蘸肉汁。

起初，他们吃东西的时候，两个智利人拘谨地坐在屋子的另一头，但帕拉多和卡涅萨让他们过来坐在一起。农民们照做了，愣愣地看着两个小伙子将他们拿上来的食物一股脑塞进肚子。接着，等他们再也吃不下了，农民把他们领进农舍另一头的小木屋里。那是为前来视察的地主修建的，里面有两张舒服的床。他们请帕拉多和卡涅萨午休。小伙子们再次对腼腆的主人表达了感激之情，然后沉沉睡去。他们已经在世界上第二高的山脉里连续走了 10 天，前一天晚上又几乎没有合眼。

那是 12 月 21 日，星期四中午，“仙童号”在安第斯山脉坠毁的第 70 天。

第十一章　一张字条

1

12 月 21 日，星期四下午 2 点，乌拉圭空军 C-47 飞机离开圣地亚哥，返回蒙得维的亚。途经库里科时，飞行员收到通知，安第斯山脉阿根廷一侧的天气条件恶劣，飞机折返圣地亚哥。随行的三名乘客——卡涅萨、哈利和尼科利奇——在机场等到 5 点，然后被告知，天气条件已经转好，他们可以重新出发。飞机起飞后，向南过库里科，再转向东飞往普朗雄。但快到阿根廷的马拉圭时，飞机再次出现熟悉的摇摆，一只引擎失灵了。

飞行员别无选择，在门多萨以南约 185 英里处的圣拉斐尔机场迫降。几位父亲在这个阿根廷小镇过夜。次日一早，机场的机械师告诉他们，得等待从蒙得维的亚送来零部件，才能修理飞机。到了这个时候，三个男人开始倾向于寻找其他途径继续旅程，但还在为一件事犹豫——两名负责驾驶 C-47 的乌拉圭飞行员。这两个人都是费拉达斯和拉古拉拉的朋友，虽然他们对那两名飞行员的生还早已不抱希望，但还是想查明事故原因，以挽回朋友的声誉。C-47 接二连三遭遇故障，自然令他们非常沮丧，于是，出于对飞行员的支持和鼓励，哈利和尼科利奇决定等待飞机修好。而卡涅萨已经答应家人要回家过圣诞节，找到了一辆当晚将从圣拉斐尔开往布宜诺斯艾利斯的班车。

在等待的过程中，三人决定通过拉斐尔·庞塞·德莱昂的网络与妻子联系。他们又一次得到了无处不在的无线电发烧友的帮助。不过，调试波段时有点困难，因为遇到了智利其他无线电爱好者的信号干扰，在啸鸣声和噼啪声中，他们捕捉到了两名无线电爱好者的只言片语——“难以置信，飞机找到了”。话音刚落，电台信号消失了。

三个乌拉圭人面面相觑。“会不会是……”其中一人开了口。另外两人摇摇头。已经有太多这样的只言片语，让他们一次次燃起希望，又一次次希望破灭。

片刻后，他们联系上了拉斐尔·庞塞·德莱昂，告诉他眼下的状况——飞机迫降了，但他们会设法尽早回家。拉斐尔·庞塞·德莱昂承诺将这个消息告诉了他们的家人。

三人游荡在圣拉斐尔温暖干燥的大街上，一直等到班车发车时间。晚上 8 点，卡涅萨医生与两名同伴拥抱话别，坐上了去往布宜诺斯艾利斯的班车。

2

当天下午，卡洛斯·派斯·比拉罗和罗德里格斯从圣地亚哥驱车前往普达韦尔机场，准备乘班机飞回蒙得维的亚。他们在机场排队等候办理登记手续，但每次队列向前移动，卡洛斯·派斯·比拉罗总是留在原地，让后面的人先过。

“你不走吗？”罗德里格斯问他。

“我再等等。”卡洛斯·派斯·比拉罗回答。

“这么下去，你会误了班机的。”罗德里格斯说。

“你先走，”卡洛斯·派斯·比拉罗说，“我不会耽搁很久。”

罗德里格斯办了手续，过了海关，卡洛斯·派斯·比拉罗还在原地，排在队末。直到最后一名乘客办理完登机手续，最后一次广播催促登机时，一个人匆匆跑来。

“拿着。”那人悄悄塞给卡洛斯·派斯·比拉罗一只小贵宾犬，那是他答应要带回去送给女儿的圣诞礼物。

卡洛斯·派斯·比拉罗知道按规定不允许携带动物登机，于是迅速将小狗藏在自己的外套下面，把行李放在了称重台上。他拿着登机牌过了海关，没有人注意到他左臂的姿势有些奇怪。卡洛斯·派斯·比拉罗正要为成功蒙混过关松一口气，机场广播里却突然传出这样的消息：“国际警察通知，国际警察通知。卡洛斯·派斯·比拉罗请留步。卡洛斯·派斯·比拉罗请留步。”

卡洛斯·派斯·比拉罗面色惨白。一定是有人看见他把小狗藏在衣服下了。他走向距离自己最近的警察，说："我是卡洛斯·派斯·比拉罗。"

他在警察的带领下穿过机场休息厅，一路暗自咒骂最后一刻的坏运气。但来到机场警务办公室时，等待他的不是手铐，而是一通电话。

"是谁？"

警官耸耸肩，"我不知道……找你的紧急电话"。

他一边努力掩藏着小狗，一边拿起听筒。"我是卡洛斯·派斯·比拉罗。"

"卡洛斯·派斯·比拉罗？是你吗？"是莫雷尔上校的声音。

"是的，是我。"卡洛斯·派斯·比拉罗的语调略有不快，"非常感谢您用这种方式打电话来道别，不过飞机要起飞了……圣诞节后见。"

"好吧，"莫雷尔说，"抱歉耽误你的时间。我只是想，既然你已经花了那么长时间寻找那些小伙子，你或许会有兴趣来看看。"

卡洛斯·派斯·比拉罗一句话都没说。小狗掉在了地上。

"你还可以帮我看看这张字条，"莫雷尔继续说，"也许它是假冒的，但我觉得不像。字条上说，'我是从一架在大山里坠毁的飞机上下来的。我是乌拉圭人’。”

卡洛斯·派斯·比拉罗的泪水模糊了双眼。他离开警务站，冲上停机坪。飞机引擎已经发动，只等他一登机就可以起飞。

“卢罗，卢罗！”卡洛斯·派斯·比拉罗大叫，“他们找到孩子们了！我要留下来。”

罗德里格斯立刻跳下飞机，两个泪水涟涟的乌拉圭汉子紧紧拥抱着，冲着天空高喊：“他们活着，他们活着！”两个人跑进海关，又哭又叫，惹得机场官员和乘客们面面相觑。

“怎么回事？”一名警察问另一名警察，寻思着是否应上前制止这种不当行为。

“随他们去吧。”另一名警察说，“是那个找儿子的疯子，他儿子乘坐的飞机在安第斯山脉坠毁了。”

直到走到出租车站，卡洛斯·派斯·比拉罗和罗德里格斯才意识到身上没有智利货币。

“你能送我们去圣费尔南多吗？”他们问停在最前面的出租车司机。

“让我想想，”司机回答，“挺远的。”

“他们找到了我儿子。他乘坐的飞机在安第斯山脉坠毁了。”

“哦，是你。”司机认出了卡洛斯·派斯·比拉罗，“你就是那个疯子，是吧？好，上车吧。”

“我们没钱。”

“没关系。”两个男人钻进了车后座。

三小时后，他们抵达圣费尔南多，出租车直接开进了科尔查瓜团的司令部。他们把贵宾犬托付给司机。迎接他们的不仅有莫雷尔上校，还有一大群曾经帮助过他们的智利人——传送消息的无线电发烧友、圣费尔南多航空俱乐部的飞行员、向导、安第斯山民，以及在山区反复搜索却一无所获的士兵们。

莫雷拉把卡洛斯·派斯·比拉罗从这一大群兴奋不已、围着他祝贺的人中解救出来，带他进了枪骑兵办公室，把从黑桥送来的字条给他看。“你觉得呢？”莫雷拉问，“是真的吗？”

卡洛斯·派斯·比拉罗仔细凝视。起初，他觉得是假冒的。他已经接到那么多恶作剧的电话，而现在又来了一张没有署名的字条。而且，对于已经被困在安第斯山脉里 70 天的人而言，这个措辞未免过于从容。

“我说不准，有可能是假的。”可是他又读了一遍，觉得字里行间似乎有一种属于斯特拉玛丽学院的独特气息。“但我不能确定，”他迅速补充道，“也有可能是其中一个小伙子写的。”

他跟着莫雷尔回到兵团司令部。一支由圣费尔南多市长、驻地指挥官和枪骑兵指挥官组成的行动指挥组已经准备就绪，莫雷尔担任总指挥。莫雷尔任命卡洛斯·派斯·比拉罗为指挥组成员。“你已经找了这么久，现在可不能呆坐着。”莫雷尔说。

3

在圣拉斐尔的那天半夜，哈利和尼科利奇再次与蒙得维的亚的庞塞·德莱昂通话。庞塞·德莱昂告诉他们，圣费尔南多警方得到一张字条，据说是来自乌拉圭失事飞机的幸存者。哈利和尼科利奇想立即返回智利，但此时夜已深，他们无计可施，只能焦虑不安地在一名无线电爱好者的家里等待，而后者一得到消息，就出门为他们寻找交通工具。半小时后，他开着市长的车回来了。

两个男人来不及收拾还锁在圣拉斐尔机场 C-47 上的行李，匆匆赶往门多萨。凌晨 4 点，他们到达门多萨，然后直奔军用机场。他们身无分文，但听了他们的解释后，阿根廷空军的军官许诺让他们搭乘下一趟飞机前往智利。

天亮前剩下的那段时间里，他们穿着离开圣拉斐尔时两名乌拉圭飞行员给他们的军大衣，等候在机场。早上 8 点，一架载有冷藏肉类准备送往圣地亚哥的货机降落了。半小时后，这架飞机带着哈利和尼科利奇起飞了。

4

同一天早上，卡涅萨医生到达布宜诺斯艾利斯。坐在车上的一整晚，他都在寻思着，回蒙得维的亚之前，是否该先去朋友家洗个澡，休息一会儿。他离开汽车站，招呼了一辆出租车，瘫坐在后座里，在城市的街道间颠簸辗转。

车载收音机里放着音乐，司机半回过头问卡涅萨医生："你听到新闻了吗？飞机找到了。"

"什么飞机？"

"乌拉圭飞机。'仙童号'。"

出租车司机还没来得及再说什么，就发现乘客已经挪到了自己旁边，手忙脚乱地调着收音机。

"你确定？"卡涅萨问。

"当然啦。"

"有生还者吗？"

"两个小伙子。"

"说名字了吗？"

"名字……对，说了吧，不过我记不得了。"

卡涅萨突然抬手示意司机别出声。收音机里的新闻说，10月13日在安第斯山脉坠毁的乌拉圭"仙童号"的两名幸存者已经在科尔查瓜省阿苏夫河地区一个叫迈滕的地方被找到。他们的名字是费尔南多·帕拉多和罗伯托·卡涅萨。

听见最后一个词，泪水顺着卡涅萨医生的脸颊流下来。这个强壮的中年汉子发出一声欢呼，转身拥抱住正打着方向盘在布宜诺斯艾利斯大街上转弯的一脸茫然的出租车司机。

第十二章　获救

1

晚上 7 点，远征队员卡涅萨和帕拉多从午睡中醒来。他们走出木屋，置身于黄昏时分的山谷柔和的光线里，将夹杂着鲜花和植物芬芳的温暖空气深深吸进肺里。睡过的床榻和空气中的气味向依旧困惑的头脑证明着。千真万确，他们的确逃离了安第斯山脉，同时也催促着他们立刻沿着青草小径走向野玫瑰覆盖的小屋，去与主人交谈。两个小伙子已经对着彼此说得够久了，想同其他人聊聊天。此外，食物也算是个小小的诱因，豆子、奶酪、通心粉、牛奶、面包和酱汁早已在他们午睡时妥妥地被肠胃吸收，两人现在又饿了。

老实巴交又富于同情心的恩里克和阿曼多正在屋里等着，他们立刻明白这两个乌拉圭人想要什么。虽然食品柜里几乎空空如也，他们还是端出了更多牛奶和奶酪，还有炼乳和速溶咖啡。

卡涅萨和帕拉多狼吞虎咽地吃着晚餐。就着炉火烤奶酪的时候，他们向两个农民询问起那个去找警察的人。他们被告知，他叫塞尔希奥·卡塔兰·马丁内斯，是个山民。一天前，就是他最先在河对岸发现他们的。他当时以为他们是来打猎的游客，以为卡涅萨是帕拉多的妻子，把他们拄着的棍子当成了猎鹿的步枪。

“你们确定他去找警察了？”

“是的，去找枪骑兵了。”

“最近的警察局离这里多远？”

恩里克和阿曼多不太确定地彼此望着，“在黑桥”。

“那里离这里有多远？”

两个农民又一次面面相觑。

“20英里，还是50英里？”

“一天路程。”一个说。

“要不了一天。”另一个说。

“走路？”帕拉多问。

“骑马。”

“他骑马去的？”

“是的，骑马。”

“最近的城镇离这里有多远？”

“圣费尔南多？”

“对，圣费尔南多。”

“大概两天。”阿曼多说。

“对，两天。”恩里克同意。

“骑马？”

“是的，骑马。”

两个小伙子这样焦虑，并非为了他们自己。填饱了肚子，他们又想起仍困在“仙童号”上的14个朋友。他们不仅担心朋友们的精神状况，更担心早在10天前健康状况就已堪忧的罗伊·哈利、因西亚特和萨韦利亚。多等待一个小时，或许就是生死之别。

突然，山谷深处传来叫喊声。两个小伙子跳了起来。帕拉多冲向农舍门口，卡涅萨一瘸一拐地跟在后面。一个胖乎乎的枪骑兵肩上背着绳子，气喘吁吁地跑过来，后面还跟着另一个人。等他们到了农舍前，跑在前面的士兵上气不接下气地对两个乌拉圭小伙子说：“好了，孩子们，飞机在哪儿？”

卡涅萨走出农舍。

“嗯，看见那边那个山口了吗？”他指着山谷。

“看见了。”枪骑兵说。

“你从那里上山，走大约五六十英里，然后向右转，继续往上走，直到看见一座大山。飞机就在山的另一侧。”

枪骑兵坐下了。

“还有人来吗？”帕拉多焦急地问。

“有，有，”一个枪骑兵说，“巡逻队正往这儿赶。”

不久，10个戴着尖帽子、穿着军大衣、鞍上挂着绳子的枪骑兵顺着山谷方向骑马而来。跟在他们后面的就是为帕拉多传递字条的塞尔希奥·卡塔兰。

卡涅萨和帕拉多上前拥抱了枪骑兵，也拥抱了卡塔兰。卡塔兰始终微笑着，没说什么，只是喃喃地说“感谢上帝”，目光左右回避，掩饰着自己的羞怯。当小伙子们不停地向卡塔兰表示感谢时，他便举起双手劝阻:“别谢我，我只是尽到一个智利人和上帝之子的责任。”

枪骑兵队长向帕拉多和卡涅萨询问了飞机的位置，问他们是否可以徒步抵达。不过，听他们走出安第斯山脉这一路的描述之后，队长意识到，徒步营救绝无可能。于是，他遣两名部下回黑桥，请求圣地亚哥派直升机。

两名士兵在另外两名向导的带领下离开了。天色已晚，卡涅萨和帕拉多知道，眼下只能等待。他们让自己暂时忘掉山上的14名伙伴，开始向枪骑兵们讲述“仙童号”的遭遇。不过，他们隐瞒了一两个细节。

或许是受刻意隐瞒的细节刺激，两个小伙子好奇地盯着枪骑兵们的背包和口袋。巡逻队员立刻明白了他们眼神里的意思，把所有东西都掏了出来。卡涅萨和帕拉多开始了他们这一天的第三顿盛宴——鸡蛋、面包、橙汁。在清空了农民恩里克和阿曼多的食物柜之后，他们又吃光了整支巡逻队的口粮。填饱了肚子，谈兴就来了，枪骑兵们也都乐意听。直到凌晨三点，队长建议大家都去睡一会儿，准备天亮后迎接直升机。

第二天，卡涅萨和帕拉多走出木屋，沮丧地发现四下大雾弥漫。卡塔兰、恩里克、阿曼多和枪骑兵队长也都在农舍里失望地看着浓雾。

“这种天气，他们能着陆吗？”帕拉多问。

“我觉得不行，”队长说，“他们找不到我们。”

“等等看，”卡塔兰说，“这是晨雾，早晚会散的。”

两个小伙子坐下来享用恩里克和阿曼多准备的早餐。对营救延迟的失望并没有妨碍他们的好胃口，他们津津有味地吃着陈面包，喝着速溶咖啡。早餐快吃完时，远处传来奇怪的声音。那不是机器发出的轰鸣，因此不可能是直升机，倒更像是动物的叫声。那声音越来越近，越来越响。现在可以分辨出，那是叽叽喳喳欢呼雀跃的人群。

两个小伙子、农民和枪骑兵都来到农舍外，望着山谷下的黑桥方向，被眼前的景象惊呆了。一整个村庄的居民因为某种奇怪的原因，沿着小路，穿过牧场，朝这边走来。和他们一起的还有一队气喘吁吁、跌跌撞撞、被各式公文包和照相机压弯了腰的城里人打扮的家伙。这群人渐渐走近，有人大声叫喊着：

“迈滕？”“幸存者，幸存者在哪里？”第一个走进农舍的人凭着长长的头发、消瘦的面颊和满脸髭须，一眼认出了他们要找的人。

“圣地亚哥《水星报》。”手里拿着铅笔和本子的人说。

“伦敦BBC。”另一个人一手抓着麦克风伸到他们鼻子底下，另一只手摸索着便携式录音机的按钮。周围突然间冒出50名推推搡搡、叽叽喳喳的记者。

卡涅萨和帕拉多完全被这般阵势吓傻了。他们和其他小伙子们在山里时曾设想，回到蒙得维的亚后，这段经历可能会引起一两个记者的兴趣。凭着有限的生活阅历，他们没料到竟会有这般轰动，引得这么多人开着出租车和私家车从圣地亚哥一路赶来，再背着摄影机和摄像机沿危险的羊肠小道跋涉两个半小时。

不过，卡涅萨和帕拉多很乐意回答记者们的问题。当然，他们再次省略了一两处细节，特别留神对他们靠吃什么才活下来的话题只字不提。临时新闻发布会进行到一半的时候，枪骑兵队长打断了他们。雾渐渐消散，但仍然不见直升机的踪影，因此队长决定让帕拉多和卡涅萨骑马去黑桥。他们分别坐在两名枪骑兵身后，在相机噼里啪啦的快门声和要求摆出各种姿势的叫喊声中出发了。没走多远，他们就听见山谷外传来直升机螺旋桨的声音。轰鸣声从头顶传来，骑兵勒住马，掉头慢跑返回山谷。与此同时，智利空军的三架直升机穿过云层，降落在河对岸。

2

莫雷尔上校通知圣地亚哥的洛斯塞里约斯空中救援中心，迈滕发现“仙童号”上的两名幸存者，但对方表示怀疑，要求圣费尔南多方面确认。不过与此同时，空中救援中心也将这个消息知会了最初指挥乌拉圭飞机搜救行动的空军军官卡洛斯·加西亚和豪尔赫·马萨。当天（12 月 21 日，星期四）傍晚，第 10 行动队指挥官加西亚收到了消息。他也不相信，认为卡塔兰发现的是两名一直在寻找“仙童号”的登山者。

无论如何，天色已晚，没时间再采取任何行动了。于是，加西亚命令本队的直升机待命，准备第二天早晨 6 点起飞。半夜，他的下属接到通知，迈滕的两个人很有可能的确来自“仙童号”。次日早上，加西亚听说这个消息，大为震惊。

综合已知情况，加西亚决定亲自指挥并驾驶直升机领飞。他安排马萨驾驶第二架直升机，由艾维拉中尉驾驶第三架作为后援。他还决定，不带副驾驶，而是带上两名机械师、一名空军护士、一名卫生员、安第斯山脉救援队指挥克劳迪奥·卢塞罗及两名队员。

洛斯塞里约斯的天气状况极其恶劣。当时正在下雪，能见度只有 300 英尺，自地面以上 100 英尺笼罩着厚厚的浓雾。7 点整，天气仍然没有转好的迹象。因此在 7 点 10 分，三架直升机在浓雾中低空飞行，前往圣费尔南多。

他们降落在圣费尔南多的科尔查瓜团营地，见到了莫雷尔上校和卡洛斯·派斯·比拉罗。

“什么，又是你？”加西亚一见到卡洛斯·派斯·比拉罗就说，“你不会还在找‘仙童号’吧？”

加西亚是在开玩笑。现在已经证实，他两个月前放弃的那些人还活着。农民塞尔希奥·卡塔兰说那些人的口音很奇怪，像是乌拉圭口音。而且，在迈滕发现的两个小伙子分别叫费尔南多·帕拉多和罗伯托·卡涅萨，机上有叫这个名字的乘客。

指挥小组制订了营救计划。他们把迈滕作为一号营地，直升机将带着莫雷尔上校、一名医生和一名卫生员前往那里。

“你，卡洛斯·派斯·比拉罗，”莫雷尔上校说，“也可以跟我们去。”

“不，”卡洛斯·派斯·比拉罗回答，“我不想多占一个位置。我在这里等。”接着，比拉罗转向一名安第斯山脉救援队员，深情地说：“如果我的儿子卡洛斯·米格尔还活着，请把这封信转交给他。莫雷尔，带上我的雪地靴，或许你用得着，而且那样一来，就如同我和你走在一起。”

直升机再次起飞。他们先飞到廷吉里里卡河上空，然后沿着河进入山区。机上配有航空图表，但进了山谷后却没能找到阿苏夫河与廷吉里里卡河的交汇点，只好飞回去重新来过。他们得到的消息是，枪骑兵们在距两河交汇处约 2 英里的地方待命，但由于能见度太低，加西亚和马萨什么都看不见。他们只有两个选择：盲飞或降落。在相对狭窄的山谷里，他们选择了后者，将直升机停在了河的左岸。

引擎停息后，一行人听见对岸传来的嘈杂声。他们走到河边，同样通过扔纸条的方式从一名枪骑兵军官那里得知，他们恰好来对了地方。于是，他们驾机过了河。

救援队很快确认，那两个面容憔悴、胡子拉碴的人的确是“仙童号”的幸存者。卡涅萨仍然因劳累而无力行走，医生和两名助手开始为他诊查心脏，按摩四肢。帕拉多拒绝接受医务治疗，催促加西亚和马萨立刻起飞去找“仙童号”。加西亚告诉他，雾太浓，无法飞行。不过，他询问了“仙童号”的位置，帕拉多把下山的路径描述了一番。

“你知不知道飞机所处的海拔高度？”加西亚问。

“不知道，”帕拉多说，“反正很高。周围没有树，也没有植物。”

“你们吃什么？”

“哦，我们有些奶酪之类的。”

“你还记不记得，飞机的高度计上有没有显示读数？”

“有,”卡涅萨说,“7 000 英尺。”

“7 000 英尺? 好,那应该不太难。你觉得我们能比较容易地找到它吗?”

卡涅萨和帕拉多互相看了一眼。“不太容易,”帕拉多说,“飞机在雪地里。”他犹豫着,既害怕再次飞行,又渴望坐上直升机。有那么几秒钟,两种念头争执不下,直到他想起,自己曾向其他小伙子们许诺,要回去拿另一只红鞋。于是,他对加西亚说:“如果你愿意,我可以跟你们去,给你们指路。”

救援队等待雾散,记者们则纷纷启程返回圣地亚哥,准备编写故事。三小时后,加西亚认为能见度已改善不少,两架直升机可以再次起飞。他们带上了机械师、卫生员,以及安第斯山脉救援团的克劳迪奥·卢塞罗、奥斯瓦尔多·比列加斯和塞尔西奥·迪亚斯。帕拉多佩戴着头盔和对讲机,坐在迪亚斯身后。

当时是下午 1 点左右,也是安第斯山脉地区一天之中最不适宜飞行的时段。有鉴于此,加西亚和马萨认为此次飞行只能确定 14 名幸存者的位置,并不能开展营救。帕拉多是一位出色的向导。他透过直升机的窗户往下看,认出了一路走来的所有地标。飞机飞到 Y 形岔路上空时,他让加西亚向右转,沿着狭窄的、积雪覆盖的山谷进入山区。

随后的飞行变得很困难,但加西亚看见仪表盘上显示的高度已经接近 7 000 英尺，觉得有把握在这个高度控制飞机。然而，他看不见“仙童号”的残骸，只有高山峭壁横亘在前方。

“再往哪里去？”他通过对讲机问帕拉多。

“那边，向上。”帕拉多指着正前方。

“哪儿？”

“正前方。”

“你们不可能从那里下来的。”

“我们就是从那里下来的。飞机在山那边。”

加西亚以为帕拉多没听清自己的话。“你们不可能从那座山上下来的。”他重复了一遍。

“我们就是。”帕拉多说。

“怎么下来的？”

“一点点滑下来……”

加西亚看看前方，又看看上方。帕拉多的话听上去不可思议，但他别无选择，只能相信。飞机开始爬升，马萨开着第二架直升机随后。越往上，空气越稀薄，气流越不稳定。引擎因负荷啸叫着，机身开始颤抖。然而眼前还是山，顶峰还在更高处。高度计显示 10 000 英尺、12 000 英尺、13 000 英尺，直到 13 500 英尺。他们升到了山顶。直升机遇到山峰另一侧刮来的强风，猛地下沉。加西亚再次尝试，又一次被刮了回去。坐在后排的帕拉多惊恐地尖叫，旁边的迪亚斯通过对讲机告诉加西亚，“指挥官，这里出现了惊慌的情况”。

加西亚聚精会神地驾驶直升机，没有搭理迪亚斯。他看见右侧的山顶较低，于是放弃飞越顶峰的路线，驾着在乱流中颠簸的飞机绕山峰飞到了另一侧。但这条路径让帕拉多失去了方向感，他不知道自己在哪里，没有人看得见“仙童号”。直升机绕着圈子盘旋，帕拉多绝望地四下张望，寻找可以指引方向的熟悉的地标。突然，在山谷的另一侧，他认出了一座山峰。“一定在那下面。”他对加西亚说。

“我什么都看不见。”加西亚说。

“下去。”帕拉多说。

直升机开始下降，帕拉多眼前出现了越来越多熟悉的山峦和凸出的岩石。终于，他看见下方远处有个小点，他知道，那就是“仙童号”的残骸。

“他们在那儿！”他对加西亚大叫。

“哪儿，哪儿？我看不见。”

“那儿！”帕拉多高喊，“在那儿！”

仍在努力控制直升机的加西亚找到了目标。“好！”他大声回答，“我看见了！现在，保持安静。让我试试能不能飞下去。”

第十三章　潜伏的秘密

1

12 月 20 日，星期三晚上，留在山里的 14 名小伙子的士气落到了最低点。远征队员离开已经 9 天，维任廷从山顶回来也已经 6 天了。他们都知道远征队员带了多少食物，因此也意识到，时间已经所剩无几。他们开始垂头丧气地考虑派出第二支远征队，并做好了在安第斯山脉里过圣诞节的准备。

那天晚上，大家像往常一样念过《玫瑰经》后，卡利托斯·派斯·比拉罗向几年前在飞机失事中丧生的叔叔说了一段特别祷文。第二天，也就是 21 日，就是那次事故的纪念日。卡利托斯·派斯·比拉罗知道，祖母也会在那一天向死去的儿子祈祷，希望得到他的保佑。

次日早晨，收音机的新闻里没有任何营救的消息，相反，却提到乌拉圭空军的 C-47 号已经在一天前离开了智利。小伙子们带着同样的悲观情绪开始了新的一天。中午，他们吃完定量的肉，然后回到机舱里躲避烈日。

下午晚些时候，派斯·比拉罗正要走出机舱，突然有一种非常确定的感觉，觉得帕拉多和卡涅萨已经获救了。他迈了几步，走进雪地，绕到机头附近，看见费多·施特劳赫蹲在那里“上厕所”。他凑上前，俯身悄悄地说：“听着，费多·施特劳赫，别告诉其他人，不过我有一种强烈的感觉，帕拉多和肌肉佬已经走出去了。”

费多·施特劳赫放弃了解手的努力，提起裤子，和派斯·比拉罗一起朝山坡上走了一小段。虽然他并不迷信，但也乐意让这种预感驱散自己的忧郁。“你真的觉得他们已经找到人了？”他问。

“对，”派斯·比拉罗用沙哑而肯定的嗓音说。“但是不要告诉其他人，万一这不是真的，我不想让其他人失望。”

太阳西沉，14 名幸存者重新忙活起来。那些还有香烟的人（香烟已快耗尽）点燃了当天的最后一根烟。太阳落山了，空气变得凛冽。丹尼尔·费尔南德斯和潘乔·德尔加多走进机舱做准备，所有人都一对一对地排好，走进山间的第 70 个夜晚。

他们念起《玫瑰经》，派斯·比拉罗特别提到了他叔叔，但对自己的预感只字未提。然而，祈祷结束时，丹尼尔·费尔南德斯突然说：“先生们，我有一种强烈的感觉，我们的远征队员成功了。我们明天或者后天就能得救。”

“我也是，”派斯·比拉罗说。“我今天下午也有这种感觉。

帕拉多和肌肉佬成功了。”

第二个预感似乎进一步证实了第一个。那天晚上，大部分人满怀希望地进入了梦乡。

次日早晨，像往常一样，丹尼尔·费尔南德斯和爱德华多·施特劳赫七点半走出机舱，将收音机调到蒙得维的亚台收听新闻。他们听到的第一件事就是在安第斯山脉的谷地里发现了两名自称乌拉圭“仙童号”幸存者的男子。爱德华多·施特劳赫正要欢呼雀跃，费尔南德斯抓住了他的胳膊。“等等，”他说，“也许是弄错了。我们必须等待确切消息，不能让大伙儿再次失望。”上次，正是他通报了发现十字的消息，让大家空欢喜一场。这一次，他不愿重蹈覆辙。两人将注意力重新转向收音机，调到其他频道。突然间，整个空气似乎都被激活了，阿根廷、巴西的公共广播电台和智利、阿根廷、乌拉圭的无线电发烧友，都在谈论这件事。

爱德华多·施特劳赫现在可以尽情地放声欢呼了。所有走出机舱的小伙子都围在收音机前，倾听着来自无线电爱好者们非同寻常、美妙绝伦的闲聊。这些词语从一个国家传到另一个国家，直到整个大洲上空的每一条波段都在讨论这条轰动消息：两名来自乌拉圭失事飞机的幸存者已被找到，该架飞机 10 周前在安第斯山脉坠毁，另有 14 人仍被困在失事地点，救援工作正在展开。

小伙子们期待已久的时刻终于到来了。他们挥舞着手臂，对着环绕四周的冰冷的山峰，发出来自心底的欢呼，他们得救了，感谢上帝。接着，他们拿出了雪茄。用不着在安第斯山脉里过圣诞节了，一两个小时之内，直升机就会来接他们。他们打开了那盒罗密欧与朱丽叶牌哈瓦那雪茄，每人拿了一支，将它们点燃，将这美妙得难以言说的醇厚喷进山区干燥的空气中。还有香烟的人也把烟分给了想抽烟的人。

大家抽着烟，冷静了下来。“我们得把自己收拾一下。”爱德华多·施特劳赫说，“派斯·比拉罗，看看你的头发，最好梳一梳。”

“那些东西怎么办？”费尔南德斯指着散布在飞机周围的尸体碎片。“我们是不是该把它们埋掉？”

费多·施特劳赫用靴子踢了踢积雪表面。雪冻得很硬。他又抬头看了看身边小伙子们苍白憔悴的脸。“雪这么硬，我们挖不动。”

“费那劲儿干吗？”阿尔戈塔说。

“如果他们拍照怎么办？”费尔南德斯问。

“我们就把相机砸了。”派斯·比拉罗说。

“不管怎样，我们做过的事，没必要掩藏。”爱德华多·施特劳赫说。

阿尔戈塔不明白他们在说什么，其他人则已然忘了尸体的事。泽尔比诺和萨韦利亚开始讨论起营救人员达到之后该怎么做。“我知道我们该做什么。”萨韦利亚说，“听到直升机的声音时，我们就躲在机舱里等。然后，等他们进来看见我们，我们就说：‘你好。你想要什么？’”

“然后，等他们递给我智利香烟时，”泽尔比诺大笑着说，“我就说，‘不，谢谢，我喜欢抽自己的。’”他举起自己的那包乌拉圭香烟。“我要为那一幕增添一些戏剧性。”

小伙子们感到获救近在咫尺，开始为回到外面的世界做准备。派斯·比拉罗按爱德华多·施特劳赫的建议梳了头发，甚至还抹了他从行李箱里找到的发蜡。萨韦利亚和泽尔比诺穿上衬衫，打起领带。14 个人都力图换上不太脏的衣服，说白了，也就是脱掉罩在外面的和贴身穿在里面的衣服，只留下穿在中间那层的。他们还用最后剩余的那点牙膏刷了牙，也就是说，把牙膏大大咧咧地挤在牙刷上，然后用积雪清理了口腔。

一切准备就绪，但直升机还没来。收音机里继续播放着关于营救的消息。智利的一家电台甚至播放了一段感恩祷告，这让小伙子们无不动容。中午时分，依旧没有任何救援的迹象，他们不知道是否该回到日常生活中去。很多人已经饿了，但头一天准备的肉在上午兴奋之余已被丢弃，泽尔比诺和丹尼尔·费尔南德斯开始四下寻找。罗伊·哈利本以为可以等到合适的地方再上厕所，眼下却只能到飞机前部解手，惹得其他人纷纷嘲笑，说他皮包骨头的臀部活像褪了毛的鸡屁股。

天越来越热，不少人躲进机舱乘凉。他们躺在地板上，不耐烦却仍欣喜若狂地想象着获救的景象。爱德华多·施特劳赫对其他人说："想想看，要是现在再来一场雪崩，就在我们眼看要得救的时候。"

"不可能，"费尔南德斯说，"我们已经熬了这么久。"

突然，传来一声大叫："快看，雪崩！"他们听见"呼"的一声巨响，看见一大片白色铺天盖地而来。一瞬间，大家都吓呆了，但当"雪"停下来，他们发现那只不过是机载灭火器上的泡沫，泡沫后面不是死亡的冰冷面孔，而是咧着嘴哈哈大笑的费多·施特劳赫。

直到下午一点，他们才第一次听到两架直升机的声音，接着看见飞机从山顶掠过，向略偏东北方飞去。那声音与他们想象中的完全不同，更说明他们听见的、看见的绝不是幻象。站在雪地里的人立刻开始边呼喊边挥手，机舱里的人也跌跌撞撞地跑了出来。

令人失望的是，直升机似乎没有看见他们。它朝另一个方向飞去，然后又折回来，掠过上空，如是三次。终于，领头的直升机在风中摇摆着、震颤着，降低了高度，在他们头顶盘旋。他们只能认出帕拉多，他正向他们做手势，指着自己的嘴，然后竖起四根手指。他们还看见直升机里的其他人正在拍照。飞行员似乎无法降落。风猛烈地摇晃着直升机，每一次试图降低高度，都要冒着撞上周围山峰的危险。直升机里扔出了一只小烟幕弹，但烟雾同时朝四面八方散去，无法指示出风向。然而，大约一刻钟后，第一架直升机终于降下来，一个起落架碰到了雪地。机门打开，从里面扔出两只包裹，接着跳出了两个人。

第一个是安第斯山脉救援队的塞尔西奥·迪亚斯，后面跟着一名卫生员。迪亚斯一走出直升机螺旋桨的气旋，就张开双臂迎向小伙子们。小伙子们也跳上去，像拥抱发福的大学教授那样拥抱他，把他推倒在雪地上。不过，并非每个小伙子都以同样的方式迎接他。有的人面对这个陌生人显得有些不安。佩德罗·阿尔戈塔看见费多·施特劳赫拥抱迪亚斯，问他是否真的认识这个人。

他们也担心引擎的轰鸣会引发另一场雪崩，两个离第一架直升机最近的小伙子钻到叶片下方，想要爬上直升机。这可不容易。加西亚不敢在雪地上着陆，一则是因为有坡度，二则是因为他知道积雪承受不了直升机的重量。因此，他一直提心吊胆地悬停着，生怕叶片撞上山崖，却无法调整到合适的角度让小伙子们爬上飞机。首先尝试的是费尔南德斯。他尽力向上伸展，帕拉多一把抓住了他，把他拉进飞机。第二个是曼吉诺，他一瘸一拐地走过雪地，正设法爬上去。

带上了两名乘客，再加上帕拉多、莫雷尔和机械师，加西亚认为已经无法再容纳更多的人，于是将直升机拉起，悬停在半空，等待马萨完成同样的操作，留下安第斯山脉救援队的卢塞罗、比列加斯和他们的装备。

两架直升机以这种方式在空中交换位置的时候，迪亚斯从小伙子们的拥抱中挣脱出来，寻找派斯·比拉罗。派斯·比拉罗说自己就是，迪亚斯将他父亲的两封信给了他，“一封是给你的，还有一封给所有人”。

派斯·比拉罗展开信，先读了给所有人的那封。“振作起来，要有信心。我送来一架直升机给你们当圣诞礼物。”第二封是给他自己的，“你知道，我从来没让你失望。我从来没有像现在这样坚信上帝，等着你。妈妈正在来智利的路上。老爸”。卡利托斯把信塞进口袋，抬头看见第二架直升机已经就位。他走上前，与阿尔戈塔和爱德华多·施特劳赫爬上了飞机。因西亚特在迪亚斯的帮助下跟在后面。就这样，马萨带着四名乘客起飞，留下德尔加多、萨韦利亚、弗朗索瓦、维任廷、哈维尔·麦索尔、泽尔比诺、哈利、费多·施特劳赫以及三名安第斯山脉救援队员和卫生员。

乘直升机沿山峰东侧上升丝毫不比从另一侧攀爬更轻松。事实上，这种提心吊胆的感觉已经让新乘客们开始后悔，觉得宁愿留在相对安全的“仙童号”这个“家”。整个机身随着引擎的轰鸣而震颤着，费尔南德斯转身问帕拉多这样的情况是否正常。

“哦，正常！”帕拉多大声回答。但费尔南德斯从帕拉多的表情看出，他也同样害怕得要命。

曼吉诺问坐在旁边的士兵，直升机能不能应付此类情况。机械师向他保证没问题，不过，他的表情并没有他的话语那么肯定，曼吉诺开始一个劲儿地祈祷。

加西亚和马萨遇到的问题是，在这个海拔高度上，空气太稀薄，单靠引擎无法提供足够的升力。因此，他们打算把直升机当成滑翔机，寻找一股能将飞机托升起一定高度的热气流，然后悬停在那里，等待另一股热气流把飞机带到更高处。这种方式对飞行技巧要求极高，但好在他们都技艺高超，最终越过了山顶，朝山谷的 Y 形岔路和迈滕飞去。

他们只花 15 分钟就到达了一号营地。6 名新近获救的幸存者带着狂喜如释重负地跳到绿色草地上。他们立刻被周围的色彩惊呆了，陶醉在花草的芬芳中，像醉汉一样拥抱着，在地上打滚撒欢。爱德华多·施特劳赫躺在草地上，如同躺在最精美的锦缎里。他偏过头，看见眼前有朵雏菊，便摘下使劲儿地嗅，然后又递给躺在旁边的派斯·比拉罗。派斯·比拉罗接过花朵，似乎要闻一闻，结果一下子把它塞进嘴里吃了下去。

卡涅萨和阿尔戈塔也拥抱着在地上滚作一团。阿尔戈塔又激动又兴奋，一把抓住卡涅萨的头发。“又来了，你这个白痴，”卡涅萨暗想，“又来折腾我，就像在山上一样。”

第一波兴奋劲儿过后，小伙子们意识到，他们不仅在安第斯山脉里熬了 71 天，而且刚刚经历了可怕的直升机之旅。6 个小伙子立刻扑向食物，把为他们准备的热咖啡、巧克力和奶酪一股脑灌进胃里。与此同时，医疗队为他们检查了身体，发现他们虽然或多或少地存在营养不良和缺乏维生素的问题，但并不严重。

因此，可以让已经获救的 8 名幸存者暂时留在迈滕等待，直升机回去救援其他仍留在失事地点的人。但加西亚告诉莫雷拉上校，既然山上的人并没有濒死的危险，在如此恶劣的飞行条件下连夜营救并非明智之举。莫雷拉同意，将第二次营救推迟到次日进行，第一批获救的 8 名幸存者则于当天下午飞往圣费尔南多。

2

圣费尔南多的指挥部通过电台收到消息，同时得到了 16 名幸存者的完整名单。收报员记录下信息，递给了自告奋勇承担起信息整理工作的卡洛斯·派斯·比拉罗。

卡洛斯·派斯·比拉罗不肯接。他已经知道，“仙童号”上的 40 名乘客中只有 16 人幸存，但他不知道自己的儿子卡利托斯·派斯·比拉罗是否在这 16 人之中。现在，答案就摆在面前，他却因恐惧而不敢揭开真相。他一言不发地把纸条推给了莫雷尔上校的秘书。

短短的名单很快整理出来，再次摆在卡洛斯·派斯·比拉罗面前。他还是不敢看，用另一张纸盖住它。就在这时，电话响了，是蒙得维的亚的卡韦广播电台。

“你得到消息了吗？”他们问。

“是的，”卡洛斯·派斯·比拉罗回答，“我们有幸存者的名单，但我们还没得到总指挥的授权，不能公布。总指挥还在直升机上。”

圣费尔南多市长听到这里，当即授权卡洛斯·派斯·比拉罗公布名单。于是，画家一边握紧电话，一边像乌拉圭人玩纸牌时那样一点点露出名单上的第一个名字。“罗伯托·卡涅萨，”他重复着，“罗伯托·卡涅萨。”然后把盖在名单上的那张纸往下挪了四分之一英寸。“费尔南多·帕拉多，”他说，“费尔南多·帕拉多。”把纸往下再挪一点。“何塞·路易斯·因西亚特……何塞·路易斯·因西亚特。”再挪一点：“丹尼尔·费尔南德斯……丹尼尔·费尔南德斯。”再挪一点：“卡利托斯·派斯·比拉罗……卡利托斯·派斯·比拉罗。”一时间，泪水模糊了他的眼睛，他哽咽着读不下去了。

在他念名单的同时，这些名字通过广播直接传进了每一个打开了收音机的乌拉圭家庭。诺盖拉夫人也在收听这个电台。她原本在庞塞·德莱昂家的花园里等待消息，但觉得气氛太紧张。派斯·比拉罗开始念名单时，她已经回到了自家厨房。一瞬间，她整个人从头到脚都僵住了，仿佛过去两个月里所有的希望与恐惧集中在了这一刻。“卡利托斯·派斯·比拉罗。”他又重复了一遍。然后开始念下面的名字：曼吉诺、施特劳赫、施特劳赫、哈利、维任廷、泽尔比诺、德尔加多、阿尔戈塔、弗朗索瓦、哈维尔·麦索尔和萨韦利亚。

没有了。她的希望一次次燃起又破灭，又燃起，现在彻底破灭了。真好，她想，小萨韦利亚还活着。她并不认识他的家人，但和他妈妈通过电话。那时她那么悲伤。现在，她一定很快乐。

* * *

哈利和尼科利奇这两名父亲搭乘冷藏货运飞机从门多萨飞往圣地亚哥，当他们抵达圣费尔南多时，人们正准备迎接载有首批 8 名幸存者的直升机。两个父亲还不知道幸存者们的名字。他们从等待在军营门口的兴奋的智利人群中挤进去，找到了卡洛斯·派斯·比拉罗，后者与乌拉圭代办萨尔·查隆站在 300

名盛装的科尔查瓜团士兵前。

这么多普普通通的人曾用自己的双脚、自己的飞机、自己的电台、自己的祈祷帮助卡洛斯·派斯·比拉罗进行了一轮又一轮异想天开的搜索。人群中突然发出一声叫喊。三架智利空军的直升机朝这边飞过来。就算是天空中出现三个十字圣迹或一大群天使，也不会比这一刻更令人动容，更有如奇迹。这些切削空气的庞然大物轰鸣着，盘绕，悬停，然后落在了阅兵场的停机坪上。

引擎还没熄，门就滑开了。卡洛斯·派斯·比拉罗看见了儿子卡利托斯·派斯·比拉罗的脸。他大叫一声，向前冲去。要不是查隆拉住他，恐怕他已栽进了直升机飞旋的叶片里。他等待着，卡利托斯·派斯·比拉罗跳下飞机，向他跑来，后面跟着帕拉多。查隆放开手，卡洛斯·派斯·比拉罗走向两个孩子，将他们搂在怀里。

没有一句话。对于父亲来说，数周的执着和疯狂已经从怀中这两个活生生的躯体上得到了报偿。他哭了，身后300名科尔查瓜团的士兵们也流下了泪。对于儿子来说，父亲坚实的臂膀就是家。卡利托斯觉得，这一幕幸福画面中唯一的缺憾，就是父亲身后的尼科利奇那张紧张又期待的脸。

卡利托斯垂下了眼，感觉自己的欢乐就好像朝着父亲的挚友挥打出的致命一击。但等他再次抬起头时，看见尼科利奇正在和丹尼尔·费尔南德斯交谈。两人说话的内容，清清楚楚地写在他们的脸上。

3

那天早晨 6 点，圣费尔南多的天主教圣约翰医院就收到莫雷尔上校的通知，准备接收乌拉圭“仙童号”的幸存者。院长巴奎达诺博士立刻抽调最得力的下属奥辛、巴伦苏埃拉和麦勒三名医生组成医疗团队。当时，他们对幸存者的状况一无所知，只知道这些人在几乎没有食物的情况下被困在安第斯山脉的高海拔地区超过 70 天。

准备工作从病房开始。这所医院规模不大，建筑老旧，只有一栋带天井庭院和游廊的口字形单层主楼。不过，该建筑还连着一座专为私人病患保留的副楼。院方决定，将副楼腾空，供幸存者使用。与此同时，三名医生和另一位同样姓巴伦苏埃拉、在圣地亚哥中心医院重症监护室当主任的医生通了电话，介绍了急救计划，并得到了后者的认可。

3 点 10 分，首批 8 名幸存者乘救护车抵达。救护车开进医院主楼和砖质小教堂之间的庭院，小伙子们被抬上担架，只有帕拉多推开等候在那里的护士和围观人群，坚持自己走。他来到私人区域的入口处，被守卫在门口的警察拦住了。

“对不起，”警察说，“您不能进去。那里是为幸存者准备的。”

“我就是幸存者。”帕拉多说。

警察看了看眼前这个高个子的年轻人，只有满脸的胡茬和又长又乱的头发让他的话有几分像真的。护士们也不太相信。她们想把这个远征队员弄上床，但他拒绝躺下，坚持要在接受医生检查前先洗个澡。护士们不知所措地询问医生，医生则耸耸肩，说：“那就如他所愿吧。”此时，他们开始注意到，这些病人的状况并不像先前预期的那样。

护士们迅速为帕拉多准备沐浴。他要洗发露，一名护士拿出了自己的瓶子。终于，帕拉多脱下臭烘烘的衣服，把自己浸泡在浴缸里，上上下下清洗了一遍，然后在热水里泡了一个半小时，接着用淋浴冲掉污垢，换上医院提供的白色睡袍。他觉得焕然一新，带着轻松的神气接受了三名医生的检查。检查结果一切正常。

当然，帕拉多与其他 7 人一样，严重消瘦在所难免。帕拉多的体重轻了至少 50 磅。体重下降最少的费尔南德斯、派斯・比拉罗、阿尔戈塔和曼吉诺轻了 30 磅至 33 磅不等。卡涅萨轻了 37.5 磅，爱德华多・施特劳赫轻了 44 磅，因西亚特则轻了 80 磅。如此大的体重差异不仅说明他们当时骨瘦如柴，也说明小伙子们先前都相当壮实。事发前，费尔南德斯、阿尔戈塔和爱德华多・施特劳赫的体重介于 145 到 165 磅，帕拉多和因西亚特则有近 200 磅。让医生们惊讶的是，派斯・比拉罗虽然个头不高，早前的体重也达到了151磅。

医生为几名有特殊病痛的小伙子进行了治疗。曼吉诺腿部骨折，因西亚特的腿严重感染，阿尔戈塔肝区疼痛。曼吉诺还有点低烧，外加高血压、心律不齐。此外，化验结果表明，他们均缺乏脂肪、蛋白质和维生素。所有人的嘴唇都干裂起泡，有不同程度的结膜炎和皮肤感染。

给他们做检查的三名医生很快就看出，在过去的10周里，除了积雪，这8名小伙子还吃了其他东西补充营养。在给因西亚特检查腿部时，一名医生问:“你最后吃的是什么东西？”

“人肉。”因西亚特回答。

医生不置一词，也没有流露出丝毫惊讶的表情，继续检查。

费尔南德斯和曼吉诺都向医生坦白了他们在山上的食物，医生依旧不动声色，只是吩咐严禁记者进入医院。不过，他们并没有因此改变给这8名幸存者规定的饮食。对严重营养不良的曼吉诺、因西亚特和爱德华多·施特劳赫给予静脉注射，其他人给予流质食物和少量特制的明胶状食物。此外就是休息。

过了一段时间，小伙子意识到，这就是目前所能得到的全部。从进医院以来，他们见到的唯一固态食品就是卡涅萨的床头柜上摆着的那块从迈滕带来留作纪念的奶酪。每个小伙子都有单独的房间，但稍微强壮一些的可以相互串门，于是他们很快达成一致，向护士索要更有分量的食物。护士们回答说，她们得严格执行麦勒、奥辛和巴伦苏埃拉医生的医嘱，不能提供额外食物。

恶由需生。卡利托斯·派斯·比拉罗意识到，在某种程度上，他们有一定的特权。他向护士许诺，只要弄来固体食物，就能得到他的各种“特别”签名和纪念品。但迷人的智利护士没那么容易收买。于是，小伙子们开始针对麦勒、奥辛和巴伦苏埃拉医生提起申诉，说医生们要饿死他们。

医生们回到病房听取了他们的抱怨，并解释了在长期饥饿之后进食固体食物的危险。

“可是，医生，”卡涅萨说，“我昨天午饭吃的是豆子和通心粉，我今天感觉很好。”

医生们没有再坚持，吩咐护士为8名幸存者准备正常餐饮。

到目前为止，8名病人显然没有任何严重的生理问题。医生们把精力转向他们的心理健康。他们从一开始就注意到小伙子们的两种征候，一是有说话的冲动，二是害怕独处。第一个进入医院的科什·因西亚特躺在担架上时一直紧紧抓着奥辛医生的手，直到被安置在病床上才松开。此后，他会同每个进入房间的人说话。其他人也同样如此，尤其是卡利托斯·派斯·比拉罗。

对于被困在安第斯山脉里长达10周的年轻人而言，表现出此类行为并不奇怪。但结合新近了解到的情况，即他们是靠吃人肉为生，医生们担心这或许是更严重的心理疾病的最初征兆。因此，医生指示，任何人不得入院探望，甚至包括刚刚从蒙得维的亚赶来的卡洛斯·派斯·比拉罗和卡涅萨的母亲。

在医院大厅拥挤的人群中，有一个人成了例外。此人名叫安德烈·罗哈斯，是圣费尔南多雷伊教区的助理牧师。他和圣费尔南多市的其他民众一样，听说了“圣诞奇迹”（这已经成了发现幸存者一事的代称），并在那天下午看见了从迈滕飞来的直升机。他立刻产生了要去医院提供帮助的冲动，但又因担心扰乱院方的工作而犹豫再三。不过，当天下午晚些时候，他有了另一些前往医院的理由。

罗哈斯年仅26岁，头一年刚刚接受圣职。他是个小个子，黑头发，深色肌肤，长着一张娃娃脸，看上去比实际年龄小。那天下午，他没有穿教士的黑色常礼服，而是穿了条灰色便裤，一件灰色开领衬衫，因此走进医院时丝毫不显眼。奥辛和麦勒医生认出了他，邀请他入内探望幸存者。

罗哈斯被领进私人区域，顺着走廊走进第一间，那是科什·因西亚特的房间。这是个不错的开场，罗哈斯刚表明自己的神职身份，因西亚特就滔滔不绝地说起来。他向罗哈斯神父讲述了山里的情况，自然不是那种旁观者的冷静描述，而是以一堆崇高神秘的词语表达着亲历者对这段经历的热切感受。

“那种情景，不是任何人能够想象的。我以前每个星期日都去望弥撒，领圣体是习以为常的事。但是在那儿，见到了那么多奇迹，与上帝贴得那么近，近到几乎能触到他，我学到了另外一些东西。现在，我向上帝祈祷，请他给我力量，不要再变回我过去的那个样子。我已经明白了，生命就是爱，爱就是对周围人的馈赠。灵魂是人所能拥有的最好的东西。再没有比馈赠更大的善了……”

安德烈神父倾听着，他开始明白因西亚特所说的馈赠究竟是什么——死去的同伴以自身血肉的馈赠。意识到这一点，年轻的神父立刻向他保证，他的行为没有任何罪过。“今天下午，我会带圣体来。”神父说。

“那样的话，我想忏悔。”因西亚特说。

“借着这番交谈，你已经忏悔了。”

在阿尔瓦罗·曼吉诺的房间，安德烈神父遇到了同样的情形——强烈的倾诉欲，夹杂着自责与自我审判。神父同样安慰忧心忡忡的小伙子，他没有犯下任何罪孽。他下午能领圣体，无须忏悔，或者，如果想忏悔，那也应该是为了其他罪过。

然而，因西亚特问了一个问题，让神父无从回答。为什么自己活着，其他人却死了？上帝做出这样的选择，目的何在？这意味着什么？“没有目的，没有原因。”安德烈神父说，“有些时候，我们人类的智慧无法理解上帝的意志。有些事情，我们必须当成奥迹，谦卑地接受。”

允许安德烈神父探视幸存者，是医生们给出的最佳治愈疗法。吃掉朋友尸体的决定对于被困在山中的大部分小伙子来说是个严峻的考验。他们都是罗马天主教徒，一切行为都要受到教会的判断。由于天主教会的教义允许在极端情况下同类相食，因此这名年轻神父的行为并不是在宽恕他们，而是告诉他们，他们没有做错任何事。该判断得到了教会各方权威的支持，至少让内心忐忑的小伙子们得到了安宁。

不过，也有一两个人觉得无须与安德烈神父交谈，或者不愿承认有此必要。阿尔戈塔是其中之一，他不想同任何人说话，尤其是这个带着一脸圣洁表情的年轻牧师。

4

团聚的时刻不能再推迟了。幸存者的父母和亲友们并不知道医生在允许他们探视之前需要处理的微妙问题，虽然大多数家长在等待孩子逃离死神之手时表现出极大的耐心，但也有一些已越来越不耐烦。

帕拉多已经出嫁的姐姐格拉谢拉·贝尔赫被警察拦在了医院私人区域的门口。她怒气冲冲地大声嚷嚷着：“我要见我弟弟！”

她听见里面传来帕拉多的声音，喊着："格拉谢拉，我在这里！"不顾一切的乌拉圭姑娘推开警察，进了帕拉多的房间。再次见到弟弟的激动，加上因他蓬头散发、骨瘦如柴的样子所引发的震惊，令她无法控制自己，放声大哭起来。

跟在她身后的是丈夫胡安和弓着腰哭泣的塞勒尔·帕拉多。这个可怜人，起初听说儿子、妻子和女儿都在安第斯山脉里失踪的消息后，已经对生活心灰意冷，此后，又因为误传的名单，以为妻儿都幸存，重新燃起了希望。直到此刻，他才得知真相：只有帕拉多活着。他同时被喜悦和悲痛撕扯着。然而一见到儿子，将他揽入怀中，前一种感情就占了上风，他的眼里涌出的，是欣喜的泪水。

在走廊的另一头，卡涅萨躺在自己房间里的病床上，听见亲人们走近的声音。他抬起头，猛然发现门口出现了女友劳拉·苏拉科的脸。他的第一反应是震惊。尽管在山里时，他时常想象着与她在蒙得维的亚相见的场景，但她出现在智利却不合适。见女友含着泪花冲过来，卡涅萨躲开了。

劳拉·苏拉科后面跟着梅查·卡涅萨。她平静地走进来说："圣诞快乐，罗伯托。"可是一看见儿子大胡子下面那张像老头子般干瘪的脸，梅查·卡涅萨也哭了起来。卡涅萨医生走进房间时同样没能忍住泪水。情绪的暴发让罗伯托·卡涅萨泪流满面。父母出于对他健康的担心，想暂时离开，但卡涅萨不让他们走。等大家都平静下来后，他开始讲述飞机失事和他们死里逃生的过程，包括吃人肉的事。听到这个消息，三个人中只有父亲震惊了，但很快又控制住自己，掩饰着感情。两个女人似乎太高兴，几乎没有注意卡涅萨究竟说了什么。但医生明白，儿子经历了怎样的恐惧，还有怎样的考验在等待着他。

爱德华多·施特劳赫和母亲、父亲以及婶婶罗西娜的重逢也同样有些尴尬。萨拉·施特劳赫竭力装出平静的样子，但她天生容易紧张，见到爱德华多·施特劳赫的那一刻几乎无法自持。因儿子生还而喜悦，因他如此虚弱而震惊，因加拉班德圣母显灵而兴奋，她一下子被种种情感攫住，而当爱德华多·施特劳赫对她讲述他们创造这一奇迹的详情时，她再也控制不住惊骇的神情。

同样，当派斯·比拉罗告诉母亲他们赖以为生的食物时，马德隆·罗德里格斯也不禁露出了惊恐的表情。她和其他不少母亲一样，仍沉浸在儿子活下来的信仰情感中，没有仔细考虑过，这样的奇迹如何才能实现。她原以为他们会有树木遮风避雨，松林间有兔子奔跑跳跃，小溪里有鱼儿游来游去。无论是她还是其他父母，从未想到孩子们会吃尸体。因此，得知真相之初，自然会感到惊骇。而小伙子们，即便经历了茹毛饮血的严酷考验，仍保有对人类行为的判断力和理解力，完全可以理解亲人们的反应。

唯有阿尔戈塔是例外。他躺在自己房间的床上，没有任何说话的欲望，也拒绝了虔诚的神父。他的父亲和另一名女性前来探望，他认出来，那是他本打算去圣地亚哥拜望的女友的母亲。他询问起她的女儿，第二天，姑娘本人来了。阿尔戈塔立刻感受到了事故发生前的卿卿我我。这团聚一幕中唯一不和谐的场面，是阿尔戈塔提到自己为生存而吃下的食物时，姑娘的母亲脸上现出惊恐的表情。她的震惊令他惊讶。吃尸体这么一件再正常、再明显不过的事情，有什么值得大惊小怪的呢？

科什·因西亚特对他人不自觉的责难最为敏感。为了避免此类情况，他只用崇高的字眼谈论这段经历。

“卡洛斯，”他对随第一批12名家属团抵达智利的叔叔说，“卡洛斯，我心中满是对上帝的信念。”

他的叔叔也以同样的方式回应。“科什，你能从安第斯山脉里出来，是基督的意愿。现在，他与你同在。”

第十四章　愿上帝宽恕他们

1

余下的8名幸存者望着两架直升机升空，消失在大山外。随后，泽尔比诺邀请安第斯山脉救援队的卢塞罗在下一趟直升机到来之前参观他们的“家”——“仙童号”机舱。他们朝入口处走去，卢塞罗瞥见了散落在积雪中的人骨。“尸体被秃鹫吃了？”

“不是，”泽尔比诺顺着他的目光望去，“我们吃的。”

卢塞罗没说话，也没有显露出丝毫惊讶。但当他来到机顶上晾晒着脂肪片的“仙童号”旁边时，稍稍犹豫了一下。接着，他弯腰钻了进去。泽尔比诺跟在后面，向他解释他们如何在这个局促的空间里生活了这么久，雪崩如何从山巅倾泻而下，杀死了8名刚刚在失事中逃过一劫的幸存者。卢塞罗怀着极大的同情与兴趣倾听着，但机舱里的恶臭扑面而来。不幸的是，主人似乎没有意识到任何不妥。客人出于礼貌，对气味只字不提，但还是设法尽快离开了机舱。

与此同时，其他来访者开始着手照料余下的生还者，为他们解决医疗救护和迫切的果腹之需。首先是牛排三明治，两片无酵面包夹着熟牛肉片。然后是橙汁、柠檬汁，以及用安第斯山脉救援队的野营炉加热的汤。最后是迪亚斯为自己的生日准备的水果蛋糕。这是一场盛宴。小伙子们用手指抓起黄油，津津有味地狼吞虎咽。

直升机离开已经有一段时间了。为了给下一趟直升机的降落做好准备，救援队员开始尝试在雪地上清理出一块停机坪。他们拆下了飞机入口处的机舱壁，把客舱和行李舱之间的塑料隔板尽可能保持水平地摆放在雪地上，此外还使用了几块硬纸板。

他们在周围拍了几张照片。这一举动让小伙子们有些不满，质问他们此举目的何在。救援队员解释说，这只是奉命行事，智利军方要求做记录，照片不会公开。

小伙子们似乎接受了此番解释。无论如何，几乎没有人能冲救援人员发火，更何况这四个智利人如此友好，其中一个还递给泽尔比诺一支烟。

“不，谢谢，”泽尔比诺说，“我喜欢抽自己的。”他一本正经地点燃了自己的最后一支乌拉圭香烟，完全没有让对方看出他曾经排练过这个桥段。

到了下午 4 点左右，他们开始意识到，当天不会再有直升机来了。8名幸存者的高昂情绪立刻被不得不在山里多熬一晚的沮丧取代。救援队员察觉到了这个变化，便想方设法提振众人的士气。他们点燃炉子，又煮了一些汤，先是鸡汤，然后是洋葱汤，接着是斯堪的纳维亚汤。哈维尔·麦索尔问他们有没有马黛茶。

“马黛茶？当然有。4个智利人怎么可能没有马黛茶？”

他们沏了马黛茶，又煮了咖啡。此时，太阳已西沉，天气开始变冷。小伙子们对气温骤降早已习以为常。救援队员也有亮色防水防风夹克可以御寒。唯一受罪的是卫生员布拉沃，他跳下直升机时只穿了件短袖衬衫，脚上是软皮鞋，于是救援队员给他找来了一些衣服。

4个智利人和小伙子们一起坐在机舱里，唱着歌鼓舞士气，但随着太阳越落越低，天气也越发寒冷，该设法睡觉了。8个小伙子很自然地邀请客人们一起睡在机舱里，但智利人显得有些不情愿，坚持要在外面的雪地里搭帐篷。小伙子们的热情遇到这般拒绝，感到受到了冒犯，尽管此时有些人已经猜到，机舱里的气味对于外人恐怕没那么甜美，但仍坚决要求至少有一名安第斯山脉救援队的人留在机舱里过夜。

他们选了迪亚斯，因为第二天是他的生日。小伙子们威胁说，如果迪亚斯不留下来，他们就在半夜里把帐篷桩拔掉。迪亚斯妥协了。其他两名救援队员和卫生员一个接一个进了帐篷，迪亚斯则帮小伙子们重新支起机舱入口的壁板，然后跟着他们一起爬进机舱，坐在 8 名臭烘烘、消瘦但快乐的乌拉圭人中间。没有人睡觉，甚至没人尝试着去睡觉。迪亚斯向小伙子们讲述了自己作为一名安第斯山脉救生员的生活，以及在山里的几次冒险。小伙子们则描述了此次磨难的更多细节。迪亚斯提醒小伙子，他们在这里的所作所为或许会令外界震惊不已。

“可是，人们能理解吗？”小伙子们问。

“当然，”迪亚斯宽慰道，“等真相完全揭开时，所有人都会明白，你们的做法非常必要。”

过了午夜，迪亚斯 48 岁了。8 个乌拉圭人唱起了“祝你生日快乐”。

第二天一早，眼睛一睁，众人就开始琢磨早饭。可是，所有的食物都在帐篷里。他们踩着第一抹曙光走出机舱，发现另外 3 个智利人一点动静都没有。小伙子们扯开嗓子喊：“我们要吃早饭，我们要吃早饭！”声音在山谷里回响。不一会儿，卢塞罗和比列加斯睡眼惺忪地出现在帐篷门口。

“你们早饭想吃什么？”卢塞罗大声问。

“昨天我们喝过咖啡了，”一个小伙子喊道，“今天我们要喝茶！”

“茶？好的。”

卢塞罗、比列加斯和布拉沃先后走出帐篷。很快，8 名小伙子就吃上了饼干和热茶。在他们吃早饭的当儿，救援队员们讨论着该如何引导直升机降落，因为他们已经放弃了清理停机坪的想法，而且明白，直升机无法在雪地上方悬停。

早饭过后，小伙子们忙着做获救准备。他们整理好衣服，重新梳理了头发。泽尔比诺把他和费尔南德斯整理好的、装着所有死难者的现金和证件的箱子搬到机舱外，还取下了帕拉多在门多萨买的小红鞋。

“那玩意儿上不了直升机。”一名救援队员指着箱子。

“必须带上它。”泽尔比诺回答。他解释了箱子里的物品，又对卢塞罗描述了那些从飞机里掉落、摔在山顶上的尸体位置。

大约 10 点整，他们听见直升机的声音，接着看见上空出现三架直升机。上午的气流较为稳定，直升机的震颤比头一天缓和了很多。飞机依旧没有直接下降，而是绕着“仙童号”盘旋。小伙子们疯狂地朝飞机挥手，看见窗户里伸出了相机和摄影机。最终，相机消失了，第一架飞机慢慢降低高度，直到其中一只起落架触到了积雪。

三名小伙子走上前，但碍于螺旋桨的气流，难以接近。罗伊·哈利极度虚弱，需要在鲍比·弗朗索瓦的搀扶下前行，但弗朗索瓦本人也被直升机搅起的狂风推了回来。最终，靠着智利人的帮助，他们才爬上飞机。

第一架直升机带着三名乘客升空。第二架下降，飞行员小心翼翼地避开山岩，第二组幸存者则极力躲避着螺旋桨。接着是第三架，最后两名幸存者也带着泽尔比诺的箱子上了飞机。那天上午，飞行员没有遇到强劲的乱流，不多时便越过了山顶，轻轻松松沿着山谷朝Y形岔路返回。透过直升机的透明舱壁，小伙子们看见了阿苏夫河，看见河边星星点点的绿色植被渐渐连成片，直到降落在迈滕的葱葱牧场上。

他们跌跌撞撞地出了直升机，倒在草地上，又笑，又打滚，彼此拥抱着，大声祷告，感谢上帝。他们被周遭的新绿惊呆了。像派斯·比拉罗头一天那样，哈维尔·麦索尔也摘下一朵野花，把花茎放在嘴里咀嚼。他欣喜地望着眼前的树木和三叶草，决定回到乌拉圭后要在自己的大庄园里多住几个月，好好欣赏田园风光。

加西亚的直升机再次起飞，去接安第斯山脉救援队员和卫生员。与此同时，军医桑切斯为幸存者检查身体，看看是否有人需要急救治疗。他得出结论，所有人的身体状况都适合旅行。事实上，这8名乌拉圭人的表现与其说是伤病员，更像是外出郊游的年轻人。他们有的在塞尔达和冈萨雷斯家附近的小溪边梳洗，有的在同塞尔希奥·卡塔兰及他的儿子聊天，费多·施特劳赫和古斯塔沃·泽尔比诺则骑着马去散步。

他们在迈滕逗留了约一个半小时，等待加西亚接回卢塞罗、迪亚斯、比列加斯和布拉沃。随后，全体人员上了直升机，飞往圣费尔南多。费多·施特劳赫、鲍比·弗朗索瓦、蒙乔·萨韦利亚和古斯塔沃·泽尔比诺坐在头一架直升机里。飞机在科尔查瓜兵团司令部刚着陆，费多·施特劳赫就看见了母亲和父亲。他们的脸上悲喜交加。直升机螺旋桨停下，门一拉开，这对夫妇就将儿子搂在怀里。罗西娜一边紧紧地抱着他，一边向她心目中创造了这一奇迹的加拉班德圣母祈祷。

施特劳赫夫妇身后是泽尔比诺一家，正神色平静地迎接他们高大、健康的儿子。仿佛是事先按照信心排好了次序，第三对是鲍比·弗朗索瓦的父母。10周之前，他们已经接受了儿子的死亡，而现在，儿子就站在眼前，这样的玩笑几乎要将弗朗索瓦医生击倒。自从儿子失踪以来，这个英俊优雅、沉默寡言的男人消瘦了很多。此刻，他走向直升机，显得又迷茫又困惑。对于施特劳赫夫妇和泽尔比诺夫妇，儿子的归来正是信仰与希望的明证。而对弗朗索瓦医生这样一个崇尚科学的人而言，这无疑是他从未奢望过的奇迹。

第二架直升机载着罗伊·哈利、哈维尔·麦索尔、安东尼奥·维任廷和潘乔·德尔加多。这四人中，只有罗伊·哈利的父母在场。对于这对夫妇而言，儿子的脱险同样是对信念的报偿。但与别的父母一样，他们的喜悦中也夹杂着心痛。走出家门时，儿子还是个魁梧的橄榄球员，现在却瘦得皮包骨头。他的肌肉干瘪了，眼睛深陷在眼窝里，脸上的皮肤紧贴着颧骨，手像是羊皮纸包着的骷髅。不只是生理上的饥饿表征，他的眼睛也在向父母诉说着他所经历的苦难。

与在场亲人团聚之后，8名幸存者被带往兵团医院再次接受身体检查。医生、行动指挥组和乌拉圭代办萨尔·查隆则在讨论应该将他们像早先那批获救者一样送往圣费尔南多的医院，还是直接飞往圣地亚哥。一旦检查结果确认他们都可以继续飞行，后一方案便启动了。那天是12月23日，星期六，众人均认为，若能让幸存者们与亲人共度圣诞，将对抚慰他们的心灵大有裨益。于是，8名小伙子在一天内第三次登上直升机。哈利夫妇和泽尔比诺夫人也被允许与儿子同机。一行人离开科尔查瓜兵团司令部。不久后，直升机在圣地亚哥公立波斯塔中心医院的屋顶着陆。

2

在圣费尔南多天主教圣约翰医院，首批获救的幸存者度过了71天以来在床榻上的第一夜，舒服得反倒有些不习惯了。丹尼尔·费尔南德斯梦见了雪崩，猛然惊醒，才发现身上覆盖的不是积雪，而是被子。他想接着睡，却总觉得别扭。哪个该死的蠢货把脚伸到我身上？他暗自咒骂，然后再次醒来，发现自己一个人躺在病床上。

科什·因西亚特比费尔南德斯睡得沉，唤醒他的是窗外的鸟鸣。他躺在床上，请走进房间的护士打开窗户，将新鲜空气深深吸进肺里，舒畅又惬意。健康状况较好的几个伙伴已经出了房间，坐在走廊尽头的柳条椅上。窗外，是安第斯山脚的风光。

8点，安德烈神父带着录音机回到医院，录下了幸存者的心声。“我们的求生欲望很强，对上帝充满信念。”曼吉诺说，“我们一直很团结。如果有人情绪低落，其他人都会帮助他振作起来。我们每晚念诵《玫瑰经》，信仰帮助我们渡过了难关。上帝用这次经历来改变我们。我的确变了。现在我知道，我应该有所改变……感谢上帝。”

“我们希望能把信仰带给全世界。”卡利托斯·派斯·比拉罗说，“这段经历很悲惨，因为我们失去了一些朋友，但它给了我们极大的帮助——事实上，这是我一生中最了不起的经历。至于旅行，我再也不坐飞机了。我打算坐火车回家……打橄榄球，我是老手。你努力拼搏，整个团队就得分。这是橄榄球最棒的地方。我们能活下来，是因为我们都有团队精神，还有对上帝的坚定信仰——我们一直在祈祷。”

十点半，为了满足自头一天就聚集在医院的急不可耐的记者，私人病区外举行了新闻发布会。因西亚特和曼吉诺留在病床上，其他人则可以接受记者拍照，因为他们现在穿着医院从圣费尔南多的商家购买或接受捐赠的衣服。发布会很短，没有多少交流。被问及靠什么食物维生时，小伙子们回答说，他们在门多萨买了很多奶酪，山上还有植被。

11点，兰卡瓜市的主教和三名神父在医院的小教堂主持了一场弥撒。幸存者们——有的坐着轮椅——在前排就座。这对于他们所有人都意义非凡，每一张憔悴的脸上都洋溢着对上帝的爱和感激。过去几周里，他们一直在等待这一天，从未有片刻失去对上帝的信仰，从未怀疑过上帝的爱，从未质疑过上帝对他们绝望求生的命运安排。现在，曾吞咽了同伴尸体的口舌，渴望着基督的血肉，再一次从神父的手中领受了教会的圣餐。

仪式结束后，众人开始准备前往圣地亚哥。商议决定，曼吉诺和因西亚特由救护车护送至波斯塔中心医院，其余6人直接入住喜来登圣克里斯托瓦尔酒店，与乌拉圭来的亲友共度圣诞节。

出发之前，部分幸存者接受了与圣费尔南多市民共进午餐的邀请。卡涅萨一家去了奥辛医生家。帕拉多和父亲、姐姐、姐夫与休斯先生及其子里基在饭店进餐，之后开着雪弗莱卡马罗驱车90多英里前往圣地亚哥。此举的本意是为了让帕拉多散散心，可惜这丝毫未能驱散安第斯山脉给他留下的阴霾。

在第二批获救者中，哈维尔·麦索尔最先踏入圣地亚哥波斯塔中心医院。医院为他们在顶楼腾出了一个病房，直升机就降落在楼顶，因此只需要下一小段楼梯就到了。宽敞的走廊里同样挤满了人。看见这些奇迹般死里逃生的乌拉圭年轻人，他们微笑着鼓掌，甚至喜极而泣。

哈维尔·麦索尔刚被领到自己的床边，还没来得及换下在山里穿的衣服，就急着问能否洗个澡。

“当然可以。”护士说着，用轮椅把他推到了附近的浴室。她随后解释说，鉴于自己的职责，她必须在沐浴时全程陪同。哈维尔·麦索尔同意了。虽说他在道德方面相当保守，但眼下，就算有一排护士盯着，也不会动摇他洗澡的决心。他脱下脏衣服，站在喷涌而出的热水下。水流冲刷着他瘦骨嶙峋的背部和肩膀，带来令人愉悦的痛楚。走出浴室穿上医院的白色病号服，他觉得自己焕然一新。他重新坐到轮椅上，由护士推回病房，发现其他人还穿着脏衣服。

“拜托，”哈维尔·麦索尔说，“请把这些脏兮兮的人弄走。”

病人们沐浴完毕，波斯塔中心医院的医生为他们检查了身体，做了X射线和血液检测。结论是，除了哈利和哈维尔·麦索尔，其他人当天下午就可以去喜来登圣克里斯托瓦尔酒店。哈利和哈维尔·麦索尔则与从圣费尔南多转来的因西亚特和曼吉诺住在同一病房。在这四人当中，哈利的状况最糟。血液化验结果显示，他严重缺钾，有心脏受损的危险。

不过，其他人则不仅身体无恙，而且几乎可以说是情绪亢奋。古斯塔沃·泽尔比诺从医院溜了出来，半道碰见了父亲，两人一起去买新鞋。蒙乔·萨韦利亚喝了一整瓶可口可乐，结果弄得肚子发胀。他还遇到了一名过分热情的年轻护士，后者一心想为这些乌拉圭小伙子服务，还不熟悉如何找静脉就想帮萨韦利亚采血。萨韦利亚忍受了这次医学探索——他的胳膊在此后痛了三天。医生们仍在分析病人的身体状况，但萨韦利亚与同伴们相当清楚他们需要怎样的治疗：食物。

护士应要求拿来了茶、饼干和奶酪。小伙子们立刻提出要更多奶酪。奶酪来了，随后不久就是午餐，牛排配土豆泥，西红柿配蛋黄酱，还有果冻。饥饿的病人将果冻一扫而光，还提出想吃圣诞蛋糕，但遭到了拒绝。眼下，他们必须休息。

晚上 7 点，在波斯塔医院的礼堂里做完弥撒，德尔加多、萨韦利亚、弗朗索瓦、维任廷、泽尔比诺和费多·施特劳赫出发去喜来登圣克里斯托瓦尔酒店与其他人相聚。当晚 9 点，继续留院观察的病号们得到了一块圣诞蛋糕，作为对他们耐心配合的奖励。护士还告诉他们，11 点会有特别惊喜。果然，到了约定的时间，护士给了每人一块异常美味、顶上抹着奶油的巧克力慕斯，这是护士们当晚打算自己吃的点心。四个人一勺一勺地品尝了慕斯，然后开开心心地上床睡觉。

一小时后，哈维尔·麦索尔醒了，感到胃里乱作一团。他按铃叫护士，索要助消化的药。护士拿来一剂药水，他吞了下去，但一小时后因腹泻再次醒来。那块慕斯让他付出了代价。

3

到了12月23日晚间，所有因听闻“仙童号”乘客获救消息而赶到智利的乌拉圭人都在圣地亚哥安顿了下来。幸存者和他们的亲友住在城郊的喜来登圣克里斯托瓦尔酒店，遇难者的亲友们住在市中心老派风格的克雷翁酒店。

古斯塔沃·尼科利奇的父亲展开两封泽尔比诺转交给他的信，那是他儿子在大山里写的：“有一件事，你一定觉得不可思议，我也感到难以置信，我们今天开始割尸体上的肉吃。没其他办法了。”接下去一小段，小伙子高尚的词句似乎在预告着自己的命运：“如果有一天，我能用自己的躯体拯救其他人，我也会很乐意这么做。”至此，下榻克雷翁酒店的那些父母才得知，是自己孩子的血肉令16名幸存者得以活下来。已经饱受丧子之痛的尼科利奇不愿接受信中的可怕暗示。当时的他觉得这个真相或许永远不会为其他人所知，便悄悄地把那一页（这封信本是古斯塔沃·尼科利奇写给女友罗西娜·马齐特伊的）藏了起来。

与此同时，在喜来登圣克里斯托瓦尔酒店，12名已经出院的幸存者享受着久违的盛宴。他们中半数得以与家人团聚。潘乔·德尔加多和罗伯托·卡涅萨见到了忠贞的女友苏珊娜·萨托里和劳拉·苏拉科。仍在波斯塔中心医院的科什·因西亚特也有索莱达·冈萨雷斯的陪伴。酒店的环境与“仙童号”简直是天壤之别。这是一栋崭新的大楼，俯瞰着圣地亚哥，处处都极尽奢华。酒店里有泳池，自然也有餐厅，12名小伙子立刻奔向那里。23日下午，当蒙乔·萨韦利亚走进喜来登的时候，看见卡涅萨已然安置妥当，正在餐厅里对着一大盘虾大快朵颐。萨韦利亚立刻与从蒙得维的亚赶来的哥哥坐下来，也点了一碗虾。两个小伙子刚吃完就吐了，不过这并没有影响他们的食欲。他们又点了更多食物，用牛排、沙拉、蛋糕和冰激凌重新把肚子填满。

不过，萨韦利亚和卡涅萨对这种奢华不以为然。苏拉科医生说从“仙童号”残骸搬进酒店，一定觉得特别舒服。卡涅萨则反驳说，在喜来登酒店吃虾和冰激凌，或是在牧羊人小屋里吃奶酪，在他看来没什么区别。

12个小伙子的亲朋好友对他们的归来备感欣喜，根本不在意他们表现出的病态的贪婪和放纵。他们也知道，这次经历绝不可能只是像外出过了个暑假那么简单。漫长的几周痛苦与饥饿对小伙子们的行为产生了巨大影响。他们就像被宠坏的孩子，不能容忍任何约束。而且，除了表面上团聚的喜悦，他们变得更敏感、更暴躁，尤其是对出于好意关心他们的父母。在山里的一切，难道还不足以证明他们能照顾自己吗?

部分家长对圣诞奇迹中食人肉一事的反应无异于火上浇油。他们毫无心理准备，得知真相后的第一反应是震惊，随后便绝口不提，担心此事会被外界知道。虽然有些小伙子对父母的反应并不感到意外，但大家难免觉得受了伤害。他们从父母不经意间流露出的惊骇和反感的表情里看出，或许亲人们宁愿他们全死了，也不愿面对他们吃人的现实。

更糟的是，大群记者和摄影师蜂拥至酒店，不停地提问、拍照。小伙子们无论走到哪里，无论是在吃饭还是在与家人拥吻，都没法摆脱他们。同样，那些没能见到亲人归来的人也令小伙子们烦恼。古斯塔沃·尼科利奇的父母、拉斐尔·伊查瓦伦的父母、丹尼尔·肖、亚历克西·霍尼和吉多·马格里的兄弟们，从克雷翁酒店赶来打听亲人的死亡状况。而这些，恰恰是幸存者们当时不愿回忆和讨论的事情。

喜来登圣克里斯托瓦尔酒店的豪华也让他们极不适应。他们已经习惯了以别扭的姿势入睡，躺在又宽大又柔软的床上反而不舒服。那天夜里，萨韦利亚每半小时就会醒一次，每次醒来都会叫客房服务送餐。他和与他在同一个房间的兄弟那晚都没睡好。

第二天，也就是 12 月 24 日，留在波斯塔中心医院观察的

4 名幸存者也出了院，与同伴们在喜来登相聚。不过，团聚是短暂的，弗朗索瓦一家和丹尼尔·费尔南德斯已经决定即刻返回蒙得维的亚。虽然丹尼尔·费尔南德斯的两个舅舅和舅妈在圣地亚哥，但他最想见的是父母，而且觉得让父母飞来圣地亚哥既无必要又浪费。于是，他订了荷兰皇家航空公司飞往蒙得维的亚的航班。丹尼尔·肖的父亲和兄弟也搭乘同一趟航班。

另外几名小伙子想找辆出租车进城买衣服，但没有一个智利人愿意帮忙租车，都坚持要亲自开车送他们去。在市中心逛商店，无论走到哪里，他们都会被一眼认出来，因为他们已经习惯了在深深的积雪里行走，因此步伐笨拙，好似企鹅。圣地亚哥的市民们热情地欢迎他们，如同迎接从安第斯山脉获救的亲生骨肉。

小伙子们走进任何一家服装店，店主都拒绝收钱，坚持把衣服当作礼物送给他们。同样，在因烟草短缺而排起长队的摊位前等待买香烟时，排在队伍前面的老人也一定要他们收下自己的烟。

他们回到酒店（帕拉多从圣地亚哥市中心步行返回）吃午饭，点了一瓶白葡萄酒，邻桌的智利人把自己的酒送给了他们。去酒吧，会有人为他们斟上威士忌和香槟。在酒店大厅，有个小男孩送给他们一大盒口香糖。

他们受到民众的钦佩与款待，不仅因为他们忍受、战胜了纵贯智利全境的令人生畏的安第斯山脉，也因为他们显然就是奇迹的化身。他们所说的赖以为生的奶酪和野草，就像福音书里的面包和鱼，提供了微不足道的营养。他们能活下来，无疑是奇迹。甚至有个母亲，为了患病的儿子而来到酒店，认为只要拥抱某个幸存者，儿子就能痊愈。

当晚，萨尔·查隆组织了一场圣诞晚宴。对于所有人而言，这都是一个令人激动的时刻。仅仅四天之前，父母们似乎还对孩子的生还不抱任何希望，孩子们也没指望能与父母共度圣诞。但如今，他们团聚了。马德隆·罗德里格斯、罗西娜·施特劳赫、梅查·卡涅萨和萨拉·施特劳赫的坚定信念，卡洛斯·派斯·比拉罗、豪尔赫·泽尔比诺、罗伊·哈利和胡安·卡洛斯·卡涅萨的不懈寻找，现在都在儿子们的拥抱与亲吻中得到了回报。就像亚伯拉罕和以撒的故事那样，当基督教世界准备欢庆上帝之子降生之际，上帝免除了人类之子的牺牲。

当晚晚些时候，一名在圣地亚哥天主教大学任教的乌拉圭耶稣会教士应查隆夫人之邀来到酒店，与部分幸存者交谈，为第二天为他们举行的弥撒做准备。罗德里格斯神父同费多·施特劳赫和古斯塔沃·泽尔比诺一直聊到清晨5点。两名小伙子告诉神父，他们靠吃同伴的尸体维生，而罗德里格斯神父，就像圣费尔南多的安德烈神父一样，毫不迟疑地向他们保证，他们的决定没有错。在神父看来，无论他们的所作所为在道德角度是否可以质疑，都可凭他们做决定时怀有的冷静的宗教信念而一笔勾销。两个小伙子把他们第一次割肉时阿尔戈塔说的话告诉了神父。这名耶稣会教士虽然并不认为吃人与领圣体之间有什么严格关联，但和其他很多人一样，也被那番话中的虔诚感动了。

次日 12 点，圣诞节弥撒在天主教大学举行，由罗德里格斯神父布道。他对吃人肉的事只字未提，这一态度是对年轻人们为了生存所做的举动的明确肯定。尽管并非所有小伙子和他们的父母都知道卡尔·雅斯贝斯，也未必理解所谓“有限情况”的概念，但他们都笃信天主教会的权威，因着神父的话宽慰了。

然而，这只是暴风雨前的宁静。弥撒过后，持续的圣诞庆典也宣告结束，他们在圣地亚哥无忧无虑的日子只剩下最后几个小时。世界各地的记者依旧像安第斯山脉的秃鹫一般围着他们不放。乌拉圭人知道，这些记者尚未真正嗅到猎物的气息。小伙子和他们的父母们并不打算用野草和奶酪的拙劣谎言掩盖真相，但他们希望能瞒到回到蒙得维的亚之后。

秘鲁的一家报纸最先爆出消息，阿根廷、智利和巴西的媒体也立即转载。很快，驻扎在圣地亚哥的各路记者听闻了幕后故事，再次蜂拥而至，向幸存者询问消息是否属实。小伙子们困惑地继续否认，但泄密者拿出了证据。12 月 26 日的圣地亚哥《水星报》在头版刊出一张照片，“仙童号”旁边的雪地里，有一条吃了一半的人腿。小伙子们商量该如何应对，最终决定，不就此事对任何报刊进行单独回应，而是等回到蒙得维的亚后召开一次新闻发布会。他们与老基督徒俱乐部主席丹尼尔·胡安取得了联系，一致决定将发布会放在母校斯特拉玛丽学院。

但这些防御手段在挟裹着他们的风暴面前不堪一击。全世界新闻媒体都被安第斯山脉救援队透露的消息吊起了胃口，对身陷酒店的幸存者展开了一连串狂轰滥炸。小伙子们不知该如何招架，对这帮喋喋不休、咄咄逼人的记者越来越反感。有一名阿根廷记者甚至一再暗示，根本没有发生雪崩，那只不过是编造出来的，以掩盖强壮的小伙子杀死弱小者获取食物的真相。

幸存者们仍然非常脆弱，这些攻击令他们心烦意乱。此外，他们还看到一份平日里专门刊登色情作品的智利杂志用整整两页刊发了“仙童号”周围散落的残肢碎骨的照片。另一份智利报纸对该事件的报道用了《愿上帝宽恕他们》为标题。一些家长看到报道，哭了。

沸腾的舆论破坏了喜来登圣克里斯托瓦尔酒店的气氛。幸存者急于返回蒙得维的亚，不情愿地放弃了汽车转火车的计划，同意乘飞机。查隆（由于他对待马德隆·罗德里格斯和埃斯特拉·佩雷斯的态度，有些家长始终没有原谅他）安排他们搭乘12月28日智利航空的波音727飞机。在那之前，阿尔戈塔离开父母，住到了圣地亚哥郊外的朋友家里。帕拉多也离开喜来登圣克里斯托瓦尔酒店，与胡安、格拉谢拉和他父亲先搬往圣地亚哥市中心的喜来登卡雷拉酒店，随后又住进了朋友借给他们的位于比尼亚德尔马的房子里。他厌倦了每时每刻被人拍照，也讨厌那些记者的冷酷问题。就连没完没了的庆祝活动也让他觉得沮丧，因为他虽然活着，但这世上他最深爱的两个女人却冻在了安第斯山脉的冰雪里。

第十五章　既非圣人，也非罪人

1

乌拉圭年轻人在安第斯山脉里生存了10周的故事在全球报刊、广播电台和电视台引发了轰动，但当消息爆出他们是靠吃尸体才活下来时，这批媒体同样疯狂了。世界各地几乎所有国家都在报道这则故事，只有一个例外——乌拉圭。

乌拉圭本国媒体当然报道了发现和营救幸存者的消息，但当食人流言传到蒙得维的亚的新闻界时，首先受到怀疑，之后便是沉默。当时，乌拉圭并没有新闻审查制度（除了不允许提及游击队），乌拉圭记者却决定等待同胞们回到蒙得维的亚，先听听他们的解释。这样的做法，只能解释为因爱国主义而自然生成的保护心态。

这并不是说没有记者想早些弄清传言是否属实，但既然大部分幸存者还在圣地亚哥，调查也不是容易的事。丹尼尔·费尔南德斯已经回到了蒙得维的亚。他的父母去机场接他，谢绝了一切采访，开车带他径直离开。不过，第二天，他们家所在的整个街区都被朋友和记者包围了。那天是圣诞节，费尔南德斯一家无法始终大门紧闭。他们打开门，本打算只让一个朋友进来。谁知门一开，就再也关不上了。一大群记者和熟人涌进公寓，丹尼尔·费尔南德斯同意接受采访。

他面对记者坐下来，其中一个人突然递给他一张纸。丹尼尔·费尔南德斯展开，看见一则关于他和其他15名幸存者吃人肉的电传消息。

“关于这个，我没什么想说的。”他说。

“你承认吗？否认吗？”记者问。

“在我朋友回到乌拉圭之前，我什么都不会说。”丹尼尔·费尔南德斯回答。

在他们说话间，胡安·曼努埃尔·费尔南德斯读了电文。“写这玩意儿的人简直连狗娘养的都不如。”他火冒三丈，正要不客气地把那名记者赶出门，却被丹尼尔·费尔南德斯的一个朋友拦住。记者自行离开了。

那人走了之后，费尔南德斯把儿子拉到一旁，说：“告诉我，那事不是真的。”

“是真的。”丹尼尔·费尔南德斯说。

父亲诧异地看着儿子，脸上带着些许厌恶的神色。不过等他意识到儿子当时别无选择后，不仅接受了事实，而且惊讶自己早先竟没有想到。

2

查隆安排的送幸存者及其家人返回蒙得维的亚的那架智利航空波音727飞机，配备了为总统阿连德本人服务的精英机组。12月28日下午，飞机停在普达韦尔机场的停机坪上。热情的智利民众为68名乘客欢送话别。

乘客们于下午4点登机，但被迫等待了一小时。推迟起飞的首要原因是等维任廷，他在圣地亚哥接受采访，耽误了行程。此外，山区的天气状况也不理想。但鉴于乘客们的心理承受力，机组人员没有实情相告，只说果汁用完了，需要临时补充。

维任廷赶到了，但飞机依旧在停机坪上一动不动。幸存者们又紧张又焦虑，把自己牢牢地锁在座位里。大多数人想改走陆路，但他们的父母担心，他们的身体状况经受不了穿越安第斯山脉和阿根廷的火车之旅。

终于，山区的天气状况转好，飞机起飞了。不久，机长拉森宣布，飞机正飞过库里科上空，并邀请乘客们来驾驶室看一看那个单从名字而言对他们意义重大的城市。无人响应。小伙子们如此紧张，不仅是因为他们再次坐在飞机里，也是因为他们不知道在乌拉圭，将会是怎样的情景。他们不禁与同行的两名智利记者讨论起来。

其中一名记者名叫巴勃罗·奥诺拉托，来自《水星报》，坐在潘乔·德尔加多旁边。飞机准备在卡拉斯科机场着陆时，德尔加多比起飞时还紧张，一直死死地抓着奥诺拉托。随后，机舱里发出了“乌拉圭万岁！”“智利万岁！”的呼喊声，为幸存者们鼓气。飞机在蒙得维的亚上空盘旋，小伙子们再次看见了泥泞的拉普拉塔河和亲爱的故乡的屋顶与街道。他们唱起了国歌：

东岸人，无祖国，宁入墓地，
不自由，毋宁光荣地死亡……

唱出最后一个词，飞机触到了乌拉圭的大地。

飞机驶过停机坪，停在大约 11 周前他们充满期待启程的同一栋候机楼前。但彼时出发与此时归来相去甚远。送机时，只有各家庭的一两人；来接机的，却是整个蒙得维的亚市，甚至连总统夫人都亲临现场。机场大楼的阳台上人山人海，欢呼着，挥舞着手臂，成排的警察试图阻止人群涌向停机坪。

幸存者和他们的家人被领上接机的汽车。小伙子们想让车靠近大楼，以便和阳台上的朋友们打招呼，但汽车在军队的指挥下径直离开了机场，驶向斯特拉玛丽学院。

一切准备就绪。马塞洛·佩雷斯的父亲设计的砖质大礼堂被布置成了颁奖仪式现场，主席台的长桌上摆了一排麦克风和扬声器，让早已面对主席台就座的众多记者可以听得清清楚楚。负责筹备工作的不仅有基督教兄弟会的成员，也有老基督徒俱乐部的官员。巴士拐进学校的车道，就能看见他们在朝幸存者们挥手致意。

这是个令人思绪万千的团聚时刻。相机围着他们咔嚓咔嚓闪个不停，但喧闹的场面无法冲淡一个悲伤的事实——走下汽车、在主席台上就座的一行人中，只有三名当初启程去智利的橄榄球员：卡涅萨、泽尔比诺和维任廷。帕拉多和哈利还在智利。丹尼尔·胡安和阿道弗·赫尔西望着一张张消瘦的、胡子拉碴的脸孔，寻找着昔日的球场英雄——佩雷斯、普拉特罗、尼科利奇、霍尼、马斯庞斯、阿瓦尔、马格里、科斯特马略、马丁内斯-拉马斯、诺盖拉、肖——他们都没回来。

全体幸存者已将发布会事宜委托给了老基督徒俱乐部，后者不动声色地掌控着可能出现的混乱场面。会议室里挤满了来自世界各地的记者、幸存者的父母、死者的父母、亲朋好友和摄影师，丹尼尔·胡安坐在主席台中央。

此前，小伙子们已决定要依次发言，每个人都讲述经历的一方面，等全部说完后再回答乌拉圭媒体的问题。唯一的争议在于该如何处理吃人肉的事。有几名小伙子和他们的父母认为，对已然发生的事应该坦然面对；另一些人则认为，只需含糊地暗示一下足矣；以卡涅萨和他父亲为代表的第三种态度则觉得应该对此事绝口不谈。

最终，他们达成折中办法，由因西亚特来说明这件事。他主动提出担当这个任务，众人也一致认为，鉴于他对此事的崇高态度，他是最适合的人选。然而会议当天，因西亚特却对自己的能力产生了怀疑。他支支吾吾，担心会在那么多记者和摄像机面前崩溃。潘乔·德尔加多自告奋勇地接替了他的角色。

发布会开始了。全场人聚精会神地听，幸存者一个接一个讲述着他们的英雄事迹和悲惨故事，直到轮到德尔加多。他在大山里一直没能派上用场的滔滔之词立刻奔涌而出。

“早上在寂静的山中醒来，看见四周白雪皑皑的山峰——如此雄伟，惊心动魄，令人畏惧——你会觉得孤独，孤绝于这个世界，但这孤独却是为了感知上帝的存在。我可以向你们保证，上帝就在那里。我们都感觉到了，从内心深处感知到他。这不是因为我们虔诚恭敬、整天祈祷，虽然我们的确接受了宗教学校的教育。不，根本不是那样。在那里，你就是能感觉到上帝的存在。更重要的是，知道了什么叫作上帝之手，并让他引导着自己……当我们的食物耗尽的时候，或是在其他类似的危难时刻，我们对自己说，耶稣在最后的晚餐上与门徒分享了他的血肉。这于我们是个信号，我们也应该效仿，用血和肉实现彼此间最亲密的交流。正是这个，帮助我们活了下来。我们不希望这件事被拿来借题发挥，不希望再谈论这件事，它对我们而言是非常非常私密的。我们在异国他乡时试图用尽可能崇高的精神来描述这件事。现在，面对你们，我的同胞们，我对你们说出了真相……”

德尔加多说完，全场显然都被他的话深深打动了。当丹尼尔·胡安问各路记者是否还有其他问题要问幸存者时，无人发问。于是，全场自发为乌拉圭和国际新闻界的绅士们鼓掌，又为那些没能归来的人致以最后的欢呼。

3

随着新闻发布会的结束，一度困扰着幸存者的公关考验终于告一段落，他们也终于能够回到朝思暮想的家园。

但适应现实生活的道路并不轻松。这段经历如此漫长而可怕，已经深深影响了他们的思维和潜意识，这体现在他们的一举一动中。不少小伙子在与父母、女友、兄弟姐妹相处时表现得粗鲁暴躁，往往为一些微不足道的小事而大发雷霆。他们喜怒无常、沉默寡言，有时也会强迫性地喋喋不休讲述那次事故。更要命的是，他们总是吃个不停，食物刚上桌就狼吞虎咽，刚吃完正餐又忙着吃甜食和巧克力。短短几周时间，卡涅萨就胖了一大圈。

他们的父母对此束手无策。圣地亚哥的精神科医生曾给一部分小伙子做过简单的检查，并警告其父母，他们在重新适应正常生活方面可能会遇到一些困难，而且没有什么切实的方法可以帮助他们。小伙子们的这种情况不仅令其父母感到困惑，也难住了精神病学家，因为很少有类似违背某种特殊禁忌的病例。没有人知道这样的经历会对他们的思维产生怎样的影响，只能静观其变。

有些父母也尚未从震惊中恢复。他们原本已不抱希望，现在见到起死回生的儿子，惊喜之余竟有些失魂落魄。科什·因西亚特的母亲总是在儿子吃饭时死死地盯着他。夜晚，她与儿子躺在同一个房间，但从不合眼，只是看着儿子睡觉。

在众母亲中，对这种特殊情况处理得最好的是罗西娜、萨拉·施特劳赫和马德隆·罗德里格斯。这三名女性不仅性格坚强，从不畏惧，而且把整个经历看作自己和儿子共同见证的传奇。在她们看来，正是她们的信仰和祈祷与小伙子们自己的努力，创造了生还的奇迹。小伙子们没有想通的一些事，比如这段经历究竟有何意义，在她们心中却再清晰不过。孩子们消失又归来，不正是为了向世界证明童贞女马利亚（对于施特劳赫姐妹而言则是加拉班德圣母）的神奇力量吗？

奇迹的受益者感到困惑，这不难理解，毕竟有人有不同的看法。很多人，尤其是年长者，对小伙子们的所作所为感到震惊，认为在那种情况下，他们应该选择死亡。甚至连马德隆·罗德里格斯的母亲也像其他人一样，虽然相信外孙会回来，但却从未想到他竟是以这种方式活下来。

但天主教会迅速否定了这种本能的反应。“你们不能谴责他们的做法。”蒙得维的亚辅理主教安德烈斯·鲁比奥蒙席说，“当时，那是唯一能活下去的方法……为了生存而吃已经死去的人，是接受死者的物质，类似于移植。肉体被极度需要者同化，从而继续存活下去，好比死者的眼球或心脏被移植到了另一个活着的人身上……在类似的情况下，我们会怎么做？……如果有人在忏悔时说出了这样的秘密，你会对他说什么？你只会说：‘不要为此困扰……没有人会因他的行为责怪他，因而也不要自我责备。’”

蒙得维的亚的大主教卡洛斯·帕尔泰利肯定了辅理主教的看法。“从道德上而言，我没有任何异议，因为这事关生存。有什么就吃什么，这是生存的必要，尽管可能会引起反感。”

《罗马观察家报》的神学家吉诺·孔切蒂指出，我们从社群中索取。因此，当社群或社群的成员需要帮助以维持生存时，我们也有责任给予。这种情况尤其适用于身体，否则，身体便只是消解，变得毫无用处。“有鉴于此，”孔切蒂神父继续写道，“我们从伦理角度出发，认可乌拉圭空难事故的幸存者利用唯一可获取的食物自救的做法。为了生存而使用无生命的人体是正当的。”

另一方面，教会并不认可德尔加多在新闻发布会上所说的吃友人的肉相当于领受圣体的表述。当被问及拒绝吃死者的肉是否可以理解为某种方式的自杀，反之则相当于领受圣餐时，鲁比奥蒙席回答："前者绝对不能理解为自杀，后一种做法也不能解释为领受圣体。我们至多可以说，该行为会让人联想起这一表述，但它本身并不等于领圣餐。"

因此，显然，幸存者既不是圣人，也不是罪人，人们渐渐把他们视为英雄。报纸、电台和电视台开始对这些年轻同胞大加赞颂。这是可以理解的。乌拉圭是个不起眼的小国，自赢得1950年世界杯以来，还从未得到如此多的关注。很多文章盛赞了他们的勇气、坚韧和机智。对此，幸存者们大体应付自如。他们不少人还留着长头发和胡子，也不介意在蒙得维的亚和埃斯特角城被人们认出来。

虽然每篇采访和文章都强调，他们的奇迹乃是团结一致的结果，但不可避免的是，有些人比另一些人更适合成为民族英雄。比方说，有些人甚至没有引起媒体的注意。佩德罗·阿尔戈塔和父母去了阿根廷。丹尼尔·费尔南德斯隐居到了父母在乡间的庄园里。他的两个表兄弟费多·施特劳赫和爱德华多·施特劳赫天性沉默寡言，无法向公众展示他们在山里的形象。

最善于讲述整个经历的莫过于潘乔·德尔加多。这不奇怪，毕竟，正是他在新闻发布会上应对了吃人问题，新闻界自然也会找他进一步寻求信息。德尔加多顺势而起，在庞塞·德莱昂的陪同下乘车前往里约热内卢，在电视上露面，并接受了智利杂志《今日智利》和阿根廷评论《人物》的采访。德尔加多发现自己的才华再次有了用武之地，当然会借势发挥，新闻界自然也乐于利用这名幸存者的口才。然而，他在公众视野中的频频亮相却让他和同伴们的关系渐渐疏远。

这群小伙子中还有一个人的行为也引发了部分人的不满，那就是帕拉多。相比于其他人，帕拉多的性格经历了更大的蜕变。这个曾经胆小畏缩的男孩从磨难中脱颖而出，成长为一个独立自信的男人，被公认为安第斯山脉漫漫归家之旅中的英雄。但这个男人仍未摆脱男孩子的习气与热情，一旦从与死亡的亲密接触中重获自由，他便决心放纵自己。

帕拉多的父亲起初以为帕拉多死了，便把他的铃木500摩托车卖给了一个朋友。见到帕拉多平安归来，父亲欣喜万分，给他买了一辆阿尔法罗密欧1750。帕拉多开着它沿海岸线狂奔，来到埃斯特角城，流连在这片迷人的度假胜地的海滩、咖啡馆和夜总会里。以前总是围着潘奇托·阿瓦尔的漂亮姑娘们，现在全都簇拥在他身边，争风吃醋。帕拉多尽情享受着。唯一能让他离开埃斯特角城的事，是在布宜诺斯艾利斯举行的一级方程式车赛。帕拉多在那里与赛车手爱默生·菲蒂帕尔迪和杰基·斯图尔特合影。无论他走到哪里，总有一大群记者和摄影师跟随。

这些照片出现在乌拉圭的报纸上，其中包括帕拉多在埃斯特角城当选美评委时，被一群身着泳装的美女簇拥着的照片，这令15名同伴大失所望。面对朋友们的抗议，帕拉多只好妥协，因为无论是对他还是对其他人而言，16人的团结仍然是最重要的。

帕拉多固然知道他们能够获救是大伙齐心协力的结果，但依旧认为自己功不可没，理应庆祝一番。既然生命战胜了死亡，就应该以过去的方式让生活达到极致……但有些事情已经永远改变了。1月中旬的一个晚上，帕拉多和一个朋友带着两个姑娘进了一家夜总会。那是他以前和潘奇托·阿瓦尔经常光顾的地方，自飞机失事后再也没去过。他在桌边坐下，点了饮料，突然想起潘奇托，如当头挨了一棒。经历了三个月的考验与苦痛，他头一次放声大哭起来。他趴在桌上，无法止住决堤的泪水。四个人离开了夜总会。之后不久，帕拉多重新开始工作，回到螺栓之家卖螺帽。

其他15名幸存者对帕拉多回到原来的生活轨迹中感到不满，原因在于他们自己对这场经历有着更高深、更神秘的理解。因西亚特、曼吉诺和哈维尔·麦索尔深信自己经历了一场奇迹。德尔加多认为，能熬过飞机失事、雪崩和之后的几周而大难不死，可以归功于上帝的安排，但远征求救则更多体现了人类的勇气。卡涅萨、泽尔比诺、派斯·比拉罗、萨韦利亚和哈利都觉得，上帝是他们能活下来的关键，他始终在那里，在山上。费尔南德斯、费多·施特劳赫、爱德华多·施特劳赫和维任廷则更倾向于谦虚地相信，他们能生存下来、逃出大山，可以归功于自身的努力。当然，祈祷也是有帮助的，可以将大家紧紧维系在一起，帮助他们摆脱绝望情绪。但如果仅仅依赖祈祷，他们此刻一定仍在山里。或许，上帝之恩典最大的价值就在于保住了他们的理智。

对于上帝在他们获救过程中所扮演的角色，帕拉多和佩德罗·阿尔戈塔的疑问最多。帕拉多的理由很清晰，他和其他不少人一样，无法理解超出人类逻辑的生死选择。如果说是上帝帮他们活了下来，那么他为何要允许其他人死去？如果上帝是善良的，他又怎么可能允许他母亲死去，怎么可能让潘奇托和苏珊娜在临死时遭那么多罪？或许上帝想让他们去天堂，但倘若他和父亲仍留在人间受折磨，母亲和姐姐在天堂又怎么会快乐呢？

阿尔戈塔的情况更复杂些，因为他在圣地亚哥和布宜诺斯艾利斯接受了耶稣会教育。相比仅仅接受过基督教兄弟会简单神学教育的同伴，他对天主教信仰的奥义有着更深刻的理解。此外，他原本就对宗教更虔诚。他虽然不像卡利托斯·派斯·比拉罗那样对上帝有着某种非正统的亲近感，但他的生活态度，尤其是政治主张，都根植于上帝即是爱的信仰。在安第斯山脉的旷野中度过了 70 天后，他对上帝之爱的信念没有丝毫动摇，但也明白，要生存，不能只靠上帝的爱。并没有天使从天堂来帮助他们。是他们自己的勇气与毅力让他们渡过了难关。如果说这段经历对他的宗教信仰有什么影响的话，那就是，他现在的信念比以前更坚定。

小伙子们都认为，山里的苦难已经改变了他们的生活态度。精神的煎熬与物质的匮乏让他们意识到，过去的生活是多么轻浮。在他们眼中，金钱已毫无意义。回想在山里，就算花 5 000 美元也买不来一根烟。日子一天天过去，那些肤浅的表象一层层剥落，直到最后，只剩下他们真正关心的东西：家人、女友、对上帝的信仰和他们的家园。他们现在对时髦的衣服、夜总会、风骚的姑娘和悠闲的生活不屑一顾，决心要更认真地工作，更虔诚地信守宗教，花更多时间陪伴家人。

他们不想只独善其身。他们中不少人，尤其是卡涅萨、派斯·比拉罗、萨韦利亚、因西亚特、曼吉诺和德尔加多，有了某种使命感，要让自己的这段经历发挥更大的作用。他们觉得受了上帝的召唤，得到了他的鼓励，要把自己从苦难中学会的爱与自我牺牲教给其他人。如果他们吃朋友尸体的事令世人震惊，那么也应能向世人传递爱人如己的意义。

对于获救归来这件事，除了小伙子们自己的看法，唯一值得一提的是加拉班德圣母。不管小伙子们怎么想，在那些信仰坚定的母亲心中，这乃是她们不懈祈祷、终得圣母回应的结果。她们记得，当初那些怀疑主义者认为，除非天降奇迹，否则不可能有人生还。现在，她们决不允许有人仅仅为了图方便，就对那件令人不愉快的事给出理性的解释，抹杀圣母的奇迹。对于食人这个棘手的问题，她们的理解是，《圣经》中记载食物在西奈的沙漠里从天而降，只不过是个委婉的说法，其实是指，上帝提示犹太人以死者为食。

4

当初登上“仙童号”的人中，有 29 人没有回来。16 名幸存者的归来也意味着另外 29 人已确定死亡。阿瓦尔一家得知了儿子遭遇的生理折磨，诺盖拉一家看到的是精神痛苦。此外，这些家庭还要面对一个令人难以接受的不幸：她们的丈夫，他们的母亲、儿子，不仅死了，而且有可能被吃掉了。

对于已然被悲伤浸透的心灵而言，这无异于在伤口上撒了把盐。哪怕再高尚、再理性的人，想到自己挚爱的亲人的尸骨竟做了如此用途，都难免陷入原始的、不可遏制的震惊中。可是，在大多数情况下，他们都压抑着这种感受。这些父母拿出与儿子同样的无私与勇气，维护着 16 名幸存者。卡洛斯·派斯·比拉罗的父亲瓦莱塔医生和家人一起参加了新闻发布会，并在事后接受了《国家报》的采访。他说："我和家人来这里，是想见见我儿子的朋友们，他们能回来，我们感到由衷高兴。此外，45 个人里至少有 16 个回来了。另外我想说，我从一开始就预料到了今天得到证实的事情。作为一名医生，我很清楚，如果不做出勇敢的决定，没有人能够在那种地方，在那样的环境中生存。现在，我料想的事情已经得到证实，我要重复一句：感谢上帝，当时山里有 45 个人，但 16 个家庭重新找回了自己的孩子。"

阿图罗·诺盖拉的父亲则给报社写了一封信：

亲爱的先生们：

这几句话，发自我们的内心，我们怀着尊重、钦佩和认可，对安第斯山脉空难中 16 名英勇的幸存者致意。我们钦佩他们，因为他们在面对困难和战胜难关时表现出了团结、坚定、勇敢和从容的精神。我们深切地、真诚地认可他们的做法，因为在事故发生后的许多天里，他们一直悉心照料着我们的爱子阿图罗，直到他去世。我们想请求每一位公民静下心来想一想这些孩子教给我们的团结、勇敢和自律，也希望他们的精神能帮助我们所有人摆脱刻薄的自私、狭隘的野心和对同胞的冷漠。

遇难者的母亲们也表现出了类似的勇气。她们有些人在幸存者的身上看见了死去儿子的影子。这不难理解，如果生还者与死难者的角色交换一下，也是同样。而如果所有 45 人都在空难和雪崩中幸免，那么到头来或许 45 个人都会死去。她们也能体会幸存者们承受的心理和生理痛苦。她们现在只希望，孩子们可以忘掉他们所经历的一切。毕竟，他们并没有为了生存而吃掉朋友的儿子、兄弟或父母。他们已经上天堂了。

大多数父母在飞机失事后不久就已经接受了儿子死亡的命运，但也有一些人觉得自己被命运欺骗了。埃斯特拉·佩雷斯曾像马德隆·罗德里格斯、萨拉和罗西娜·施特劳赫一样，坚信儿子还活着，后三位的信念得到了回报，而佩雷斯却没有。科斯特马略夫人的另一个儿子早前在卡拉斯科海滩溺亡，丈夫在巴拉圭去世，现在又失去了仅剩的亲人。命运的安排，似乎尤其残忍、苦涩。

古斯塔沃·尼科利奇的父母得知儿子在事故发生后苦熬了两周，异常心痛。他们有些怨恨小赫拉德·克鲁瓦塞，觉得若不是他当时的误导使得搜救人员放弃了廷吉里里卡和索斯内阿多山一带，儿子本有可能得救。

的确，克鲁瓦塞利用神视力做出的解释误导了小伙子们的家人，但他说的很多细节都没错。他曾看见在卡拉斯科机场，几名官员对一个小伙子的证件有疑问，当时确有其事。他说飞行员没有驾驶飞机，的确，控制飞机的不是费拉达斯，而是拉古拉拉。他说飞机撞坏了机头，没了机翼，像条虫子一样，前门半开。这些都是实情。克鲁瓦塞还准确地描述了搜救飞行员如何才能从空中发现残骸，说飞机残骸附近有一个写着危险的标识，不远处还有一个小村庄，村庄里有白色的墨西哥式房屋。尽管帕拉多和卡涅萨在步行进入智利的途中没有遇到这样的标识，但后来，一支来自阿根廷的探险队在前往事故现场的途中看见了危险标识，经过了一个叫米纳斯德索米纳的小村庄，村里有白色的墨西哥式房屋。

在克鲁瓦塞的描述中，飞机周围三面环山，其中一座山没有顶，附近还有一个湖泊。前往搜寻的家长在普朗雄以南 41 英里处找到了一处符合描述的地点，而“仙童号”则在普朗雄以北 41 英里处坠毁。飞机既不在山脚下，也不在湖边，飞行员亦没有试图在湖中迫降。事故原因并非如克鲁瓦塞所说，是由汽化器堵塞引起，且飞行员当时独自在驾驶舱里。至于飞行员是否真的消化不良，则无从知晓。在家长们要求得到更多信息的压力下，克鲁瓦塞还说了一些细节，它们似乎与这场悲剧关系不大，但至少将一些做母亲的从绝望中解救了出来。

瓦莱塔夫人的梦也很准，但在所有超感应描述中，只有马德隆·罗德里格斯的母亲和胡安·何塞·麦索尔去拜访的老水源师的说法完全正确。他曾在地图上指出了一个距离特尔马斯德尔福拉科温泉约 19 英里的地方，那正是“仙童号”坠毁的地点。胡安 · 何塞 · 麦索尔想起了这件事，带着肉和钱再次找到老人，老人家则把这些礼物分给了贫苦的邻居们。

5

乌拉圭和智利的空军对事故原因展开了调查。两国都将坠机归咎于飞行员人为失误，在安第斯山脉中部即开始降低高度。飞机坠毁的实际地点根本不在库里科附近。小伙子们被困的那座山其实位于阿根廷境内，在索斯内阿多山和廷吉里里卡火山之间。机身所在高度约为海拔 11 500 英尺，远征队员翻越的山峰约为海拔 13 500 英尺。如果当初远征队员不是向西翻山，而是沿着机尾方向的山谷下行，那么估计走三天就能看见道路（不过，几乎可以肯定，卡涅萨在爬山时以为的那条道路其实是一条地质断层）。从“仙童号”向东 5 公里开外就有一个旅馆，虽然只在夏季营业，但里面储备了罐头食品。

小伙子们总共花了两个多星期时间，尝试用机载电台求救，但这完全是徒劳。发报机需要 115 伏交流电，通常要接逆变器，而机载电池输出的是 24 伏的直流电。

事后的分析没有遇到什么阻碍。尽管有些父母对乌拉圭空军飞行员的无能感到愤怒，但在当时的政治环境中，抨击乌拉圭军方实非明智之举。大体而言，他们把所发生的事情当作上帝的意愿，感谢他让一部分人归来，并接受了幸存者对此事的崇高理解。

哈维尔·麦索尔现在居住在海边，不再因高原反应而昏昏沉沉。与同伴们一样，他也相信，上帝定是出于某些目的让他们活下来的。他做的第一件事就是陪伴孩子，尽力弥补母亲留下的空缺。他搬去与利利亚娜·麦索尔的父母同住，后者如他所料，承担起了照料孩子的责任。能与家人团聚，哈维尔·麦索尔几乎满足了。虽然他仍然思念利利亚娜·麦索尔，但他知道，她在天堂很幸福。

一天晚上，他带着三岁的女儿玛丽·诺埃尔在埃斯特角城的海滨散步。她一路都在父亲身边蹦蹦跳跳，喋喋不休，但突然间，小姑娘停住了，抬头望着他。

“爸爸，你是从天堂回来的，是不是？妈妈什么时候回来？”

哈维尔·麦索尔蹲下来，对小女儿说：“玛丽·诺埃尔，你要明白，妈妈是个好人，非常非常好，所以上帝需要她留在天堂。她太重要了，她现在和上帝住在一起。”

6

1973年1月18日，安第斯山脉救援队的10名成员与空中救援中心的弗雷迪·贝尔纳尔、乌拉圭空军的恩里克·克罗萨上尉以及天主教神父伊万·卡维德斯，乘直升机来到“仙童号”残骸边，在那里扎营，打算花几天时间收集死难者的遗体。他们爬上山坡，重新掩埋了积雪融化后暴露在外的尸体。

他们在距离事故现场约半英里处找到了一片可以避开雪崩，且有足够厚的土层可以挖坟墓的地方。他们将所有完好的尸体和剩余的残肢碎骨都埋在那里，旁边用砺石累了一个祭坛，并在上面竖起一个高约3英尺的铁十字架。十字架被涂成橙色，一面用黑字写着“世界向乌拉圭兄弟们致敬”，另一面写着“上帝离你们更近”。

做完弥撒后，卡维德斯神父向协助安葬的人致辞。接着，安第斯山脉救援队的人回到“仙童号”旁边，泼上汽油，将残骸点燃。飞机在疾风中迅速燃烧。确定一切妥当后，智利人准备返程。山间的静谧不时被雪崩的轰鸣打破，他们觉得，留在这里太危险。

致谢

在本书的写作过程中，我得到了很多人的帮助，尤其是利平科特出版公司的爱德华·伯林盖姆。事实上，正是他最先建议我写作此书。

在蒙得维的亚调查期间，我得到了两位乌拉圭记者的协助。其中一位是老基督徒委员会派来协助我的安东尼奥·梅卡德尔。他向我提供了那些父母寻找失事飞机的详尽细节和幸存者背景的宝贵资料。第二位是欧亨尼奥·欣茨，他收集了乌拉圭官方机构和智利政府所采取的行动的相关材料。我还要感谢拉斐尔·庞塞·德莱昂和小赫拉德·克鲁瓦塞，他们向我解释了在搜寻“仙童号”过程中所做的工作。感谢我的翻译巴勃罗·赫尔西，感谢希尔韦托·雷古莱斯博士的友善与建议。

回到伦敦后，乔治亚娜·卢克帮我转录了资料带，整理了我从乌拉圭收集到的大量素材。之后，凯特·格里蒙德又协助我进行了深入研究。

出版社和16位幸存者对我的写作给予了很大的信任。我有时会受冲动的诱惑，想为故事添油加醋，增强戏剧效果，但我终究觉得，单纯的事实就足以支撑整个叙事。因此，除了对话里的部分内容略有修饰，这本书没有任何地方背离当事人的讲述。

最后，我最想感谢这样一群人。在乌拉圭期间，无论我走到哪里，都能感受到 100 多年前 W. H. 赫德森描绘的“当地人的礼仪和优雅”。我发现，无论是逝者的家人，还是幸存者的家人，尤其是幸存者本人，都对我异常热情、坦率和信任。

1973 年 10 月，我重返乌拉圭，把本书的手稿送给他们看。他们中有些人对我的叙述感到失望，觉得书里没能传递出在安第斯山脉事件中激励着他们的信仰和友谊。我绝对无意淡化这些品质，但或许他们亲身经历的那些感受，远非任何人的写作技巧可以表达。

皮尔斯·保罗·里德